다시 사는 재벌가 망나니 1

2021년 1월 19일 초판 1쇄 인쇄
2021년 1월 22일 초판 1쇄 발행

지은이 맹물사탕
발행인 이종주

총괄 김정수
경영지원 배진경 임혜솔 송지유

기획 이기헌 왕소현 박경무 강민구
책임 편집 김홍식

발행처 (주)로크미디어
출판등록 2003년 3월 24일
주소 서울시 마포구 성암로 330 DMC첨단산업센터 3층 318호, 319호
Tel (02)3273-5135 **편집** (070)7860-2726 **Fax** (02)3273-5134
홈페이지 rokmedia.com **E-mail** rokmedia@empas.com

값 8,000원

ISBN 979-11-354-9457-4 (1권)
ISBN 979-11-354-9456-7 04810 (세트)

다시 사는 재벌가 망나니

맹물사탕 현대 판타지 장편소설

①

ROK MEDIA
로크미디어

Contents

1장

　－경찰에 알리지 마라.

　중형 외제차의 핸들을 쥔 내 손이 덜덜 떨렸다.

　만약, 과속을 해서 경찰에 걸린다면.

　그리고 나를 붙잡은 경찰이 경위를 조사해 준다면 얼마나 좋을까.

　'아니, 그래선 안 돼.'

　더욱이 새벽 3시의 평일 밤거리는 한산했고, 제한속도를 넘어 차를 몬다 한들, 나를 제지할 수 있는 건 아무도 없었다.

　나는 힐끗, 사이드미러를 보았다.

　이대로 차를 몰아 국도 바깥, 교외로 빠져나가면, 돌이킬 수 없는 곳으로 발을 들이밀게 될 것만 같았다.

-허튼 수작은 하지 마.

그리고 마치 내 생각을 읽어 내기라도 한 듯, 전화기에서 음성변조된 목소리가 흘러나왔다.

놈은 내게 사진 한 장을 보냈다.

사진 속에는 내 약혼자의 옆모습이 찍혀 있었다.

이런 나를 이해해 주는 착한 사람이었다.

-좌회전.

'혹시나, 장난인가?'

그럴지도.

내가 '모시는' 상전은 그런 고약한 짓을 하고도 남을 작자였으니까.

하지만 달랐다.

-장난처럼 보이나?

다음 사진은 곤히 잠든 약혼자의 얼굴이었다.

그건, 장난이 아니었다.

장난으로 치부하기엔 껌새가 달랐다.

나는 정체 모를 놈의 지시를 따라 액셀을 밟았다.

내 위치를 추적하고 있는 것이 분명했다.

결국 나는 방향을 틀어 한적한 교외로 진입했다.

-내려.

시동을 끄고 나오니, 가로등이 깜빡깜빡 점멸하고 있는 폐공장이었다.

―앞으로 가.

전화기를 쥔 내 손이 땀으로 축축했다.

나는 전화기 음성이 시키는 대로 했다.

저벅. 저벅.

장애 판정을 받게 된 왼쪽 다리를 절며 아무것도 없는 폐공장으로 가니, 덤불이 우거진 철망 아래 누런 종이봉투가 놓여 있었다.

―차로 돌아가서 봉투를 확인해.

나는 아무런 인적도 없는 폐공장을 둘러보다가 재빨리 차로 돌아왔다.

텅.

차 문을 닫고, 실내등을 켠 뒤.

부스럭.

봉투 안을 확인했다.

"……!"

하마터면 손에 든 봉투를 떨어트릴 뻔했다.

나는 누가 볼 새라 얼른 실내등을 꺼 버렸다.

권총.

묵직한 봉투 안을 확인하니, 그 안에는 권총이 들어 있었다.

권총이라니, 영화나 드라마에서만 보던 것이었는데.

―확인했나?

"······이, 이게 뭐지?"

나도 모르게 목소리가 덜덜 떨렸다.

"왜, 왜 나한테 이런 걸······."

─경고 1회.

음성변조된 기계적인 음성이 전화기에서 흘러나왔다.

─쓸데없는 건 묻지 마.

"······."

잠시 후 목소리가 이어졌다.

─일단 무해한 질문에는 답해 주지. 네 손에 들린 그건 일련번호를 지운 자동 권총이다. 출처는 알 필요 없고. 권총은 쏴 봤나?

"······아니."

─하긴, 너는 면제니 소총도 쏴 본 적이 없겠군. 걱정 마라, 가까이 붙어서 사용하면 그만이니까. 3보 안에 들어가서, 쏴라. 소음기도 있으니 걱정 말고.

꿀꺽.

나는 마른침을 삼켰다.

내 인적 사항을 꿰고 있는 정체 모를 놈은 나에게 권총을 사용하길 명령하고 있었고.

뒤이어 표적을 말했다.

─그걸로 이성진을 죽여, 한성진.

이성진.

'병신.'

공교롭게도 놈과 나는 이름이 같았고.

「한병신.」

놈은 나를 이름 대신 '병신'이라 불렀다.
나는 힐끗, 사이드박스의 국가 공인 장애인 표시를 보았다.
그리고 놈은 내 다리에 영구히, 장애가 남게 했다.
"……."
─그래. 나는 네 소원을 이루어 주려고 하는 거야.
"……왜 하필이면 나지?"
─경고 2회. 3회까지 누적되면 어떻게 될지 궁금한 건가?
나는 입을 다물었다.
상황의 주도권은 명백히 놈에게 있었다.
─한성진. 어차피 네가 바라던 일일 텐데. 설마하니 그놈한테서 우정
인지 뭔지 모를 거라도 품고 있나?
그럴 리가.
여건만 된다면, 몇 번이고 놈을 죽여 버리고 싶었다.
내 다리를 아작 낸 것도 그놈이었고, 온몸에는 아직도 놈
이 새긴 흉터가 남아 있었다.

「길바닥에 나앉고 싶나?」

지금도 놈의 목소리가 뇌리에 선연했다.

나는 무력했다.

이성진과 한성진.

이름만 같을 뿐, 놈과 내 신분 차이는 하늘과 땅 같은 것이었다.

삼광 그룹의 전무이사.

재벌가의 후계자이며, 그 망나니짓만 아니었던들 차기 오너를 바라볼 수도 있던 남자였다.

아버지는 그 집의 운전수였고, 나는 놈에게 몸종이나 다름없었다.

「마음만 먹으면, 너 따윈 세상에 없었던 걸로 만들어 줄 수도 있는데?」

실제로도 그러했을 것이다.

수화기 너머의 목소리가 상념을 깨웠다.

―네가 할 일은 간단하다. 이성진에게 가서, 그 권총을 쏴.

"……."

―물론 공짜는 아니야. 대가는 지불해야지. 사이드 박스를 열어 봐.

덜컥.

시키는 대로 조수석의 사이드 박스를 열자, 거기엔 여권과 체크카드, 통장이 들어 있었다.

-이 일을 마치면 넌 자유다.

자유.

웃기는 소리였다.

놈은 내 머리에 총부리를 겨눈 채 '다른 길'로 가라는 명령을 내리고 있었으므로.

-설마하니. 그 여자 때문인가?

"……."

-웃기지 마라. 너는 이미 지저분해진 놈이야. 애먼 사람 끌어들이지 말고, 외국으로 떠나서 돌아오지 마.

변조된 음성은 내게 악마처럼 속삭였다.

-이 일만 마치면 너를 잊겠다. 약속하지. 그러니 한성진, 움직여라.

어처구니없게도.

그 속삭임은 무척 달콤했다.

나는 지금, 차라리 해방감을 맛보고 있었다.

이성진은 매스컴 모르게 망나니짓을 일삼고 있었다.

놈은 마약 중독자이자 섹스 중독자였다.

그 별장에는 이름만 대면 알 법한 연예인이 들락거렸고, 어쩌면 오늘도 그럴 것이다.

돈이 곧 전부인 세상이다.

그 세상에서 이성진은 왕이었다.

왕의 치부를 들출 수 있는 자는 아무도 없다.

교외에는 이성진이 소유한 수많은 별장이 있었다.

수화기 너머의 존재는 내게 오늘 이성진이 묵고 있다는 별장을 알려 주었다.

내비게이션이 가리키는 곳으로 향하니, 한적한 산골이 모습을 드러냈고.

나는 어느 외국 건축업자가 시공했다던 별장 앞에 차를 세웠다.

신기하게도.

별장은 무척이나 적막했다.

'김 실장도 없는 건가?'

평소라면 시동이 꺼지자마자 우르르 몰려왔을 경호원들인데, 지금은 새벽별이 깜빡이는 소리마저 들릴 지경으로 고요했다.

'……평소보다 경계가 허술한데.'

어쩌면 경호실장도 한패일지 모르겠단 생각이 들었다.

아니, 확신했다.

'잘됐군.'

이성진의 시체가 발견될 때, 나는 이 나라에 없을 것이다.

자리를 비운 경호실장은 그야 문책을 받겠지만, 그에게 떨어질 콩고물을 생각하면 그까짓 불명예는 아무것도 아닐 것이고.

'하지만 대체 누가…….'

나는 생각하려다가 고개를 저었다.

이제 와선 무의미한 가정이었다.

이성진의 목숨을 노릴 사람은 무수히 많았다.

머릿속에 유력한 후보 몇 사람이 떠오르긴 했지만, 그조차도 개인적인 추측에 불과했다.

'가자.'

나는 이를 악물고.

다리를 절뚝이며 별장으로 향했다.

철컥.

스페어 키로 문을 따고 들어가자, 자동 등이 켜지며 긴 복도를 드러냈다.

별장은 마약과 섹스로 범벅이 되는 파티장이었다.

매스컴 속의 번듯한 이미지와는 달리 추잡한 취미였고, 이성진은 그 스스로 꼬리 밟힐 일은 하지 않았다.

그래서 별장 내부엔 CCTV가 일절 존재하지 않았다.

별장 안은 조용했다.

더군다나 이성진은 누군가 자신을 방해하는 걸 끔찍이도 싫어했다.

특히 여자를 침대에 들일 때는 더더욱.

나는 전등을 수동으로 끄고, 통유리로 된 창밖을 살폈다가 품에서 권총을 꺼냈다.

끼릭, 끼리릭.

봉투에는 권총과 소음기뿐만 아니라, 친절하게도 설명서가 동봉되어 있었다.

차 안에서 분리 결합을 두어 차례 시도해 봐서, 나도 어렵지 않게 소음기를 부착할 수 있었다.

'사람을 죽이는 건 처음이지만.'

지시자가 말한 대로 권총 옆면은 일련번호를 사포로 긁은 흔적이 있었고, 낡아 보이는 외견과 달리 총구는 한 번도 사용한 적 없이 깨끗했다.

나는 방아쇠에 손가락을 땐 채로 권총을 쥐었다.

'10분 내로 끝내고 돌아가자.'

국제 지명수배가 떨어지겠지만, 여권이 가리킨 대로 동남아 쪽에 몸을 숨길 생각이었다.

이성진의 부하 노릇을 하며, 관련된 커넥션도 몇 개 알고는 있었다.

'입막음당하는 게 문제지.'

신기하게도, 나는 이성진을 죽이는 것보다 그 뒤의 일처리를 생각하고 있었다.

막상 닥치고 보니 나는 나 스스로 놀랄 만큼 차분했다.

철컥.

권총 슬라이드를 당겨 장전을 마친 뒤.

나는 2층의 침실로 향했다.

끼이익.

살며시 문을 열자, 실크로 된 이불에 감싸인 여자의 헐벗은 새하얀 등이 보였고.

그 옆에선 이성진이 곤히 잠들어 있었다.

'이게 내 첫 사격인가.'

총이라는 건, 더군다나 권총은 가까운 거리라 하더라도 빗나갈 여지가 충분하다고, 어디서 들은 기억이 났다.

나는 가까이 다가가 그 미간 사이에 총구를 겨눴다.

그때, 이성진이 눈을 떴다. 나는 하마터면 권총을 떨어트릴 뻔했지만, 신기하게도 냉정함을 유지할 수 있었다.

"⋯⋯뭐야."

탄탄한 몸에 잘생긴 외모.

매스컴에 긍정적인 이미지를 심어 주는 데 한몫 단단히 한 얼굴이 멍한 눈으로 나를 보았다.

"⋯⋯병신?"

"까고 있네."

나는 총부리를 놈의 이마에 대고 꾹 밀었다.

"뭐냐?"

"권총."

"오."

아직 마약에 취해 있는지, 놈은 여전히 멍한 눈이었다.

"설마, 나를 죽이러 온 거야?"

"그래."

"……흠."

이성진은 입을 일자로 꾹 다물었다가 그 끝을 비틀었다.

"개가 주인을 무네?"

틀린 말은 아니었다.

나는 개였다.

이성진이 키우는 개.

굴종의 대가로 개집 아래 떨어지는 빗물을 핥아먹으며 기어 다니는 개.

이성진은 내 가족들을 붙들고 나를 쥐락펴락했다.

「개새끼는 주인의 말을 들어야지.」

아버지가 운전기사이던 시절엔 밥벌이가 그 목줄이었고.

아버지가 은퇴한 후엔 암 판정을 받은 아버지의 병원비가 목줄이 되었다.

이성진이 쥐고 흔드는 목줄을 따라 짖어 대다 보니, 나에게도 치부가 쌓였다.

「웃기지 마라. 너는 이미 지저분해진 놈이야.」

뇌리 속에 음성변조된 목소리가 상기되었다.

차라리.

내 뒤통수에 총부리를 들이민 그 정체불명의 지시자가 이성진보다 나를 더 잘 이해하고 있었다.

아버지의 사후, 이성진은 내 치부를 가지고 목줄을 쥐려 했겠지만.

놈의 생각은 짧았다.

이제 내게 남은 건 아무것도 없다.

내가 가진 것이라곤 모두 개밥그릇에 담긴, 이성진이 담아 준 사료일 뿐이었다.

동생과도 연을 끊은 지 오래였고, 그제야 나는 자유로워졌다.

'오히려, 기회야.'

어쩌면 나는 이런 순간을 기다려 왔는지도 모르겠다.

오랜 굴종으로 인해 허약해진 정신에.

벼랑 끝으로 등을 떠미는 제3자의 명령을.

"치워."

이성진은 손가락으로 내 권총을 밀어내고 태연히 침대에 걸터앉더니 탁자에 놓인 담배를 입에 물었다.

"불."

"……."

"새끼가. 불."

아직도, 놈은 분간을 못 하고 있었다.

잠이 덜 깬 건지, 마약이 덜 깬 건지.

과연, 바닥에는 벗어 던진 옷가지로 난장이었고, 탁자에는 허연 가루가 가득했다.

무슨 생각이었을까.

나는 순간 농담이 떠올랐다.

"이성진."

"뭐."

"영어로 불이 뭐지?"

"병신인가. Fire."

"Yes."

피융.

권총이 발사되고, 내 마지막 농담과 함께 이성진의 미간에 구멍이 뚫렸다.

풀썩.

이성진이 바닥에 쓰러지고, 카펫 위로 와인처럼 붉은 피가 스몄다.

"……."

오랜 시간 꿈꿔 왔던 순간이었는데, 신기하리만치 별다른 감흥이 없었다.

바닥에 쓰러진 이성진의 시체는 마치 고깃덩어리 같았다.

나는 고개를 돌려 침대 옆을 보았다.

등 돌린 여자는 여전히 벗은 등을 훤히 드러내 놓고 있었
다.

'아직도 자나.'

나는 얼른 돌아가기로 했다.

그때.

스륵.

인기척에 놀라 몸을 돌리니.

벌거벗은 여자가 내게 지근거리에서 리볼버를 겨누고 있
었다.

순간, 나는 이성진이 '항상 머리맡에 리볼버를 두고 있다'
며 떠들어 대던 것이 생각났다.

'농담이 아니었네.'

탕!

내 고개가 뒤로 젖히며 시야가 반전됐다.

"……."

나는 온몸을 감싸는 푹신한 오리털 이불의 감촉을 느끼며
눈을 떴다.

이 낯선 천장과 방은, 분명 병원은 아니었다.

'침대며 가구 일색이 거대해.'

다만, 죄다 고급 일색이긴 한데 왠지 모르게 시대감각에 뒤처진 느낌은 물씬했다.

'북유럽은 아니고. 영국제 위주.'

그리고 원목 가구에 밴 은은한 나무 향.

왠지 모르게 방 안 풍경이 눈에 익은 것이, 어쩌면 삼광 그룹의 감금용 저택인지도 모른다.

'결국 붙잡히고 말았군.'

주위 분간이 가능해진 나는 이마에서 느껴지는 이물감에 머리를 만져 보았다.

'아야!'

거즈를 붙여 둔 흔적이 있었다.

응급처치일까?

'분명, 리볼버의 총성을 들은 것 같은데.'

관통이 아니라, 운 좋게 스치고 만 듯했다. 머리가 어질어질하고 거즈를 붙여 둔 이마 쪽은 찢어진 통증으로 찌릿했다.

나는 슬며시 몸을 일으켰다.

'탈출은…… 음?'

나는 두 다리가 장애 없이 멀쩡하다는 것에 일순 놀랐고.

'……'

더군다나 바지며 옷은 스트라이프 파자마 차림이었다.

'누가, 왜 갈아입힌 거지?'

그러다가.

"······."

옷장 옆에 붙어 있는 전신 거울을 보며, 나는 일순 사고가 정지했다.

"······이성진?"

거울 속에 있는 건, 열 살 무렵의 이성진이었다.

팔다리를 움직이고 볼을 꼬집어 봐도, 나는 이성진이었다.

'어떻게 된 일이지?'

지금은 죽음 뒤에 꾸는 꿈속일까?

꿈이라 하더라도 열 살 무렵의 이성진이 되어 있는 꿈이라니, 어처구니없는 꿈이었다.

그게 아니면······.

순간, 나는 문 밖에서 느껴지는 인기척에 흠칫했다.

'온다.'

벌컥.

방문이 부드럽게 열리고.

거기 서 있는 건, 몇십 년 전의 이성진과 마찬가지로 몇십 년 전의 사모님이었다.

"성진아!"

사모는 나를 와락 껴안았고, 나는 그 바람에 몸이 굳고 말았다.

"성진아, 괜찮니? 응? 엄마야. 알아보겠어?"

사모는 연신 내 얼굴을 쓸고 머리를 어루만지고 이마의 거즈를 보더니 눈물을 글썽거렸다.

"세상에, 이 잘생긴 얼굴에 흉터라도 생기면⋯⋯."

나는 목구멍에서 튀어나오려는 '사모님'이라는 말을 간신히 내리눌렀다.

그리고 머릿속에서 이성진이 그의 어머니를 대하는 태도며 호칭을 기억해 입 밖으로 뱉었다.

"괜찮아."

두고 보니 나는 스스로도 놀랄 만치 냉정했다.

"조금 멍할 뿐이야."

"멍하다고?"

사모는 멍하니 중얼거리더니 딱딱하게 몸을 일으켰다.

"안 되겠다, 최 선생을 불러야겠어. 그러잖아도 너희 고모할머니께서 욕실 타일에 미끄러져 뇌진탕으로 돌아가셨는데⋯⋯."

"괜찮다고."

나는 일부러 신경질적인 말을 내뱉고.

힘겹게 다음 말을 입에 담았다.

"⋯⋯엄마."

엄마.

교과서를 읽을 때나 입에 담아 본 말이었다.

"그래."

사모는 눈가를 훔쳤다.

"성진이 네가 괜찮다고 하니 엄마도 그렇게 알고 있을게."

"······응."

"하지만 조금이라도 어지럽거나 하면, 엄마한테 말해야 한다?"

"응."

"그럼 세수하고 아침 먹으러 내려오렴. 안동댁."

사모의 부름에 방 밖에 기립해 있던 고용인이 들어왔다.

"예, 사모님."

"성진이가 씻고 옷 갈아입는 거 도와줘요. 상처는 덧나지 않도록 조심하고."

"예."

안동댁 아주머니.

이 시기엔 그분도 아직 퍽 젊었다.

안동댁 아주머니는 내가, 그러니까 한성진이 이 집에 들어온 직후 알게 모르게 잘 챙겨 준 사람이었다.

사실 젊고 아름다운 사모님은 내게 어딘지 다소 껄끄럽고 어려웠지만, 어릴 적부터 신세 졌던 푸근한 인상의 안동댁을 만나니 내 긴장한 신경도 부쩍 누그러졌다.

"그럼 밑에서 보자."

"응."

사모님이 돌아가고, 안동댁 아주머니가 내게 다가왔다.

"도련님, 씻으러 가요."

"……응."

나는 안동댁에 이끌려 방에 딸린 욕실로 향했다.

'뭐가 어떻게 돌아가는지는 모르겠지만, 일단은 상황 파악부터 해야겠지.'

깨어 보니 열 살 남짓의 이성진이 되어 있었다.

황당하고 어처구니없긴 해도.

살아남아 삼광 그룹의 보안요원들에게 붙들린 것보단 수억 배는 나은 상황이었다.

'그리고 오늘은 분명…….'

욕실로 가기 직전, 나는 벽에 걸린 달력을 보았다.

  1994. 4. 5. 일요일

삼광 그룹의 로고가 박힌 달력 속 오늘은 30년 전, 이성진이 한성진과 만난 날이었다.

삼광 그룹 일가의 아침은 보통 일식으로 시작한다.

이는 초대 회장이었던 이휘철의 취향으로, 그는 유년기 대부분을 일본에서 지낸 것으로 알려져 있다.

하지만 오늘은 이휘철 회장의 부재중에 생기는 소소한 일

탈로, 서양식 아침 식사가 차려져 있었다.

이는 유학파인 사모의 취향이다.

"흠."

내가 죽을 당시보다 젊은, 지금의 이태석 사장은 식탁 앞에 앉아 영자 신문을 읽다가 고개를 돌려 나를 보았다.

"……."

그는 이휘철 회장의 은퇴 이후 2대 회장직을 승계하여 역임하게 되지만, 국내 대기업 수준이던 삼광 그룹을 글로벌 기업으로 키워 낸 건 그의 역량이었다.

나도 '생전'에 몇 번인가 그를 본 적이 있었지만 이렇게 제대로 마주하며 밥상을 공유해 보긴 처음이었다.

'이상하리만치 숨이 턱턱 막히는군.'

이성진은 아버지인 이태석을 부쩍 어려워했는데, 그나마 이태석이 살아 있을 땐 그 망나니짓도 정도를 알았다.

이태석은 2024년 당시 식물인간 상태였고, 그때 삼광 그룹은 누가 그 뒤를 이을 것인지에 관한 문제로 복잡했다.

원래대로라면 초대 회장인 이휘철의 장손이자 2대 회장 이태석의 장남인 이성진의 손안에 들어와야 마땅했으나.

그 망나니짓이 활개를 치며 사방에 적을 만든 이성진은 삼광 그룹의 지분만 대거 보유하고 있을 뿐인 눈엣가시였다.

"……밥 먹자."

나는 말없이 이태석의 대각선에 앉았고, 사모는 내 맞은편에 자리를 잡았다.

내가 자리에 앉으니 뒤에 서 있던 고용인이 잔 가득 오렌지 주스를 따라 주었다.

"내일은 학교를 쉬게 해야 할까 봐요."

구운 빵에 버터를 바르며 사모가 말했다.

"이참에 성진이 방도 1층으로 옮길까 생각 중이고요."

"호들갑은."

이태석은 마시던 커피 잔을 내려놓았다.

"남자한테 흉터 한두 개는 흉도 아니야."

"당신도 참."

"한스, 당신도 알지? 독일인."

"네."

"그 친구가 유럽에서 남자의 흉터는 명예나 진배없다고 했어."

그러더니 이태석은 나를 물끄러미 쳐다보았다.

꿀꺽.

생전의 내 나이보다 어린 그인데도, 그 서늘한 눈빛의 묘한 카리스마가 그를 나이보다 더 원숙하게 보이게 했다.

"그러고 보니 왠지 좀 달라진 거 같군."

그 말에 내가 한성진임이 들키기라도 한 양 속이 뜨끔했다.

'역시 만만찮은 영감이야. 아니, 지금은 젊지만.'

이태석의 말을 들은 사모는 탐탁찮아하며 고개를 끄덕였다.

"그럴까요?"

"정 뭣하면 최 박사한테 보이고. 유난 떨 것 없잖아."

그때 나는 이태석의 말에서 나, 아니 이성진을 향한 희미한 애정을 느꼈다.

「빌어먹을 꼰대. 칼로 찔러도 피 한 방울 안 나오겠지.」

이성진은 이태석을 가리켜 그렇게 평했지만, 막상 대하고 보니 그는 이성진이 전해 준 말보다 정이 많은 사람이었다.

'이 시대 남자들은 표현이 서툴기 마련이니.'

달그락거리는 소리와 바삭하고 잘 구운 토스트 먹는 소리가 섞였다.

나도 입맛은 없었지만 분위기를 봐서 주스를 한 모금 마셨다.

"아참, 오늘 김 기사 대신 다른 기사가 온다면서요?"

멈칫.

나는 사모의 말에 귀를 기울였다.

"그랬지."

"들으니 우리 성진이 또래 애랑 그 밑에 여자애도 데리고 오나 봐요."

"음."

"새로 오는 기사……."

"한 씨야."

"네, 그분은 별채에 김 기사가 쓰던 방을 주면 되고……. 애들은 어쩌죠?"

"알아서 하겠지."

이태석은 무뚝뚝하게 말했다가 덧붙였다.

"다락에 빈방이 있지 않아?"

"그래요? 어떻게 알았어요?"

"나 참. 우리 집인데 당연히 알지."

이태석은 어처구니없다는 듯 픽 웃었다가, 미소가 내 앞에서 그 위엄을 해치기라도 하는 양 얼른 표정을 고쳤다.

"어차피 한 씨…… 한 기사랑 별채에 같은 방을 준다고 해도, 그는 내 스케줄에 맞춰 움직일 테니까 방을 비우는 때도 많겠지. 차라리 고용인들의 눈이 닿는 여기가 나을 거야."

나는 그간 별채의 아버지와 떨어져 다락에서 지내는 걸 차별처럼 여겨 왔었는데, 막상 겪고 보니 그것은 이태석 나름의 세심한 배려였다는 걸 알게 되었다.

이태석의 리더십은 의외로 섬세한 구석이 있었으니까.

"말씀을 들으니 그러네요."

사모는 고개를 끄덕였다.

"안동댁 말이 걔들, 엄마도 없다고 했으니까요. 불쌍해라."

악의는 없겠지만, 말에서 묻어난 텅 빈 동정을 들으니 속이 불편해져 주스를 한 모금 더 마셨다.

그 상황에 이태석이 나직이 끼어들었다.

"당신, 애들 앞에선 티 내지 마."

"네? 네, 알았어요."

"이성진."

시위가 갑자기 나를 향해서, 나는 자세를 바로 했다.

"예, 아버지."

"들었지?"

"예."

"고용인의 객식구라곤 해도, 식구다. 식구(食口). 한자로 풀이하면 먹을 식(食)에 입 구(口)를 쓴다."

이태석은 나를 지그시 쳐다보았다.

"즉, 우리와 함께 한솥밥을 먹는 사이니 모두 우리 식구라고 할 수 있지. 그러니 너도 이 기회에 네 또래…… 고용인을 어떻게 대하면 좋을지 고민해 봐라."

"……예."

이태석은 이 말을 당시의 이성진에게도 했을 것이다.

하지만 이성진은 나를 '부하'로 보았으니, 그가 말한 '식구론'은 한 귀로 흘리고 말았거나 이해를 못 한 것이 분명했다.

이태석도 완벽한 초인은 아니다.

수신(修身)은 했으되 그 아들로 제가(齊家)는 하지 못했고,

그래서 기개가 치국평천하(治國平天下)까지 이어지진 못했다.

아직 젊기에 그런 것일까.

회장직에 오른 당시의 이태석이라면 싹수가 노란 이성진을 어떻게 대했을지.

그의 오산이라면 자식인 이성진을 그 분신처럼 대하며 당신처럼 자라길 기다렸다는 것에 있을 것이다.

'이제 와선 의미 없는 이야기지만.'

나로선 입으로 들어가는지 코에 들어가는지 모를 아침 식사를 마치고, 이태석은 출근했다.

출근이라고는 해도, 일요일이다.

아마 이태석은 지금 거래처 사람들과 필드에서 골프를 치고 있을 터.

'뭐, 결국 그것도 일의 연장이지.'

새삼스러운 일에 그제야 현실이 자각되며 주위를 둘러볼 여유가 생겼다.

나는 거실의 가죽 소파에 기대듯 앉았다.

'설마 나는 이대로 쭉 이성진으로 살아가게 되는 건가?'

영문 모를 황당한 일이기는 해도, 부잣집 도련님으로 두 번째 인생을 시작하는 건 나쁜 이야기가 아니었다.

'한 가지, 30년 뒤에 죽게 된다······는 것만 제외한다면 말이지만.'

문득 생각났다.

'대체 이성진의 암살을 사주한 건 누구였을까?'

그걸 행동에 옮긴 건 나였지만, 시기를 잡고 준비를 마친 뒤 나를 조종한 자는 따로 있었다.

이성진에게는 적이 많았다.

그건 이성진이 일삼은 망나니짓에도 원인이 있겠지만, 그 정도 일을 결행하고 실천에 옮길 수 있는 건 그런 원한 관계로 얽힌 '천것'이 아닐 것이다.

'천것들.'

이성진이 일반 시민을 싸잡아 부르던 말이었다.

그에게 사람이란 '천것'과 '그렇지 않은 것' 두 부류로 나뉘었고, 물론 나는 천것이었다.

또, 굳이 내가 아니었더라도 이성진의 미간에 총알을 직접 박아 넣어 줄 천것은 무수했다.

'뿐만 아니라 이성진은 망나니이긴 해도 대삼광 그룹의 차기 오너 후보였으니까.'

비록 회장인 이태석의 눈 밖에 났다고는 해도, 보유한 그룹의 지분도 높았고 그 아래에서 딸랑이며 콩고물을 주워 먹으려는 이들도 무수했다.

'그것도 나름의 세력이라면 세력일 수 있겠지.'

나와 이성진의 행동거지를 입수할 정보력을 갖추고 있는 데다가 출처를 알 수 없는 권총과 탄약을 수급할 수 있는 위치.

　그리고 이성진의 죽음으로 이득을 볼 수 있는 자들.

　'내가 이성진으로 살아가야 한다면, 나와도 무관한 일이 아니야.'

　지저분한 일과 관계된 조폭.

　연루된 정치인.

　승계를 노리는 친척들.

　경쟁 기업.

　당장 떠오르는 후보만 해도 그 가짓수가 무수했다.

　"아부부."

　나는 옹알거림에 눈앞의 보행기에 탄 이성진의 여동생, 이희진을 보았다.

　그러고 보면 혈육인 이희진이야말로 이성진 암살을 사주할 만한 가장 유력한 후보였다.

　그녀야말로 이성진의 죽음으로 가장 큰 이득을 거둘 사람이니까.

　"혹시 너냐?"

　"아부부?"

　이희진은 고개를 갸웃하더니 침을 줄줄 흘렸다.

　"베에."

　나는 이희진의 침을 턱받이로 닦아 주며 픽 웃었다.

'정말이지, 사방이 적이군.'

그래도 아직 걸음마도 못 뗸 아기니, 이 시기의 이성진에게 이렇다 할 원한은 없을 것이다.

'이희진도 일단은 후보에 넣어 둬야겠어.'

그때 안동댁이 분주히 움직였다.

'나, 아니 한성진이 오는 건가.'

나는 소파에서 몸을 일으켰다.

'확인할 게 있어.'

한성진.

내가 어떻게 되어 있느냐에 따라 앞으로의 계획이 결정될 것이다.

나는 이 순간, 나를 만나는 일이 공연히 긴장되었다.

이 집에 처음 왔던 날은 내 기억 속에도 뚜렷이 남아 있다.

일요일 아침.

단칸방에 쌓인 박스를 뒤로하고, 우리는 목욕탕을 들른 직후, 모처럼 택시를 탔다.

택시를 탄 건, 어머니가 위독하다는 연락을 들은 아버지의 손에 이끌렸을 때가 마지막이었는데.

「오빠, 우리 이사 가는 거야?」

일요일 아침의 만화 방송을 보지 못해 심통이 나 있던 어린 동생은 금세 기분이 바뀌어 있었다.

나는 택시 뒷좌석에서 동생의 조막손을 꼭 쥐어 주었다.

「버릇없이 굴면 안 돼.」

「응.」

당시 내 눈에 이성진이 사는 집은 만화영화에나 나올 법한 크고 찬란한 성으로 비쳤더랬다.

부촌 언덕길을 올라 험상궂게 생긴 경비원이 있는 입구를 지나면 상주 정원사가 다듬는 정갈한 정원이 모습을 드러냈다.

잔디 사이로 난 판석 길을 따라 걸으면, 붉은 벽돌로 외벽을 친 커다란 2층 저택이 그 뒤로.

고용인이 문을 열어 주는 현관 안으로 발을 들였을 땐 희미하게 감도는 좋은 향기와 그 향기처럼 집안 곳곳에 밴 클래식 선율이 가슴에 스몄다.

얼굴이 비칠 것 같은 대리석 바닥 위로 매달려 있는 높은 천장의 샹들리에, 완벽하게 조절되는 실내 온도.

어린 시절의 나는 기대와 두려움이 뒤섞인 복잡한 심경 속에서, 동생의 손을 꼭 잡고 그 집 현관 앞에 서 있었다.

「먼저 인사를 드리고 올게.」

아버지는 내가 가진 가장 비싸고 깨끗한 옷 어깨에 묻은 먼지를 툭툭 털어 준 뒤, 커다란 손으로 내 머리를 쓰다듬었다.

「하지 마.」

나는 괜히 심통을 부리며 아버지가 헝클어 놓은 머리를 매만졌고, 아버지는 소리 없이 웃었다.

그때 나는 아버지의 손이 희미하게 떨렸던 것을 기억한다.

아버지 또한 난생 처음 보는 대저택의 모습과 앞으로 펼쳐질 인생에 긴장한 기색이었다.

아버지가 현관으로 향하는 등은 평소와 달리 이상하리만치 작아 보였다.

아버지는 나와 내 동생을 뒤에 둔 채, 모자를 벗고 허리를 굽혔다.

사모 앞에 허리를 굽혀 정중하게 인사하는 아버지를 보면서, 나는 그 시절을 선연히 떠올렸다.

"처음 뵙겠습니다, 사모님. 오늘부터 사장님의 운전을 맡게 된 한익태입니다. 편하고 안전하게 모시겠습니다."

아버지는 목욕탕에서부터 미리 준비해 둔 말을 입에 담았다.

아버지는 내 기억보다 더 젊었다.

그 시절의 아버지.

생전의 나보다 젊은 아버지가 내 앞에 있었다.

나는 아버지의 임종도 지켜 드리지 못한 놈이었다.

"반가워요, 한익태 씨. 서명선입니다."

사모의 부드럽지만 묘하게 사무적인 목소리 속에서, 아버지는 고개를 들었다.

순간 아버지와 내 눈이 마주치고.

아버지는 나, 이성진을 향해 살짝 미소를 보였다.

그건 아들 또래의 도련님을 향한 격의 없는 미소였다.

사모가 나를 힐끗 보더니 아버지를 향해 말을 이었다.

"성진아, 인사하렴."

그 부름에 아버지는 조금 놀란 듯 눈을 깜빡였다.

그도 그럴 것이, 아버지의 아들과 내 이름이 같았으니까.

하지만 아버지에게 그건 소소한 해프닝에 지나지 않는 일이었을 것이다.

나는 목소리가 떨리지 않도록 조심하면서 아버지에게 인사했다.

"이성진입니다."

이상하게도.

"반갑습니다."

나는 이 상황에 냉정함을 유지할 수 있었다.

아버지는 내 인사에 미소 띤 인사를 보냈다.

"반갑습니다, 도련님."

사모는 그 와중, 내 별것 아닌 정중한 인사가 기특했는지
자부심 가득한 미소를 지었다.

"그러고 보니, 한익태 씨. 아이들이 있었죠?"

사모는 아버지의 어깨 너머를 보았고, 아버지는 내게서 시
선을 거뒀다.

"예. 소개드려도 될까요?"

"물론이죠."

"감사합니다. 얘들아, 들어오렴."

아버지의 부름에 뒤에서 대기하고 있던 '나'와 '내 동생'이
쭈뼛쭈뼛하며 현관으로 들어섰다.

한성진.

30년 전의 11세인 나.

기묘한 기분이었다.

우리는 자연스레 눈이 마주쳤다.

당시의 나는 눈이 맑았다는 걸 알게 되었다.

'생각보다 귀엽네?'

30년 전의 나를 관조하며 객관화하는 건, 앨범 속의 사진
을 보는 것과 달랐다.

잠시 나를 보던 한성진은 얼른 고개를 돌려 사모에게 준비
해 온 자기소개를 했다.

"안녕하세요! 저는 대명국민학교 4학년 9반 한성진이라고
합니다! 만나 뵙게 되어 영광입니다!"

사모는 한성진의 쩌렁쩌렁한 자기소개에 놀라 눈을 깜빡였다.

그리고 한성진은 꾸벅 고개를 숙인 뒤, 옆에서 멀뚱멀뚱 서 있는 동생의 옆구리를 쿡쿡 찔렀다.

"성아야, 인사해, 인사."

그제야 동생도 얼른 오빠를 따라 고개를 숙였고, 고개를 숙인 채로 목소리를 높였다.

"안녕하세요! 한성아입니다! 여덟 살입니다!"

사모는 아이들을 좋아하는 편이었다.

그래서 사모는 일정 선을 긋고 아버지를 대할 때와는 다른 부드러운 미소로 남매를 대해 주었다.

"한성진?"

사모의 말에 한성진이 얼른 고개를 들었다.

그때, 나는 불현듯 생각난 게 있어서, 얼른 한성진 곁으로 갔다.

"네, 아줌⋯⋯아야!"

나는 한성진의 발을 밟았다.

"아, 미안."

나는 건조하게 사과한 뒤 얼른 그 귀에 대고 속삭였다.

"사모님."

사모는 '아줌마'로 불리는 걸 아주 싫어했다.

나는 첫 대면 때 사모님을 '아줌마'라고 불렀고, 그 순간 사모의 표정이 딱딱해지는 걸 본 기억이 있었다.

나중에 안동댁 아주머니에게 따로 불려 가 혼이 나기도 했으니.

어쩌면 내가 아직도 사모를 어려워하는 건 그런 어릴 적 기억이 흔적으로 남아 있어서인지도 모르겠다.

한성진은 첫 대면부터 내게 발을 밟히고 무어라 속삭임을 들은 것에 놀란 눈치였지만, 빠릿빠릿하게 자신의 실수를 정정했다.

"네, 사모님."

당시의 나는 나 스스로를 멍청하고 쓸모없는 녀석이라고 여겼는데, 그렇지만도 않은 듯했다.

사모는 내 돌발 행동에 어처구니없어 하면서, 그 바람에 '아줌'까지 들었던 걸 까맣게 잊은 눈치였다.

"성진이 너……."

거기까지 말한 사모는 갑자기 이름이 불려 깜짝 놀란 토끼 눈이 된 한성진에게 미소를 지었다.

"아, 그렇지. 미안하구나. 성진아, 너도 인사해야지."

나는 한성진에게 우리가 성씨는 달라도 동명이인임을 알려 주었다.

"반갑다. 나는 이성진이라고 해."

내 소개에 한성진은 놀란 눈치였다.

"아, 안녕. 나는 한성진이야. 만나서 반갑, 아."

그리고 한성진은 '나'를 만나면 하려고 했던 인사를 준비했다.

한성진은 바지춤에 손바닥을 슥슥 문질러 닦고, 내게 악수를 청했다.

"만나서 반가워. 앞으로 잘 지내 보자."

그때 이성진은.

그 악수를 받는 대신 툭, 한마디를 던졌다.

「너, 엄마가 없다며?」

이성진과의 첫 대면은 그런 식이었다.

이번엔.

말없이 그 손을 꾹, 맞잡았다.

한성진을 통해, 어린아이 특유의 부드럽고 따뜻한 손이 내 손아귀 가득 들어찼다.

"그래. 잘 지내 보자."

사모와 아버지는 그런 우리를 흐뭇하게 바라보았고.

그렇게 나와의 첫 대면은 그럭저럭 잘 풀리는 듯했다.

한성아가 입을 열기 전까진.

"아줌마, 저, 쉬 마려워요."

……씁.

그날 저녁 식탁은 비교적 화려했다.

삼광 그룹의 가풍인지는 몰라도 재벌가라고 해서 매일 저녁 스테이크를 썰지는 않았고, 평소에는 일반 가정식에서 반찬 가짓수가 몇 가지 더 많은 정도에 불과했다.

물론 들인 재료는 전국 각지에서 오거나 물 건너온 최고급품이었지만.

오늘은 새 식구가 들어와서 그랬는지, 아니면 단순히 사모의 지시였는지, 고용인들도 제법 솜씨를 부렸다.

"오늘 우리 성진이가 얼마나 의젓했는지 몰라요."

이태석이 식탁에 앉자 사모는 기다렸다는 듯 재잘댔고, 이태석은 잡채를 뜨려다 고개를 돌려 나를 보았다.

"그래?"

"네. 한 기사네 애들을 데리고 이런저런 것들을 잘 가르쳐 준 모양이에요. 안동댁도 '도련님이 참 의젓하셨다'며 입에 침이 마르도록 칭찬하던걸요."

"흠."

이태석은 무심한 척 고개를 끄덕였지만, 그 변화를 읽기 힘든 표정 속에서 나는 묘한 자부심 같은 걸 읽을 수 있었다.

아마 내가 불혹에 이른 한성진과 '영혼'이 뒤바뀐 건 꿈에도 모른 채, 천둥벌거숭이 같던 장남이 또래를 한 지붕에 들이고 그걸 의식하기 시작한 것이라 생각하는 모양이었다.

더군다나 두 아이를 다락에 들이기로 결정한 건 본인의 의사였으니까.

그 스스로 자신의 교육 방침이 성공을 거둔 것이라 여기며 이태석은 입가에 희미한 미소를 건 채 입을 열었다.

"애들도 잠시 봤지만 예의가 바르더군."

"귀여운 애들이에요. 게다가 여자애, 고 조그만 것이 저한테 뭐라고 한 줄 아세요? '사모님, 예뻐요'라고 하던걸요."

다행히, 사모는 한성아가 초면에 아줌마라고 부른 건 까맣게 잊은 듯했다.

"성진이가 시켰겠지."

이태석의 시시한 농담에 사모는 입을 가리고 웃었다.

"당신도 참."

정작 나는 심장이 벌렁벌렁했다.

'어떻게 알았지?'

사모가 말을 이었다.

"아, 그러고 보니, 그 집 아들, 우리 성진이랑 이름이 같더라고요."

"그랬지. 뭐 나만 해도 동명이인의 지인이 몇 되잖아?"

"그렇죠. 아무튼 우리 성진이도 철이 든 모양이에요."

말하면서, 사모는 맞은편의 나를 향해 미소를 보냈다.

"아무래도 아랫사람이 생기니 책임감도 생긴 거 같죠?"

악의는 없다지만.

결국 근본적 인식의 저변에 깔린 사고는 어쩔 수 없는 일이었다. 나도 그걸 알고 있음에도, 직접 전해 들으니 속이 불편했다.

"아랫사람이 아니라."

나는 그래서, 구태여 입을 열었다.

"식구라고 생각했어요."

"어머."

사모는 눈을 동그랗게 떴고, 이태석도 흥미롭다는 듯 나를 관찰했다.

"식구?"

"네. 저는 아버지께서 아침에 말씀하신 내용대로 행했을 뿐인걸요."

사모가 미소를 지었다.

"얘도 참. 잔망스럽게."

한편 이태석은 자기 자식이 자신의 가르침을 따라 행한 것이 아주 만족스러운 눈치였다.

"이성진."

"예, 아버지."

"잘했다."

이태석이 할 수 있는 최고의 칭찬이었다.

퍽 화기애애한 식사를 마치고, 나는 방으로 돌아와 침대에 누웠다.

혼자가 되니 비로소 실감 나는 일이 있었다.

오늘, 나는 이성진이 되었다.

그리고 과거의 나, 한성진과 만났다.

나는 이 기묘한 상황에 나름의 논리를 끼워 맞춰, 한성진과 만나기 전부터 한 가지 가설을 세워 둔 터였다.

'내가 이성진이 되었듯, 이성진은 한성진이 된 것이 아닐까.'

그래서 나는 구태여 그 자리를 함께하며 한성진을 살폈던 것인데.

그런 걱정은 기우였던 듯하다.

만일 눈앞의 한성진이 이성진이 된 것이라면, 이렇듯 천진하게 나오지 않았을 것이기에.

한성진이 빌려 간 모양인지 책장에는 책이 몇 권 빠져 있었고, 나는 그것이 못내 흐뭇했다.

제대로 된 컴퓨터도, 인터넷도 스마트폰도 없는 시절이라 그런 것도 있겠지만.

'어릴 땐 부러웠지. 그게.'

침대에 누워 있으려니 온갖 잡생각이 가득했다.

오늘 하루, 많은 일이 있었다.

과거로 돌아와 이성진이 되어 나를 만났고, 그것은 내게 한편으론 꿈결처럼 흘러갔다.

이성진을 총으로 쏘아 죽인 밤까지 포함한다면, 더 길고 험난한 하루였다.

그것이 어린아이의 육체와 정신에는 가혹한 일이었던지, 나는 의식이 잠결에 젖어 드는 걸 느꼈다.

'내일 아침, 눈을 뜰 수 있을까.'

눈을 떴을 때, 나는 어디에 있을까.

이 낯설고 익숙한 천장을 다시 보게 될까.

마침 아이들이 돌아왔는지 이성진의 방 바로 위, 다락이 쿵쿵거리는 소리가 들렸다.

예전의 나는 첫날, 이성진의 태도에서 배타감을 느끼고 동생에게 엄격한 주의를 주었다. 그리고 한성아는 이 집에 들어온 이후, 내 강박 속에서 부쩍 말수가 줄어 갔다.

책을 빌려 가거나 다락에서 쿵쿵 소리를 내는 건 엄두도 못 낼 일이었다.

그랬을 그들에게 최고의 하루는 아니겠지만, 이만하면 썩 괜찮은 하루를 선물해 주었다.

그것만으로도 변화의 조짐이 느껴졌다.

'만약 내가, 이대로 이성진으로 살아가야 한다면······.'

30년 뒤엔 죽을지도 모른다.

어쩌면 그 이전일 수도, 이후일 수도.

아예 일어나지 않는 일이 될 수도.

무엇이 나를 이렇게 만든 건지는 모르겠지만.

'망나니짓을 하지 않고 평범하게만 살아가도 미래에 죽을 일은 없지 않을까.'

그런 생각을 떠올렸다가 고개를 저었다.

'아니. 이성진이 개망나니 자식이긴 해도, 원한 관계에 의한 살해는 아니었어.'

원한 관계였다면, 과연 차도살인을 했을까.

'다음 기회가 또 오리란 보장은 못 해.'

그러니.

차라리, 오히려.

아무도 손을 댈 수 없는, 그런 확고한 위치까지 올라서야 미래의 죽음을 방지할 수 있으리라.

'여지를 주지 않는, 그런 위치가…….'

여러 생각을 하다가, 나는 까무룩 잠이 들었다.

불행인지 다행인지.

나는 무탈하게 다음 날 아침을 맞이했다.

창문 틈으로 새벽의 쪽빛이 스며들어 와, 나는 눈을 떴다.

'꿈이 아니었어.'

어제 있었던 일이 오늘도 일어나는 것이라면, 오늘 있을 일은 내일로 이어질 것이다.

지금으로선 그렇게 생각할 수밖에.

나는 멍하니 천장을 올려다보다가 침대에서 빠져나왔다.

'등교 준비를 해야 하나?'

이성진으로 살아가게 된 이상, 상황에 맞춘 삶을 살 필요가 있었다.

지금 나는 초등학교 4학년생이고, 오늘은 월요일이었다.

'불혹의 나이에 다시 초등학교로 간다니.'

1994년 4월 6일 월요일.

11세의 한성진이 천화초등학교로 전학 온 첫째 날이기도 했다.

'아니, 이 시점엔 천화국민학교지.'

내가 6학년이 되는 96년 즈음엔 정부 시책을 따라 천화초등학교로 그 명칭이 바뀌게 되지만, 지금 시점에선 아직 국민학교였다.

'입에 버릇이 남지 않도록 조심해야겠어.'

나는 안동댁이 오기 전 방에 딸린 화장실에서 세수를 마치고, 옷장을 살폈다. 내 방 옷장 속에는 어느 것 하나 값비싸지 않은 것이 없었다.

'최대한 수수한 걸 찾고 싶은데.'

옷장 속에 즐비한 해외 명품 브랜드에서 나는 개중 채도가 낮은 수수한 옷을 찾아 입었다.

셔츠 단추를 잠그고 있으려니 문이 열렸다.

"어머, 도련님, 벌써 일어나셨어요?"

안동댁은 벌써부터 일어나 옷을 갈아입고 있는 내 빠릿함에 조금 놀란 눈치면서도 나를 퍽 대견스러워하고 있었다.

"눈이 떠져서."

안동댁이 다가와 내 셔츠 단추를 잠가 주었다.

"도련님도 집 안 친구가 생기니 바지런해지셨네요."

어제 대강 눈치챈 일이지만, 다들 내 태도의 변화가 또래 군식구를 들이면서 생긴 것으로 오해하고 있는 모양이었다.

나로선 그들의 그런 오해가 못내 기꺼웠다.

이성진의 사소한 행동 하나하나까지 고려해야 하는 건 몹시 피곤한 일일 터이고, 와중엔 한두 가지 실수도 나오기 마련일 것이다.

그렇다고 일부러 11살 무렵의 이성진이 보여 준 천방지축인 행태를 모방해 연기하는 것도 내겐 곤혹스러운 일이니.

차라리 처음부터 '계단에서 굴러 머리를 다친 탓'에 철이 든 것보단, 군식구의 영향을 받은 것이라 생각하는 편이 나로서도 달가운 일이었다.

애들이란 원래 주변 환경의 변화에 민감하게 반응해 자신의 처세를 바꿀 줄 아는 존재이고, 외부의 영향에 태도가 바뀌기도 쉬운 법이니까.

그래서 안동댁이 오해하기 시작한 김에, 앞으로 나 자신의 행동 지침도 내려 두기로 했다.

"이제부턴 아침엔 내가 알아서 할게."

"혼자서요?"

"응. 아침에 일어나서 세수하고 양치하는 것부터 옷 갈아입고 등교 준비까지 전부."

"정말요?"

"응. 아침엔 다들 바쁘잖아?"

고작 그 정도 일일 뿐인데도, 안동댁은 나를 대견하다는 듯 바라보았다.

"그렇게 생각할 줄도 알고. 도련님은 벌써 어른이 다 되셨네요."

"맞아. 그러니 애들한테는 내가 먼저 모범을 보여야지."

나는 내 변화가 또래를 의식한 것임에 쐐기를 박았다.

"알았어요. 그럼 도련님이 하고 싶은 대로 하세요."

"응. 애들은?"

"깨우러 갔는데, 벌써 이불을 개고 있더라고요."

나는 고개를 끄덕였다.

당시의 나는 나이에 비해서 되바라진 구석이 있었고, 이 대궐 같은 집에 최대한 폐를 끼치지 않아야 한다는 강박마저 있을 지경이었으니까.

내가 할 수 있는 한도에선 최대한 편하게 그들을 대해 주었음에도 그런 한성진 자신의 본성까진 변하지 않은 모양이었다.

안동댁은 내 이마 한쪽에 붙어 있던 붕대를 갈아 주었다.

"세상에, 어째. 이 잘생긴 얼굴에 흉터가 지겠네."

"괜찮아, 앞머리로 가리지 뭐."

"사모님이 속상해하시겠어요."

"괜찮대도. 별로 티도 안 나는데."

나는 거울에 비친 나를 보았다.

오히려 흉터가 있는 편이, 지금의 내가 원래의 이성진과 다른 존재임을 각인시켜 주는 표상처럼 보여 나로선 그게 마음에 들었다.

아침은 간소했다.

이태석이 고용인과 우리 관계를 '식구'라고 떠들어 대긴 해도, 겸상을 하는 일은 좀처럼 없었다.

한성진 남매도 한 지붕 아래 살고 있긴 했으되 식사는 고용인들과 모여 별채에서 따로 먹었다.

나도 아침엔 한성진 남매와 집에서 마주치는 일 없이 준비를 마쳤다.

"그럼, 다녀올게."

이태석은 첫날 아버지가 이것저것 한성진 남매의 전학 수속을 밟아야 하는 걸 배려해서 홀로 자가용을 몰아 출근했다.

그사이 사모는 아침부터 전화기를 붙잡고 이런저런 통화를 했다.

"천화국민학교죠? 서명선이라고 합니다. 교장 선생님을 좀 바꿔 주시겠어요?"

그건 아마 교장에게 한성진의 수속에 편의를 '부탁'하는 내용이었을 것이다.

'배려는 배려인데······.'

그 바람에 학창 시절 내내 한성진은 이성진의 종노릇을 했다.

'사모는 알 턱이 없었으니, 비난할 일은 아니겠지만.'

나는 통화 중인 사모에게 인사했다.

"그럼 다녀오겠습니다!"

"응? 아, 그래. 잘 다녀오렴."

나는 사모를 뒤로하고 차고로 향했다.

오늘은 이태석의 배려 덕에, 나 또한 아버지가 운전하는 차를 타고 등교할 예정이었다.

정원 지하와 이어진 차고에서는 정장 차림의 아버지가 콧노래를 부르며 검정색 외제 승용차의 먼지를 닦고 있었다.

나는 그런 아버지의 모습을 지켜보다가 말을 건넸다.

"안녕하세요."

아버지, 한익태는 고개를 돌려 나를 보더니 모자를 벗고 고개를 숙였다.

"안녕하세요, 도련님. 좋은 아침입니다."

"네, 한 기사님도 안녕히 주무셨어요?"

"네, 덕분에 편안히 잘 잤습니다."

"어제는 경황이 없어 제대로 인사를 못 드렸죠. 이성진입니다."

내 말에 아버지는 멈칫하더니 미소 띤 얼굴로 나를 보았다.

"제 아들과 또래라고 들었는데. 도련님은 말투하며 행동거지가 참 어른스러우시군요."

"……아뇨."

"그러잖아도 애들에게 도련님이 참 의젓하고 좋은 분이라고, 잘 대해 주셨다고 들었습니다. 감사드립니다."

"아닙니다. 성진이도 착하고 생각이 깊던걸요."

내 말에 아버지가 웃었다.

"하하, 도련님만 하겠습니까. 앞으로도, 저희 성진이와 성아를 잘 부탁드리겠습니다."

도련님이 아닌 이름으로, 존대가 아닌 말투로 나를 대해 달라고 말하고 싶었지만.

지금의 나는 한익태의 아들 한성진 아닌, 이태석의 아들 이성진이었다.

그나마 내가 할 수 있는 건 전생의 이성진과 달리 아버지와 상호 존대를 이어 가는 정도가 고작.

'나는 어제부로 한성진이 아닌, 이성진이 되었으니까.'

나는 '도련님'과 은근히 거리를 두는 아버지의 태도를 통해 마음을 다잡을 수 있었다.

그래서 나는 일부러 아이다운 천진함을 가면 삼아 얼굴에 덮어 씌웠다.

"저도, 아버지를 잘 부탁드리겠습니다. 한 기사님."

"하하하, 예, 물론이죠. 사장님뿐만 아니라 도련님의 가족 모두, 안전하고 편안하게 모시겠습니다."

이윽고 아버지와 독대는 끝이 났다.

"아빠!"

만화 캐릭터 가방을 멘 한성아가 아버지 품에 안겼고, 아버지는 한성아를 번쩍 안아 들었다.

"어이쿠, 우리 공주님. 무겁기도 하지."

"히히. 아, 이성진 오빠도 안녕!"

한성아는 아버지의 품에 안긴 채 나를 보았고, 나는 미소 띤 얼굴로 고개를 끄덕였다.

"그래. 성아도 안녕?"

"응. 오빠도 학교 가?"

"그래. 오늘은 이 차 타고 같이 갈 거야."

"와! 매일매일?"

"오늘만 특별히. 내일부터는 걸어가야지."

"응."

이어서, 한성진도 어색한 미소를 띤 채 차고로 왔다.

"안녕."

"안녕, 잘 잤어?"

"으응, 뭐."

다만 머리는 다소 부스스했고, 부랴부랴 준비한 탓인지 옷은 구깃구깃했다.

그 부분은 나도 다소간 경황이 없어 미처 챙기지 못한 부분이었다.

암만 되바라졌다곤 해도, 어른의 손길이 닿지 않으니 뒤따라오는 후줄근함은 어쩔 수 없는 일이었다.

더군다나 동생을 씻기고 입히고 머리까지 묶어 줘야 하니, 자신을 돌볼 여유까진 더더욱 내기 힘들었을 것이다.

'내일부턴 일어나자마자 둘 다 내 방으로 오도록 해야겠어.'

아버지는 그런 한성진의 헝클어진 머리를 만져 다듬어 주었다.

"아들. 전학 첫날인데, 멋있게 보여야지."

"아빠, 내가 알아서 한다니까……."

한성진은 내 눈치를 살피더니 얼른 말을 고쳤다.

"아, 아니. 아버지."

"하하하."

아버지는 한성진이 굳이 나를 의식하는 모습에 웃음을 터뜨렸다.

그 격의 없는 화목함을 보면서, 나는 내가 갖지 못했던 것들을 이들에게 다시 되찾아 준 것이 기쁘면서도.

그 자리엔 내가 없다는 것이 조금 씁쓸했다.

⬥

부촌이라 불리는 S동 인근에 자리하고 있긴 했지만, 내가 졸업했던 천화국민학교는 이희철 회장이 설립한 재단의 입김이 닿아 있는 곳이었다.

그 바람에 선생들도 알게 모르게 이성진의 눈치를 살폈고, 추후 이성진의 나를 향한 노골적인 괴롭힘은 묵인되기 일쑤였다.

여건이 여건이니만큼, 천화국민학교는 이성진의 첫 번째 왕국이 되었다.

처음엔 남들과 별반 다르지 않던 이성진 또한 머리가 굵어지며 어느샌가 자신이 이 학교의 왕이었음을 눈치챘고, 자신의 운명을 깨닫자마자 그 스스로도 서슴없이 학급의 왕처럼 군림했다.

이성진은 거의 전 학년 전 학기 반장을 역임했고, 고학년이 되었을 땐 전교회장까지 올랐다.

그런 걸 알 턱이 없는 한성진은 교무실 앞에서 천진하게 말했다.

"우리, 같은 반이 되면 좋겠다."

"그러게."

사모의 '부탁'으로, 한성진과 나는 이후 쭉 한 학급이 된다.

뻔히 아는 사실이지만, 굳이 밝힐 필요도 없는 것이어서 나는 시치미를 뗐다.

"그러고 보니, 너는 몇 반이야?"

"1반, 4학년 1반."

무려 30년 전의 일이었지만 기억력에는 자신이 있었다.

더군다나 나는 이미 등교하며 챙긴 공책 따위에 쓰인 명찰로 재확인을 마친 뒤였다.

'기억에는 오류가 없어.'

그렇다곤 해도 모교로 돌아온 나는 감회가 새로웠다.

그 시절엔 찬란하게 빛나 보이던 신식 학교. 지금 봐도 반듯한 복도며 깨끗한 크림색 벽이 화사했다.

나쁜 기억이 많았지만, 좋았던 기억이 없는 것도 아니었다.

그때 교무실 문이 열리고 한성아가 나왔다.

"오빠, 들어오래."

한성진이 고개를 끄덕였다.

"그럼 나중에 보자."

"그래."

나는 전학 수속을 밟는 한씨 일가를 뒤로하고 학급을 찾았다.

'분명, 3층 복도 끝이었지.'

왁스 칠을 해서인지 다소 미끌미끌한 복도를 지나, 나는 '4학년 1반' 명패가 붙은 반을 찾아 문을 열었다.

드르륵.

아직은 이른 아침, 복도에도 아이들은 드물었고 나 스스로도 누가 있을까 싶었던 차였다.

그래서 혼자 조용히 옛 교실의 풍취를 느껴 보려 했는데, 이미 선객이 있었다.

"아."

창가 끝자리.

이어폰을 귀에 꽂고 있던 여자애는 고개를 돌려 나를 보았다.

"……."

그리고 여자애는 마치 못 볼 거라도 봤다는 양, 인상을 찌푸리더니 고개를 홱 돌려 버렸다.

내 기억 속에서, 그녀의 앳된 얼굴을 보는 순간 이름이 떠올랐다.

"김민정."

김민정은 내 말에 다시 고개를 돌려, 나를 째려보았다.

"말 걸지 마."

"……."

그녀와 이성진의 관계는 어떠했는가 하면.

한 단어로 정의할 수 있었다.

앙숙.

김민정.

삼광 그룹과 경쟁하는 금일 그룹의 사람이자, 4학년 1반의
부반장.

그리고 어쩌면, 그럴 일은 없으리라 믿고 싶지만, 이성진
의 암살을 사주했을지도 모르는 후보 중 한 사람.

'……잘 지내 봐야 하나?'

하지만 어떻게?

내가 전학 온 당시, 김민정은 이미 이성진을 백안시하고
있었고, 깊이 파여 버린 그 감정의 골은 내가 어찌 수습할 수
있는 성질이 아니었다.

'그러게, 이 망나니 놈은 왜 그런 짓을 해서.'

정말이지, 사방이 적이었다.

2장

교실에 붙은 연녹색 커튼이 봄바람에 부풀어 올라 펄럭이
고 있었다.

프랑스 소설가 마르셀 프루스트는 저서 《잃어버린 시간을
찾아서》 속에서 냄새를 통해 상기되는 기억을 이야기했다.

비록 여기에는 마들렌도 홍차도 없었지만, 나 또한 학급에
떠도는 희미한 왁스 냄새, 책걸상에서 풍기는 나뭇결의 향취,
아이들이 미처 치우지 못한 교실의 먼지 내음, 열어 둔 창문
으로 들어오는 김민정의 샴푸 향에서 옛 기억을 떠올렸다.

「혹시라도 걔가 괴롭히면 나한테 말해.」

나는 김민정의 목소리를 떠올리고 있었다.

그것이 이성진을 향한 양심에서 비롯한 것인지, 아니면 부반장이라는 직책이 안겨다 준 어린애들 특유의 책임 의식 탓이었는지는 모르나.

한성진의 입장에선 그런 김민정을 싫어하지 않았다.

김민정은 전학생인 내게 비교적 잘해 주려 노력했다.

사실 그녀와는 국민학교 4학년 때 딱 한 번 동기동창으로 지냈다는 것 외에 별다른 접점이 없었지만, 그녀는 어느 순간 한성진의 인생에 다시 끼어들게 되었다.

'그 이후가 문제였겠지.'

나는 마지막 만남 때 들은 그녀의 말을 무심결에 떠올렸다.

「……결국은 이성진의 개로 남았네..」

김민정은 내 배신을 그 정도로 평했다.

그럼에도 나는 내 목줄을 쥔 것이 이성진이거나 김민정이거나 별반 다르지 않다고 보았다.

'만일 이성진의 암살을 사주한 것이 김민정이라면.'

그녀에겐 그럴 만한 동기도 수행 능력도 있었고, 더군다나 나와 이성진 사이에 있었던 악연도 잘 알았다.

그게 '사람을 죽일 만한 일인가' 하는 문제는 중요하지 않았다.

이 바닥에 사람이란 그 겉치레를 한 껍데기를 운반하는 요소에 불과했으니까.

나는 김민정을 힐끗 쳐다보았다.

'30년 뒤라.'

마흔쯤의 그때와 달리 아직 어린애에 불과한 그녀는 이어폰을 꽂은 채, 내게 시선도 주지 않고 창밖만 바라보고 있었다.

'그녀를 내 인생에서 배제할지, 이용할지는 두고 봐야겠지만.'

"안녕, 나는 대명국민학교에서 전학 온 한성진이라고 해. 만나서 반갑다. 앞으로 잘 부탁할게."

1교시 직전 조례 시간, 교탁 앞에 선 한성진은 무탈하고 시원시원한 자기소개를 했다.

아이들은 갑작스러운 전학생에 흥미를 보였고, 그 흥미는 웅성거림으로 이어졌다.

"조용, 조용!"

탁, 탁.

웅성거림이 떠들썩함으로 이어지기 전에 선생이 교편을 두드렸다.

"들었겠지만 오늘부로 우리 반에 들어온 한성진이다. 다들 사이좋게 지내고. 또 한성진이는…….''

그 와중 한성진은 나와 눈이 마주쳤고, 눈이 마주치자마자 천진한 미소를 지었다.

선생은 한성진이 내 집에 고용된 운전수의 자식임을 진즉에 알고 있었고, 슬쩍 내 눈치를 살펴 우리 둘의 관계를 재단하는 듯했다.

그리고 선생이 말을 이었다.

"반장."

드르륵.

나는 자리에서 일어섰다.

"예."

"한성진이는 반장이 책임지고 잘 챙겨 주도록."

"알겠습니다."

거기까진 형식적이었다.

그런데, 저번 생과는 다른 결과가 찾아왔다.

"한성진은 당분간 반장 옆자리에 앉도록 해라. 동원이는 희재랑 같이 앉고."

당시 나는 김민정의 짝꿍이 되었는데, 지금 선생은 나, 이성진 곁으로 한성진을 앉혔다.

'이번엔 한성진을 나와 함께 두어도 무방하다고 판단한 건가? 저번엔 아니었고?'

내 새삼스러운 자각과는 달리, 어쨌거나 한성진은 미소 띤 얼굴로 힘차게 대답했다.

"네!"

4월 초이긴 해도, 이 즈음이면 대부분의 관계가 성립되는 시기였다.

전학생인 한성진의 경우 비교적 어중간한 시기에 이 관계망 속으로 걸어 들어온 셈이었지만, 내가 이 학급의 반장이며 그 반장과 이미 안면을 튼 사이라는 것이 퍽이나 달가운 모양이었다.

"히히."

한성진이 내 곁에 자리를 잡으며 웃었다.

"나, 처음에 1반이라고 들었을 때 놀랐어."

"그러게."

"운이 좋다. 그치?"

우연이나 운, 그런 것이 아닌 엄연한 필연이었지만.

나는 솔직히 이번 생에 일어난 소소한 변화에 조금 당황하고 있었다.

그래서 나는 한성진의 잡담에 응하는 대신 턱짓을 했다.

"쉿. 아직 조례 중이야."

"아, 응."

한성진은 얼른 입을 다물고 자세를 꼿꼿이 폈다.

선생은 안경 너머로 그런 우리를 물끄러미 쳐다보다가 시선을 옮기며 입을 열었다.

"조례는 이걸로 마친다. 반장."

"예."

드르륵.

나는 다시 한번 일어섰다.

"차렷, 경례."

"수고하셨습니다!"

선생이 나가자마자, 엉덩이를 들썩이던 애들이 우르르 몰려와 한성진에게 말을 건넸다.

"안녕!"

"어느 동네에서 왔어?"

"서울이지?"

"어디 살아?"

"너 농구 잘해?"

"축구! 축구!"

아이들은 저마다 떠들어 댔고, 나는 슬쩍 자리를 비켜 주었다.

모인 건 주로 남자애들이었다. 여자애들은 대놓고 모이는 일은 없이 앞 뒷자리의 학우들과 몸을 돌려 떠들어 댔다.

"반장이랑 아는 사이야?"

"그런 거 같은데?"

"여자면 좋았을 텐데."

한성진은 난생 처음 받아 보는 전학생에 대한 관심을 어쩔 줄 몰라 난처해했고, 급기야 나를 향해 눈을 들어 도움을 요청했지만 일부러 모른 체했다.

그때랑은 다르게.

내 기억엔 당시만 하더라도, 나를 향한 이성진의 태도는 차라리 무관심에 가까웠다.

그러면서도 학급의 중심이며 관심이 한성진에게로 옮겨 가는 것이 마음에 들지 않았던 모양인지.

이성진은 전학생에게 주어지는 이 첫 통과 의례에 당당히 찬물을 끼얹었다.

「걔, 우리 집 운전수 자식이야.」

이성진의 한마디에 전학생을 향한 관심과 열기는 싸하게 식었고, 아이들은 어색하게 그 자리를 파했다.

아이들은 의외로 권력과 계급에 민감했다.

이런 현상은 고학년이 될수록 정도가 심해지고, 나중엔 아이들도 이성진이 가진 배경을 의식하기 시작했다.

'그때랑은 달라져야지.'

일단은 자연스럽게 친해지도록 내버려 두다가, 나는 한마디만 더 거들면 될 뿐이다.

턱.

나는 모두에게 보란 듯 한성진의 어깨에 손을 올렸다.

"한성진은 내 친구니까, 앞으로 잘 부탁할게."

이제, 한성진을 향한 괴롭힘은 없다.

4교시를 마치는 종이 치자마자 아이들은 저마다 챙겨 온 도시락을 꺼내기 시작했고, 책상을 옮기는 등 저마다 친해진 애들끼리 점심 먹을 준비를 했다.

하지만 한성진은 거기에 어울리는 일 없이, 잠시 동안 눈치를 보다가 도시락을 챙겨 슬쩍 일어섰다.

"어디 가? 화장실?"

앞자리에 앉은 녀석의 말에 한성진은 다소 어색한 미소로 대답했다.

"아, 미안. 나 도시락, 동생이랑 먹으려고."

"너 동생 있어?"

"응, 1학년."

1학년인 한성아는 원래대로라면 4교시를 마치는 종이 치자마자 하교해야 했지만, 한성아는 이휘철 일가의 저택에 이사를 온 지 얼마 되지 않은 상황이었다.

그러니 낯선 동네를 어린 나이에 혼자서 하교하도록 내버려 두는 것도 꺼림칙했다.

때문에 당시의 나는 한동안 한성아와 함께 점심을 먹었고, 점심을 먹은 뒤 한성아는 학교 내 도서관에서 시간을 때우다가 내 하교 시간을 맞춰 함께 하교하곤 했다.

내가 살았던 21세기에는 맞벌이 가정이 많아 방과 후 교실이며 이런저런 교내 프로그램이 있어서 괜찮았지만, 지금은 아직 94년이었다.

한동안은 한성아를 신경 써서 움직일 필요가 있었고, 그걸 알고 있었던 나는 자연스럽게 한성진에게 말했다.

"어디 가지 말고, 성아 데려와. 도시락은 교실에서 같이 먹자."

"어? 그래도 돼?"

내 성격이라면 분명, 민폐를 끼치지 않으려 한성아와 둘이 다른 조용한 곳에 가서 먹으려는 것이 분명했다.

당장 보아도, 손에 도시락을 챙겨서 일어섰고.

이제 와서 그런 과거를 답습할 필요는 없었다.

"안 될 거 없지."

나는 웃으며 덧붙였다.

"내가 반장이잖아?"

전생에는 김민정이 나를 배려하며 했던 뉘앙스의 말이었다.

당시 옆자리였던 김민정은 내게 '내가 부반장이잖아?' 그런 말을 했고.

4학년 1반 교실로 돌아온 우리 남매는 이성진의 까닭 모를 고압적인 반대에 떠밀려 운동장 등나무 벤치로 가 밥을 먹었다.

그 바람에 이성진과 김민정의 관계는 더욱 앙숙이 되었다.

그때 이성진에게 함부로 못 한 미안함 때문인지 김민정은 한성진을 부쩍 신경 써 주었고.

애들한테서 '얼레리꼴레리'를 듣기 전까진 잘해 주었다.

'그 입장이 바뀐 거라면 바뀐 것인데.'

혹시, 이번엔 김민정이 반대를 하는 건 아닐까?

어쨌거나 둘은 앙숙이니까.

그 바람에 조금 조마조마했는데.

"……."

김민정은 말없이 나를 슥 쳐다볼 뿐, 그런 일을 벌일 기미는 없었다.

'뭐, 그럼 됐고.'

처음엔 내가 하는 일에 사사건건 반대나 하겠거니 했으나, 예상과 달리 김민정은 별말을 하지 않았다.

'그래도 이성진보단 낫네.'

6교시 마치는 종이 울리고, 오늘 일과가 끝이 났다.

둘이서 도서관에 있는 한성아를 데리러 가는 길에 한성진이 불쑥 말을 붙였다.

"너, 부반장이랑 싸웠어?"

"응?"

"아니, 왠지. 이상하리만치 사이가 나빠 보여서."

한성진이 머리를 긁적였다.

"……내가 보니까 오늘 둘이 한마디도 안 주고 받는 거 같던데."

점심시간에 교실로 찾아온 한성아는 아이들의, 특히 여자애들의 귀여움을 독차지했다.

개중엔 김민정도 있었고, 김민정은 그런 한성아에게 반찬을 챙겨 주다가도 나와 눈이 마주치기라도 하면 고개를 휙 돌리곤 했다.

한성진은 그런 김민정을 보며 우리 둘 사이가 원만하지 않다는 걸 눈치챈 모양이었다.

'나에 대한 평가를 정정해야겠어. 아무튼 눈치 하나는 빨라.'

다만.

지금 한성진은 나를 집에서나 학교에서나 의지할 만한 좋은 친구로 여기고 있었기에, 내 적은 자신의 적이기도 하다는 어린아이의 이분법적 사고로 김민정을 취급하고 있을 수도 있었다.

하지만 나는 한성진과 김민정의 관계만큼은 원만하길 바랐으므로 대강 둘러댔다.

"뭐, 굳이 이야기를 나눠야 하나?"

"으음, 뭐 그건 그렇지만…….."

"그냥 딱히 할 이야기가 없어서 그랬을 뿐이야. 신경 쓰지 마."

한성진이 쓴웃음을 지었다.

"그런데 너랑 부반장 둘, 사이는 나쁘지?"

"뭐…… 좋은 편은 아니지."

나는 시인했다.

"그래도 보통은 여자애들이랑 사이가 '좋다'고 할 만한 관계는 되기 힘들잖아?"

그러면서도 이 나이대 애들에게 먹혀 들어갈 법한 일반론을 사용해 빠져나갈 구멍도 만들어 두었다.

"그런가?"

"그럼."

"흠."

당시의 내 사고 수준이 어떠했는지는 객관적인 가늠이 힘들었지만, 한성진도 내 변명을 곧이곧대로 믿는 눈치는 아니었다.

그저 이성진과 김민정 사이에 무언가 자신이 모르는 사연이 있고, 부외자인 자신은 그 관계를 파고들 명분이 없다는 정도에서 납득한 척 그치고 만 모양이었다.

그러는 사이 우리는 도서관에 도착했다.

도서관은 학교 1층 별관에 자리 잡고 있었는데, 지금 기준으로 봐도 국민학교 도서관치곤 제법 잘 꾸려진 곳이었다.

대기업을 재단의 배경으로 두고 있는 까닭인지, 아니면 부촌으로 이름난 S동 한복판을 떡하니 차지하고 있어서인지, 도서관은 당시의 국민학교에 어울리지 않는 장서 수와 넓이를 자랑하는 곳이었다.

"여기 되게 좋다."

한성진이 감탄하며, 도서관 특유의 정적을 의식해 작게 속삭였다.

"그리고 애들이 많네."

나는 가만히 고개를 끄덕였다.

도서관에는 하교하지 않고 책을 읽는 학생들이 제법 많이 보였다.

'아무래도 부촌이라, 저번에 다니던 학교보단 면학 분위기가 조성되어 있는 거겠지. ……응?'

그때, 나는 예전엔 눈에 들어오지 않던 것이 보였다.

당시만 해도, 왠지 당연하다 여겨 특이할 것 없다고 여겼던.

좀 더 뒷날의 안목을 가진 지금에서야 보이는.

정말로 별것 아닌 일이.

'……어쩌면.'

뭔가, 시도해 볼 만하다.

'조금 스케일이 크긴 한데.'

11살짜리 애가 시도해 볼 만한 내용은 아니었지만, 내 안에 들어 있는 건 불혹을 넘긴 능구렁이였다.

마침 내게는 간접적이나마 학교를 움직일 수 있는 배경도 있었다.

삼광 그룹의 장학재단.

그리고…….

'……두 마리 토끼를 잡을 수 있겠어.'

나는 반갑게 다가오는 한성아를 보며 생각에 잠겼다.

'급식과 방과 후 학교. 이걸로 시작해 볼까?'

그날 저녁.

아직 이휘철 회장이 출장 부재중인 상황에서 우리는 나름의 단란함을 연출하고 있었다.

"오늘 학교는 어땠니? 한 기사네 애들은 전학 첫날이었을 건데."

말하는 건 주로 사모였고, 그녀는 명랑한 천성을 십분 발휘해 가정 내 분위기를 주도해 갔다.

"괜찮았어요."

내 자연스러운 존대에 사모는 미소를 지었다.

그녀는 아무래도 '또래가 오는 바람에' 의식해서 존대를 사용하려는 것으로 치부하는 듯했다.

그것이 과보호인 사모의 눈에는 서운하다기보단 그저 예뻐 보이는 모양이었고.

"그래?"

"네. 친구들도 생긴 거 같고, 다들 좋아해 줬어요."

"공부는 잘하든?"

그 떠보는 말에 나는 고개를 끄덕였다.

"제법 잘하던데요."

"흠, 그래?"

"들으니 우리 학교보다 진도가 더 빨랐대요."

"역시 선행 학습이 중요한 모양이구나. 모임 가서 할 말이 생겼네."

이 시기에는 이성진도 학업 성적이 우수한 편이었다.

국민학생 때는 이렇다 비교할 만한 변별력이 없어서, 타고난 천재성과 노력보단 선행 학습과 일반적인 성실함만으로도 높은 성적을 유지하는 것이 가능했으니까.

나중에는 이성진의 자질과 인내심을 넘어서는 수준의 대한민국 교육 풍토 탓에 그 성적이 IMF 당시 폭락하는 코스닥 지수처럼 쭉쭉 떨어지게 되지만.

"성아는? 점심도 같이 먹었다면서?"

사모는 '사모님, 사모님' 하며 자신을 졸졸 따라다니는 한성아를 퍽 귀여워하고 있었다.

전생에는 내가 눈치를 살핀 탓에 한성아도 그 영향을 받아 '높으신 분들'과 데면데면한 관계로 남고 말았지만, 원래 한성아는 자상한 아버지 아래서 사랑받으며 큰 덕에 구김살 없이 외향적인 성격이었다.

나로선 그 변화가 제법 기꺼웠다.

"네. 아무래도 아직은 보살핌이 필요한 나이니까요. 방과 후엔 도서관에서 얌전히 기다리게 했고요."

"엄마도 들었어. 고 조그만 게 어찌나 말이 많은지."

말은 그렇게 해도 결코 싫어하는 눈치는 아니었다.

이태석은 그 와중에도 묵묵히 밥을 먹으며 안 듣는 척 귀를 기울이고 있었고, 그걸 잘 아는 사모가 이태석을 보았다.

"여보, 언제 한번 성아를 데리고 백화점에 다녀올까 봐요."

"뭐? 왜?"

그렇다곤 해도 이태석은 사모의 말이 갑작스러웠는지 조금 당황하고 있었다.

"왜긴요. 애들 입고 있는 옷도 후줄근하고, 어디 길거리에서 산 건지 모를 싸구려나 입고 있으니 그렇죠."

"흠."

"우리 집에 사는 애들이 그런 옷을 입고 다니면 남들이 흉을 볼 거예요."

사모의 말을 들은 이태석은 신중하게 말을 골랐다.

"그건 조금 생각해 볼 문제 같은데."

"왜요?"

"당신이 그 여자애를 귀여워하는 건 알겠지만, 특별 대우는 좋지 않아."

"남자애 옷도 사죠. 뭐."

한성진은 어디까지나 덤이었다.

"그런 뜻이 아니야."

이태석이 수저를 내려놓았다.

진지한 이야기를 하려는 모양이었다.

"예전까진 그러지 않았으면서 지금에야 행하는 것은 안 좋다는 뜻이지."

말하며 이태석은 슬쩍, 뒤에 기립해 있는 고용인들을 의식했다.

이태석은 지금 고용인 간의 차별 대우를 경계하고 있었다.

고용인들에게도 가족이 있고, 개중엔 당연히 우리 또래도 더러 있다.

그런 의미에서, 한 기사의 아이들만 한 지붕 아래서 산다는 이유만으로 차별하는 건 모범적이지 않단 의미도 함축하고 있었다.

또 그런 차별은 추후 고용인들이 한성진 남매를 대하는 태도가 알게 모르게 변화할 수도 있는 일이었다.

이태석은 그런 식으로, 섬세하면서도 다분히 합리적인 사고를 하는 인물이었다.

사모도 그제야 이태석이 한 말의 의도를 눈치챈 모양이었지만, 어쨌거나 그 태도가 만족스럽지 않다는 양 입을 삐쭉였다.

"아이 참. 그래도 성아가 입은 옷은 나중에 우리 희진이한테도 물려줄 수 있을 텐데."

"그건 그때고."

"흥."

"……뭘 삐치고 그래."

나는 그쯤해서 이야기가 마무리되리라 생각하고 있었다.

하긴, 한성진의 옷가지는 내가 갖고 있는 무수한 브랜드 옷에서 골라 줄 수 있었지만, 성별도 체격도 한참 다른 한성아의 경우는 내가 어찌해 줄 도리가 없는 것이었다.

그렇다곤 해도 어차피, 초등학생 수준에선 깨끗하고 잘 다려진 옷가지만으로도 그 지위가 평균은 가는 법이니까 신경 쓸 일은 아니었다.

하지만.

"아, 맞아."

사모가 눈을 반짝 빛냈다.

"그럼 전부 다 사 주면 되는 거잖아요?"

그 호혜로운 공리주의적 입장에 나는 어처구니가 없어 하마터면 먹던 국을 뱉을 뻔했다.

'심플해도 정도가 있지! 이건 정도를 넘어섰잖아?'

그러나 정작 정도를 모르는 건 나였다.

"……뭐, 그러든가."

이태석은 떨떠름한 얼굴이긴 했지만, 사모의 제안을 비교적 흔쾌히 수락했다.

"후후."

사모는 미소를 지으며 자신이 거둔 소소한 승리를 기뻐하고 있었다.

"……."

나는 얌전히 국을 떠먹었다.

제법 오랫동안 이 집안과 연루되어 알 만큼 알았다고 자부했는데.

재벌가의 사고방식은 근본부터 그 궤를 달리하고 있었다.

언젠가, 그런 이야기를 들은 적이 있었다.

'우리는 통장에 얼마가 들었는지, 신경도 쓰지 않고 알 필요도 없는 법'이라고.

왜냐하면 통장에 든 돈 따위는 무의미하기 때문이다.

재벌가의 통장에 든 액수는 볼 때마다 변화한다.

늘어날 때도 있고, 줄어들 때도 있다.

하지만 일희일비하지 않는다.

주된 자산은 통장에 있지 않으며, 돈은 모든 곳에 있으니까.

'별세계는 별세계군.'

백화점에 들러 한성아가 입을 옷을 골라 오는 것도, '그러는 김에' 다른 고용인들의 선물을 사 오는 것도, 사모에겐 고작 인형놀이를 하는 감각일 것이다.

"그럼 쇠뿔도 단김에 빼랬다고, 내일 바로 갈래요. 그러잖아도 성아는 오전 수업을 마치면 도서관에서 성진이네가 수업 마치길 기다렸댔거든요."

"음."

이번엔 사모가 고개를 돌려 나를 보았다.

"그런데 우리 성진이, 의젓하기도 하지. 그럼 나중에 친동생인 희진이는 더욱 잘 챙겨 주겠네?"

"물론이죠."

안 그러면 나중에 죽을지도 모르니까.

"장하다, 우리 왕자님."

"……."

그나저나.

나는 기회가 온 김에 이태석에게 먼저 말을 건넸다.

"아버지, 드릴 말씀이 있습니다."

이성진은 사모에게 '엄마'라고 부르며 어리광을 부리던 것과 달리, 그 아버지인 이태석은 부쩍 어려워하는 편이었다. 그래서 이성진은 이태석을 마주할 때면 그 나이에 걸맞지 않은 정중한 말씨가 저도 모르게 튀어나오곤 했다.

이태석과 사모도 이성진의 그런 면모를 잘 알고 있어서, 모처럼 아버지에게 먼저 말을 건넨 나를 다소간 흥미로워하며 바라보았다.

이태석은 들려던 수저를 다시 내려놓고 양손을 무릎에 올렸다.

"들으마."

아들을 향한 이태석의 이런 진중함은 다분히 사무적인 제스처였다.

'제왕학.'

나는 은연중 배어 나오는 이태석의 카리스마에 짓눌리지 않도록 주의하며, 식탁에 앉기 전부터 준비해 둔 말을 입에 담았다.

"아시다시피."

운을 떼고.

"저는 오늘 저희 식구인 한성진 남매와 등하교를 마쳤습니다."

"음."

"한성진의 동생, 한성아는 아직 국민학교 1학년생이어서 4교시, 오전 수업을 마치면 하교를 하고요."

"그렇지."

"그래서 점심에는 제 학급에 한성아를 불러 준비해 온 도시락을 함께 나눠 먹었습니다."

"그래서?"

다만 이태석은 아직 젊었던 탓인지, 서둘러 결론에 도달하고자 하는 그 조급증은 스스로도 제어하지 못한 모양이었다.

나는 그의 바람대로 조금 서둘러 일부를 말했다.

"한성아의 경우는 저와 한성진이라는 지인이 있어서 한 반에 들일 수 있었습니다만, 다른 아이들은 그렇지 않겠죠."

방금은 내 생각 이상으로 함축적인 내용을 말한 탓일까, 이태석의 눈빛이 변했다.

"계속해 봐라."

이태석은 항상 다른 사람을 향한 기대치가 높았다.

그 스스로도 엘리트였고, 이휘철 회장의 제왕학을 문제없이 수료한 우수한 사람이었다.

왜 남들은 나만큼 못 할까.

그게 이태석의 주된 고민 중 하나였을 정도이니.

한편으론 그 기대치 탓에 이성진이 망나니로 자라나는 데 일조했다고도 할 수 있었다.

결과적으로, 이성진은 이태석의 그 눈높이에 한참 못 미치는 그런 몹쓸 자식이었으니까.

나는 이태석의 분부대로 말을 이었다.

"예. 또 한편으론 제가 한성아를 데리러 도서관에 가 보니, 생각보다 아이들이 많이 있더군요."

이태석은 이번엔 맞장구조차 치지 않았고, 그 대신 사모가 끼어들었다.

"그러고 보니 성아 걔가 도서관 자랑도 하더라. 하긴, 우리 성진이가 입학한대서 신경을 많이 썼거든."

"잠시만."

"네."

이태석의 말에 사모는 끼어들 때가 아니라 생각했는지 입을 다물었다.

그 뒤, 이태석은 기회가 온 김에 나를 보며 자신의 의도를 표했다.

"거기서 너는 무엇을 보았지?"

역시, 눈이 높다.

거기에는 부성애와는 별개로 자신의 아들이 아직 고작 11살에 불과하다는 것을 고려하지 않고 있음에 분명했다.

"예. 제가 다니는 학교는 어쩌면 한성아의 경우처럼 맞벌이 가정이 많지 않을까 생각했습니다."

대답을 들은 이태석이 입꼬리를 올렸다.

"그럴 수도 있겠군. 그래서?"

보통은 거기까지 관찰한 것만으로도 대견하다고 해 줄 법하다만, 이태석은 내게 은근슬쩍 그 이상을 요구했다.

'혹시, 이태석 안에서 내 평가가 상향 조정되고 있는 건 가?'

나는 이태석의 바람대로 해 주었다.

"천화국민학교는 저희 그룹의 장학재단을 통해 운영되고 있지 않습니까?"

이태석이 눈을 가늘게 떴다.

"너는 지금, 재단을 통해 무언가를 하고 싶은 모양이구 나."

가늘게 뜬 틈으로 이태석의 눈이 빛을 발하고 있었다.

아마도 처음 화두가 나올 때만 해도 '한성아의 입장이 이 러이러하니 일찍 하교하게끔 운전수를 빌려 달라'는 정도의 특혜를 기대하고 있었던 모양이었지만, 금세 그 스케일이 달 라졌다.

"그렇습니다."

나는 말을 이었다.

다만 나는 11살의 아이가 할 법한 어휘를 신중히 골랐다.

'입김'이니 '영향력'이니 '권한' 같은 말을 사용하는 건 되도 록 자제해야 했다.

그러면서도 이태석의 기대치에 걸맞은 영특함도 보여 주 어야 했다.

제법 어려운 일이었지만.

결론은 단순할수록 좋았다.

"그런 아이들에게 급식과 방과 후 교실을 제공하는 것은 어떨까요?"

이태석이 나를 물끄러미 쳐다보더니 미소를 지었다.

첫째 날 저녁, 나를 향해 '잘했다'고 말했을 때와 유사한 미소였다.

"잘 들었다."

하지만 그때와는 어딘지 모르게 달랐다.

이태석은 언제 그랬냐는 듯 금세 미소를 거두었다.

"하지만 그건 적잖은 돈이 들겠구나."

말마따나 이는 사모가 백화점에 들러 옷을 싹쓸이해 오는 것과는 차원이 다른 문제였다.

이태석이 입을 열었다.

"묻겠다."

"예."

일순, 공기가 달라졌다.

"그게 우리 기업엔 무슨 이득이 있지?"

그룹이 관계되자, 이태석은 지금 본격적으로 이성진을 시험하려 하고 있었다.

나는 지금 이 순간 11살의 철부지 이성진을 연기해야 하는지, 아니면 부회장에게 품의서 재가를 받으러 온 사원으로 대답해야 하는지 헷갈릴 지경이었다.

'이게 제왕학인 건가.'

그 와중에도 이태석은 생각보다 단도직입적이었다.

그러니 어물쩍 넘어갈 순 없는 노릇이었고, 나는 입장을 정해야 했다.

"그룹의 이익 말씀이십니까?"

"그래."

이태석이 의자에 등을 기댔다.

"삼광장학재단은 그룹의 자산으로 운영된다. 또, 그룹의 자산은 개인이 멋대로 운용할 수 없지. 거기에 드는 예산은 많은 협의 과정을 거친 뒤 책정되는 법이야."

그렇게 말한 이태석은 아차 하더니 말을 쉽게 고쳤다.

"그러니까, 쉽게 말하자면 재단의 돈은 내 마음대로 쓸 수 있는 것이 아니라는 뜻이다."

아무튼, 섬세하기도 해라.

정식 명칭은 봉효삼광장학재단.

이는 이휘철 초대회장의 호(呼)인 봉효(峯曉)와 그룹 이름인 삼광(三光)을 합쳐 붙인 이름이었다.

평소엔 그저 삼광재단, 삼광장학재단 등으로 줄여 불렀고, 나중에는 아예 삼광장학재단으로 정식 명칭을 변경하게 되지만, 그건 나중 일이었다.

어쨌건 차후 이성진은 장학재단의 가치를 알아보았고, 이를 무리 없이 인수했다.

애당초 사적 기업이 설립한 장학재단의 존재 목적은 무엇인가?

교과서적이고 표면적인 연유로는 노블리스 오블리제 정신에 입각한 기회의 균등을 제공하는 것이며.

좀 더 속물적으로 말하자면 재단을 통해 심리적 부채를 입은 우수한 인재와 연결 고리를 맺는 것이고.

입에 담기 어려운 말을 빌리자면, 결국 탈세와 자금 세탁을 목적으로 한다.

더군다나 재단의 자금 유동이 활발할수록 그 여지는 커지는 법이다.

아니, 최소한 이성진 아래서 내가 일을 할 적엔 그러한 목적으로 운용되고 있었다.

당시 나는 삼광장학재단을 통해 많은 일을 했다.

그룹의 자금이 합법적으로 모여드는 삼광장학재단은 결과적으로 몇천 억의 자금을 유통했고, 거기서 벌어들인 돈은 이성진의 힘이 되어 주었다.

대외적 이미지는 덤으로.

이태석은 내가 대화를 따라오고 있는지 확인하는 듯 나를 관찰했다.

"무슨 뜻인지 알겠느냐?"

"예."

"더군다나 아까 말했듯 네가 말한 건 적잖은 돈이 든다."

"알고 있습니다."

"아니, 너는 잘 모르고 있어. 우선 네가 말한 급식만 놓고 보자."

내 무지를 지레 확신한 이태석이 말을 이었다.

"이성진, 네 학급은 총 몇 명이냐?"

"42명입니다."

"학년당 학급의 개수는?"

"9개 반에서 10개 정도입니다."

"그렇담 교직원과 전교생을 합쳐 대략 3천 명 내외겠군. 3천 명분의 한 끼 식사를 조달하려면 그만한 설비도 갖추어야 할 것이고, 거기에 따른 유통과 별도의 교직원을 채용해야 한다."

거기까지 말한 이태석은 의자에 등을 기대고 손가락 끝으로 무릎을 톡톡 두드렸다.

그가 머릿속에 숫자를 굴릴 때 하곤 하던 습관이었다.

"소꿉놀이치곤 스케일이 크군."

이태석은 혼잣말을 중얼거렸다가 희미한 미소를 지었다.

그 직후, 이태석은 속내를 감추려는 듯 미소를 거두었다.

"일단은 여기까지만 알아 두고."

일단은?

"자, 이성진. 한때 정부…… 우리나라에서도 다른 나라처럼 급식을 제도화……."

이태석은 습관적으로 '어른의 말투'를 쓰려다가 힘겹게 '어린이인 아들의 눈높이'로 어휘 수준을 맞췄다.

"……아무튼, 모든 학교에서 도시락이 아닌 급식을 먹게
끔 시도하던 때가 있었다. 하지만 잘되질 않았지. 왜일까?"

관련해서는 나도 제법 잘 알고 있었다.

왜냐면 나는 이성진이 받아서 운용하는 장학재단을 관리
하기도 했으니까.

하지만 이태석이 바라는 대답은 그가 말한 것을 전제로 한
것일 터였다.

'……그렇다면야, 거기에 맞춰 주도록 하지.'

나는 조심스럽게 대답했다.

"국가에서 감당할 수 없었기 때문인가요?"

이태석은 피식 웃었다.

"비슷하다. 와중엔 집단 식중독 사건도 있었고, 이런저런
이권 다툼…… 제 잇속 챙기기 급급했던 이들도 있었지."

이태석은 '먹거리로 장난치는 일'을 끔찍이도 싫어했다.

더군다나 애들을 상대로는 더더욱.

인상을 찌푸렸던 이태석은 나를 의식하면서 표정을 고쳤
다.

"지금도 급식을 하는 학교 자체는 있다. 하지만 주먹구구
식이야. 제도적으로…… 그러니까 모두가 일정한 법을 따르
게끔 하려면 아직 거쳐야 할 시행착오가 많다고 볼 수 있지."

이태석의 말마따나, 부분적으로 시행되던 급식 제도가 대

한민국에 본격적으로 정착하기 시작한 건 96년쯤부터다.

지금보다 무려 2년 뒤의 이야기니, 그때쯤이면 이태석이 지적한 산재했던 문제도 얼추 해결이 되었다.

'하지만 의외인걸. 제법 잘 알고 있잖아?'

아마 이태석도 이미 관련해서 사업 준비를 해 본 모양이었다.

그러다가 결국엔 돈이 되질 않는다는 걸 깨닫고 생각을 접은 모양이지만.

이태석이 입을 열었다.

"하지만 물론, 우리 재단이 나서면 다르다. 남들과 다른 차원의 수준 높은, 양질의 급식을 안전하게 제공하는 것도 가능하지."

이태석의 말에는 그룹에 대한 자부심이 가득했다.

"하지만 말했듯, 거기엔 많은 돈이 든다."

이태석이 말을 이었다.

"이성진. 결국 우리는 장사꾼이다. 장사꾼은 감정에 호소하는 것만으론 움직이지 않아. 그것도 공적 자금……. 내 것이 아닌 남의 돈을 움직이게 하려는 것이라면 더더욱."

"……예."

어쨌건 나는 지금 이태석에게 직접, 그의 제왕학을 배우는 중이었다.

"많은 돈이 드는 일. 그런 일에는 협의 과정, 즉 남을 설득

하는 것이 필요하다. 너라면 어떻게 다른 사람들이 선뜻 돈을 내게끔 설득하겠느냐?"

장학재단을 대하는 이태석의 의중은 알기 힘들었지만, 말하는 투로 보아 11살에 불과한 이성진이 장학재단을 언급한 것에 다른 꿍꿍이는 없으리라 생각하는 듯했다.

어디까지나 어린아이가 생각할 법한 생각 없는 선의(善意).

그래서 이태석 또한 이참에 미루고 미루던 제왕학을 내게 시도해 보는 것이리라.

현실을 일깨우고 혈기 섞인 이상을 잠재우기 위한.

'쯧, 재벌가 밥상머리 교육이란.'

하지만 내가 하려는 건 어디까지나 결과적 공리에 그칠 뿐, 결코 선의에서 비롯한 것은 아니었다.

이건 결국 그의 바람대로 나와 삼광 그룹 전체의 이득으로 이어질 일이었다.

'그렇다곤 해도 11살짜리를 상대론 전반적인 수준이 높아. 매번 이런 기대치 속에서 살아야 했을 이성진이니, 비뚤어진 것도 이해는 가는군.'

어디까지나 '이해는 간다' 수준이지, 그렇다고 망나니가 되어 버린 것에 '공감'은 가지 않지만.

나는 대답했다.

"……말씀드리자면 우선, 저는 급식 제도가 결국엔 성공적으로 정착될 것이라 생각했습니다."

그 자체는 사실이니 거리낄 것이 없지만, 이태석의 앞이니 어린이의 눈높이에 맞춰 이야기를 해야 했다.

내 말을 들은 이태석이 눈을 가늘게 떴다.

"네 나름대로 생각해 둔 바가 있는 모양이구나. 계속해 봐라."

"예. 사실, 매일 아침 도시락을 챙겨 주는 건 제법 번거롭고 힘든 일이죠."

우선 일반론으로 시작했다.

이 집안의 경우는 고용인들이 모든 식사를 차리고 내 도시락까지 챙겨 주었기에, 남들 일이나 마찬가지였지만.

나는 일부러 이를 일반화하는 과정을 거쳤다.

"학우들의 이야기를 듣다 보니 그렇더군요. 맞벌이 가정의 경우, 더러는 도시락을 싸 오는 대신 빵과 우유로 간단히 때우는 아이들도 많았습니다."

거짓말이지만, 이태석이 그걸 알아낼 도리는 없다.

"그래서?"

"예. 만일 이 문제를 전국적으로 확장해 생각해 보면 어떨까요?"

이태석은 내가 처음부터 이 문제를 비단 천화국민학교에만 한정 짓는 게 아닌, 당초부터 전국적인 규모를 염두에 두고 꺼냈던 이야기임을 알게 되자 다소간 어처구니없어 하는 모습이었다.

"전국이라고?"

"예. 아마도 이미 전국적으로, 도시락을 싸는 일은 사회적 문제일 거라고 생각했습니다. 불편한 일이 있다면 고치는 게 사람이지 않나요? 그러니 만일 모든 국민학교가 급식을 하게 된다면 그런 걱정도 덜 수 있겠죠."

거기에 장기적인 안건을 더해 장래엔 맞벌이 가정이 늘어날 것이며, 급식은 의무교육을 받는 청소년을 가리키는 속어처럼 정착할 것임을 말하는 건, 과도했다.

지금은 바야흐로 대한민국의 황금기였다.

기업은 흑자도산을 걱정해야 할 처지였고, 모든 것이 잘 굴러가는 듯 보이는 시대였다.

하물며 이런 때에 생계를 위해 맞벌이 가정이 늘어날 것을 걱정한다는 건 과도한 억측일 수 있었다.

"또, 학교에서 배우기론 여성의 사회 진출도 늘어나는 추세라고 했어요. 그렇게 되면 점차 맞벌이 가정도 늘어날 테죠. 그래서 나중에는 결국 모든 학교가 급식을 하게 될 거라고 생각했습니다."

하지만 내가 말한 것만으로도 고려의 여지로선 충분했다.

이태석은 등받이에 등을 기댔다.

"나름 네 나이에서 생각하기론 그럴듯하다만 내가 한 질문에 대한 답은 아니다."

사실 조금 과했나 싶을 정도였지만 어쨌건 이태석이 보기엔 어린아이 수준의 논리였나 보다.

'상대와 수준 차이를 고려하지 못하는 걸 보니, 아직 젊긴 젊네.'

이태석이 말을 이었다.

"나는 분명 너에게 이 일이 우리 기업으로 하여금 무슨 '이득'이 될 것인지를 물었을 텐데?"

대답하긴 쉬우나.

나는 아직 11살에 불과한 것을 잊어선 안 됐다.

어차피 미끼는 던져 두었다.

"정부에서 감당할 수 없는 일이라면, 기업이 해도 되지 않나요?"

"……뭐?"

"어어, 저번에 들으니까, 도로를 놓고 산을 깎는 것도 우리 회사에서 한다고 들었는데……. 급식은 안 될까요?"

내 순진해 보이는 대답에 이태석은 쓴웃음을 지었다.

아마 그는 내 발언과 견해 전체를 앞뒤 재지 않고 내뱉고 보는 어린아이의 치기쯤으로 여긴 모양이었다.

나는 그때 한마디 더 거들어야 하나, 생각하던 차에 이태석의 눈빛이 변하는 걸 보았다.

"……그렇군. 어린애도 알 정도라면 어찌 됐든 결국엔 이루어질 일인가. 게다가 기업의 개입이라면 아마 위탁의 형태로……."

이태석이 미끼를 물었다.

머지않아 급식은 국가사업이 될 것이다.

실제로 96년이 되면 위탁 급식 제도가 발의되고, 이 시장은 나중엔 연간 조 단위의 거대 시장으로 거듭나게 된다.

그러니 이 사업을 '선점'할 경우.

전국적인 식자재 유통망을 먼저 확보하는 일은 물론이거니와.

거기에 더해 각 초등학교에 들어갈 급식 시설의 건축, 기자재, 설비에 관한 것도 이미 노하우가 쌓인 삼광 그룹이 가져가기 쉬워질 것이고, 마침 삼광 그룹은 건축, 식품, 금형 생산 등 여러 계열에 그 영향력을 뻗어 두고 있었다.

더군다나, 이는 비단 초등학교에 국한되지 않는다.

전국에 있는 중학교와 고등학교, 나아가 집단생활을 해야 하는 기관까지 확장한다면…….

생각에 잠겼던 이태석이 고개를 들어 나를 보았다.

"……."

이번 이야기가 단순히 얻어걸린 것인지, 아니면 모든 고려 끝에 내린 의견인지 재단하는 듯한 눈빛이었다.

'서늘하다.'

그 눈에서 나는 전성기 때의 이태석을 읽을 수 있었고, 그 바람에 등줄기를 타고 식은땀이 주르륵 흘러내렸다.

'저게 아들을 보는 눈인가?'

그 분위기를 바꿔 놓은 건 사모였다.

"아휴, 우리 성진이! 아휴!"

사모가 활짝 웃었다.

"여보, 우리 성진이가 이렇다니까요! 아휴, 예뻐라. 저렇게 예쁜 데다가 이렇게 똑똑하기까지."

그 바람에 이태석은 언제 그랬냐는 듯 기세를 없애며 피식 웃고 말았다.

"재밌는 생각이긴 하지."

"당신도 참, 좀 더 솔직하게 칭찬해 줘도 될 텐데요. 솔직히 듣는 내내 저도 깜짝 놀랐다니까요."

사모가 생글생글 웃었다.

"성진아, 엄마는 네가 자랑스럽단다."

"……예."

아무리 이 시기의 가정교육이 '자상한 어머니와 엄격한 아버지'가 스테레오 타입이라지만, 이래서야 자식을 대하는 부모 간의 온도 차가 너무 극심하지 않나, 싶다.

"다 먹었으니 먼저 일어나지."

급기야 이태석이 일어서자, 사모가 고개를 갸웃했다.

"벌써요?"

"음."

지금 이태석은 그 피어오른 조급증을 잠재우기 힘든 모양이었다.

'당장이라도 서재로 들어가 박 비서를 호출해 이것저것 일을 시작하고 싶겠지. 관련해서 정부의 움직임이 어떤지도 알아보고.'

그때, 이태석이 나를 보았다.

"이성진."

"예, 아버지."

"……나쁘지 않구나."

칭찬인지 뭔지 모를 말을 남긴 이태석은 성큼성큼 자신의 서재로 돌아갔다.

그 바람에 '방과 후 교실'에 대한 이야기는 꺼내지도 못하게 됐지만, 그 정도면 충분했다.

"네 아버지는 정말."

사모가 투덜거리며 젓가락으로 불고기를 헤집었다.

"좀 더 제대로 칭찬해 줘도 좋을 텐데. 저래 보여도 부끄럼이 많다니까. 그치?"

"……그, 글쎄요."

맞장구를 쳐야 할지, 어떻게 해야 할지.

솔직한 의미론.

이태석보다 사모를 대하는 게 더 힘들었다.

3장

급식을 추진하는 일에 비하면, 방과 후 교실은 그 구실이 자 덤에 가까웠다.

장학재단의 경우, 지금은 내 손에 들어올 일이 아니지만 지금은 차근차근 빌드업을 쌓아 가는 단계였다.

또한, 이는 장래 그룹 내에서 내 입지와 명분을 구성하는 데 적잖은 영향을 끼칠 것이다.

급식 사업이 추진되면서 그룹 내 장학재단의 영향력이 커질 것이고, 또 이를 추진한 이태석에겐 장학재단을 손에 쥘 명분이 주어지리라.

그렇게 되면 나중에 내가 장학재단을 삼키기도 좀 더 손쉬워질 것이고.

다만.

'나이가 문제야.'

11살은 어려도 너무 어렸다.

내가 고등학생 정도만 되어도 '시험 삼아' 조그만 사업체 하나쯤 굴리게 해 줬을 텐데.

'……그것도 일반적인 건 아니지만.'

그래서 일단은 지금 할 수 있는 일인 김민정과의 관계 개선에 힘쓰기로 했다.

"뭘 봐?"

"…….."

아직은 다소 요원했지만.

나는 할 말은 했다.

"나 뭔가 발언할 생각인데, 미리 알아 두라고."

"……그걸 왜 나한테 말해?"

"그야 넌 부반장이잖아?"

"…….."

나는 김민정과 함께 전교 학급 회의에 참석 중이었다.

고학년 반장과 부반장 그리고 6학년 학생회장 등이 참석해 있는 교실은 제법 북적북적하였으나 다들 자신에게 씌워진 감투를 의식하는지 비교적 의젓한 모습이었다.

"……다음으로 건의 사항. 건의 사항이 있으신 분은 손을 들고 발언해 주십시오."

전교회장의 말이 끝나자마자 나는 손을 번쩍 들었다.

전교회의라곤 해도 학기 초 다른 학급, 다른 학년 아이들이 잠깐 모여서 하는 일이다.

전교회장은 정말로 누군가가 손을 들 줄은 몰랐다는 듯 조금 어안이 벙벙한 얼굴로 나를 가리켰다.

"예. 몇 반의 누구십니까."

"4학년 1반 반장 이성진입니다."

나는 자리에서 일어섰다.

"저는 이 자리에서 방과 후 교실의 설립을 제안드리는 바입니다."

방과 후 교실.

그 말에 모인 학생들은 조금 웅성거렸고, 내 옆자리의 김민정은 '대체 무슨 이야긴가' 하는 얼굴을 했다.

"방과 후 교실? 그게 뭔가요?"

"예."

나는 양손을 책상에 짚었다.

"이는 말 그대로, 방과 후 교내에서 수업을 진행하는 것입니다."

내 말에 전교회장은 눈을 껌뻑였다.

"……뭐? 아니, 예?"

복도에서 뛰지 맙시다, 쓰레기를 함부로 버리지 맙시다, 정도가 안건의 고작인 전교 회의에서, 내 발언은 그녀가 생각하기에도 생뚱맞은 이야기였던 모양이었다.

더욱이 그녀의 눈은 어째서 수업을 마친 뒤에 굳이 또 남아 공부를 해야 하느냔 거라고 묻는 듯한 눈이었다.

'이래서 애들이란.'

나는 오해가 없도록 차분히 설명했다.

"방과 후 교실이란……."

아직은 아니지만, 추후 사교육비가 사회적 문제로 대두되면서 정부는 '방과 후 학교' 제도를 마련하게 된다.

이는 이른바 학원의 대체제로 정부가 지원하는 교육 프로그램인데, 지원자에 한해 무료 혹은 사교육에 비해 훨씬 저렴한 가격으로 보충수업을 진행하게 된다.

이런 방과 후 수업은 의외의 효과를 낳았다.

처음엔 사교육의 대체제로 실행한 제도였지만, 차츰 맞벌이 가정이 늘어나기 시작하면서 '방치된 아이들을 학교에 묶어 두는' 작용도 했던 것이다.

다만 국민학생들을 상대로 이런 이야기를 할 필요는 없었고, 나는 그 취지만을 간략히 전달했다.

"……그러니까, 학원을 대신하는 거군요."

정작 내 이야기를 들은 전교회장의 표정과 아이들의 표정은 처참했다.

'우리가 왜 그런 걸 해야 하는 건데?'

이 표면적이나마 엄숙한 자리만 아니었던들 한마디씩 던

지고도 남았겠지만.

그쯤해서 나는 논리가 아닌 감정에 호소해 보았다.

"저희 반엔 얼마 전 전학 온 친구가 있습니다."

모두가 조용한 가운데 말을 이었다.

"그에겐 1학년인 저학년 동생이 있죠."

연약하고 가냘픈, 1학년의 존재.

그리고.

"아시다시피 1학년 후배들은 각별한 보살핌이 필요합니다. 더군다나 그 아이는 이사를 온 지 얼마 되지도 않았고, 혼자서 하교하게 했다간 어쩌면 길을 잃고 미아가 될지도 모르죠."

이름 모를 병아리를 향한 고학년들의 걱정스러운 주억거림.

"그래서 그 친구의 동생은 제 친구가 하교할 때까지 도서관에 남아 오빠를 기다렸습니다."

모두가 어느새 내 말을 경청하고 있었다.

"얼마 전, 저는 그 친구를 따라 동생을 데리러 갔습니다."

나는 주위를 둘러보았다.

"거기엔 많은 학우들이 있더군요. 지금도 도서관에 가 보면 적잖은 학우들이 독서며 면학에 힘쓰고 있을 겁니다. 그 중엔 오전 중에 수업을 마친 저학년 후배들도 있었죠."

누군가는 동의하고, 누군가는 처음 듣는 이야기라는 듯 고개를 들었다.

"이런 상황이니만큼, 만일 방과 후 수업이 신설된다면 여러 학우들에게 도움이 되리라 확신합니다."

경청은 하되, '어쨌거나 수업이 늘어난다'는 생각에 똥 씹은 표정이긴 했지만.

그래서 굳이 덧붙였다.

"그래서 저는 저학년생을 대상으로 방과 후 교실을 진행했으면 합니다."

그 덧붙임에 여기 모인 고학년생들은 '괜찮네' 하며 고개를 끄덕였다.

어쨌거나 자기 일만 아니라면 아무래도 상관없는 일인 것이다.

나중엔 전 학년으로 자연스레 확장될 일이지만, 애들은 몰라도 된다.

전교회장은 한숨을 내쉬더니 칠판 내 건의 사항 아래에 '방과 후 교실 설립'이라고 또박또박 적었다.

"알겠습니다. 하지만."

전교회장이 나를 물끄러미 쳐다보았다.

"이런 문제는 선생님께도 여쭤봐야 할 것 같은데요. 또, 아이들에게 그럴 생각이 있는지도 알아봐야 하고요."

결행 능력과 수요 조사.

물론이다.

"알고 있습니다."

나는 고개를 끄덕였다.

"제가 관련한 품의서를 작성해 보겠습니다."

"품의……?"

"아, 계획서요."

회장이 고개를 끄덕였다.

"혼자서 하실 건가요?"

은근히 일의 책임을 발언자인 내게 떠넘기려는 말이었지만.

그 말에 나는 고개를 저었다.

"아뇨, 부반장과 함께하겠습니다."

고개를 획 돌린 김민정이 나를 어처구니없다는 듯 쳐다보았다.

"……엥?"

"너네 집은 컴퓨터 없어?"

김민정의 말에 나는 어깨를 으쓱였다.

"그러게 말이야."

"너희 회사 거잖아. 마이티 스테이션."

삼광 그룹의 마이티 스테이션.

국내 컴퓨터 보급에 일조한 대기업 제작 완성형 PC.

하긴, 이때만 해도 조립형 PC는 극히 드물었지.

"그건 그거고."

"……흠."

내가 살았던 시절에야 빌 게이츠의 예언이 이루어져 한 가정에 한 대 이상의 PC가 보급되던 때였지만.

94년도만 하더라도 컴퓨터를 보유한 가정은 잘 없었다.

나중에 인텔이 후속 주자를 견제하기 위해 CPU값을 낮추고 또 MS사에서 윈도우95를 출시하면서 접근성이 대폭 낮아진 덕에 보급률이 다소 오르긴 하지만.

아직 컴퓨터 한 대 값은 어지간한 중고차 가격과 맞먹을 지경이었다.

더군다나, 대한민국을 PC 강국으로 일으켜 세운 스타크래프트가 출시되려면 아직 멀었다.

더군다나, 의외로.

전자 산업으로 급성장한 삼광 그룹이지만, 이성진의 방에 컴퓨터가 들어오기 시작한 건 비교적 늦은 때였다.

사모는 이태석에게 '애들 공부에 도움이 된다던데' 하며 이태석을 졸라 댔으나.

직접 멀티미디어 사업을 추진하고 있던 이태석은 컴퓨터가 미디어 광고처럼 '학습용'으로 쓰일 리가 없다는 걸 잘 알고 있었다.

'그럴 거면 학습용으로 광고를 하지 말든가!'

실제로 내 또래에게 컴퓨터란 아직 '비싼 게임기'에 불과했다.

결국, 저택에는 출입할 수 없는 이태석의 서재에나 컴퓨터가 한 대 놓여 있을 뿐.

그래서 우리는 무려 486 컴퓨터가 있는 김민정의 집으로 가게 됐다.

"……그런데, 나도 가는 거야?"

한성진이 떨떠름한 얼굴로 가방을 들쳐 맸다.

한성진은 기특하게도, 동생이 사모를 따라 백화점에 가 버렸음에도 혼자서 하교하는 일 없이 전교 회의를 마칠 동안 교실에서 기다려 주었다.

"당연한 거 아니야?"

김민정이 톡 쏘아붙였다.

게다가 의외로, 한성진을 향해 먼저 '너도 가자'고 제의한 건 김민정이었다.

아무래도 나랑 단둘이서 뭔가를 하긴 거북살스럽고.

중간에 완충제나 하나 끼워 넣자고 생각한 모양이었다.

"왜긴. 한성진 너도 이젠 우리 학교 학생이잖아."

"끙. 그치만 난 임원도 아닌데……."

"뭐?"

"아니, 아무것도 아니야."

대답을 둘러댄 한성진은 또래 여자애의 집에 방문하는 일이 다소 낯선 모양이었다.

김민정은 한성진의 떨떠름한 표정을 쳐다보다가 말을 이었다.

"……아무튼. 게다가 이번 일은 네 동생, 성아랑도 관련 있는 이야기거든."

"성아가? 왜?"

"나도 몰라. 네 친구에게 물어보든가."

고개를 홱 돌린 김민정은 빠른 걸음으로 앞장섰고, 한성진이 내게 귓속말을 했다.

"무슨 일이야? 혹시 성아가 무슨 잘못이라도 했어?"

"아니, 그런 거 아니야."

나는 싱긋 웃어 주었다.

"저번에 말한 그걸 이야기하면서 성아를 예로 들었거든."

"저번에 그거? 아, 방과 후 교실."

한성진은 내가 집에서 들려준 이야기를 떠올리며 고개를 끄덕였다.

"근데 정말로 하는 거야? 이런 일은 선생님들이나 어른들이 하는 일이라고 생각했는데."

"맞아. 우린 '그 어른들'이 일을 추진할 수 있도록 하는 거야."

"……뭔가 신기하다. 이 학교는 굉장하네. 저번 학교에선 이런 걸 해 본 적이 없거든."

아니.

이런 일은 다른 곳에서도 없을 거다.

김민정의 집은 천화국민학교에서 그다지 멀지 않은 고급 아파트 단지에 있었다.

김민정은 금일 그룹의 사람이긴 했지만, 이성진처럼 직계 는 아니었다.

그저 어쨌든 재벌가의 일원이고 마침 멀지 않은 곳에 사는 내 또래여서 왕왕 교류를 하고 있을 뿐, 금일 그룹의 오너가 되는 건 김민정의 사촌인 다른 인물이다.

'그렇다곤 해도 재벌가 방계인 김민정의 처지는 한성진에 비하면 천상계지만.'

우리는 즐비하게 주차된 외제 승용차를 지나 엘리베이터 를 탔다.

이 시기엔 아직 도어락이라는 것도 좀처럼 없었고, 잠드는 밤을 제외하면 아이들 하교 시간에 맞춰 문을 잠그지 않은 채로 두었다.

앞장선 김민정이 문을 벌컥 열었다.

"다녀왔습니다! 오늘은 친구랑 이성진도 왔어요."

그 와중 '친구'에 나를 쏙 빼놓는 건 그녀답다고 생각했다.

널찍한 복도.

이성진의 저택에서 눈이 높아진 덕인지 한성진도 크게 놀라는 눈치는 아니었지만.

"아파트에도 정원이 있네?"

70평형 아파트의 현관 정원을 보면서, 내게만 들릴 정도로 조그맣게 중얼거리긴 했다.

아마 이 아파트의 분양 가격을 들으면 분명 더 놀랄 거다.

'나중엔 더 오르고. 흠, 부동산도 고려는 해 봄 직하겠어.'

그리고 방문에 맞춰 김민정의 어머니가 우리를 맞았다.

"어서 오렴. 어머, 성진아. 오랜만에 놀러 왔구나?"

지금 보니, 화장법이나 복장이 복고일 뿐 그녀는 훗날의 김민정과 쏙 빼닮은 외모였다.

유전자의 힘이란.

"놀러 온 거 아니에요."

김민정은 나와의 관계에 일부러 선을 긋듯이 딱딱하게 말했다.

"일하러 온 거예요."

"일?"

그녀가 웃었다.

"그래, 나중에 간식이라도 가져다줄게. 아참, 넌 누구니? 아줌마한테 소개해 줄래?"

한성진은 다소 긴장은 하되 주눅 들지는 않은 얼굴로 인사했다.

"안녕하세요, 사모님. 한성진이라고 합니다."

"사모님? 얘도 참."

김민정의 어머니는 한성진의 말을 웃어넘겼고, 그사이 김민정이 끼어들었다.

"엄마, 나 컴퓨터방에 있는 컴퓨터 써도 돼요?"

"어? 으음, 마침 네 오빠 친구가 와 있던데."

"……엑."

"금방 간다던데 잠시만 다른 거 하고 놀면 안 될까?"

김민정이 입을 삐죽였다.

저러는 걸 보면 아직 애는 애구나 싶은데.

"우리는 일해야 한단 말예요. 놀러 온 거 아니라고. 컴퓨터로 하는 일."

"그럼 오빠랑 이야기해 보렴. 민혁이는 컴퓨터 도사잖아?"

"……도사는 무슨. 맨날 퍼런 화면만 띄워 놓고 있던데."

김민정이 나를 돌아보았다.

"너네도 따라와."

이어서 김민정은 가방을 멘 채로 복도 중간에 있는 방을 열어젖혔다.

"오빠, 비켜!"

벌컥.

김민정이 다짜고짜 열어젖힌 방.

 공부방 겸 컴퓨터방으로 쓰이는 이곳에는 대학생 시절의 김민혁 사장과 초면의 안경 쓴 대학생이 있었다.

 그리고 모니터에는 문서 화면 창이 떠올라 있었는데, 왠지 인터페이스가 낯익었다.

 '……저건?'

 김민혁은 방으로 냅다 들이닥친 동생과 국민학생들을 보며 인상을 찌푸렸다.

 "뭐야? 다짜고짜."

 "우리 일해야 해. 안녕하세요."

 힐난과 인사를 동시에 한 김민정을 보며, 안경 쓴 대학생이 쓴웃음을 지어 보였다.

 "그래, 안녕. 뭐, 잘 돌아간다는 건 확인했으니까 난 이만 가 볼게."

 "됐어, 형. 좀 더 있어도 괜찮아. 어차피 꼬맹이들인데 뭘."

 그러더니 김민혁이 나를 보았다.

 "오, 성진이. 오랜만."

 대학생 시절의 풋풋한 김민혁 사장.

 그래도 국민학생에 불과한 김민정과는 다르게, 그는 어느 정도 미래의 용모가 갖춰진 모습이었다.

 '흠, 이거 참. 노림수가 있긴 했지만 김민혁과 이렇게 일찍

재회할 줄이야.'

사실 컴퓨터는 구실일 뿐이었다.

내 목적은 김민정의 오빠인 김민혁을 만나는 것이었으므로.

김민혁은 보이는 대로의 인물이었는데, 품행이 가볍고 유쾌했으며 남들에게도 쉽게 호감을 샀다.

'그렇게 표면상 대체로는 유쾌한 편이지만 실은 냉정하게 주위를 살피지.'

나는 김민혁에게 인사했다.

"안녕하세요."

짐짓 가벼운 고갯짓으로 내 인사를 받은 김민혁은 이어서 곁에 선 한성진을 보았다.

"거기 있는 친구는 누구?"

"아, 예! 저는 김민정과 이성진의 친구인 한성진이라고 합니다!"

"……오, 그래."

한성진의 인사에서 김민혁은 그가 '가문' 사람이 아님을 직감적으로 눈치채곤 슬쩍 미소를 지었다.

"편하게 있어, 편하게."

"네."

김민혁.

그는 금일 그룹의 사람이면서도 금일 그룹과 선을 긋고 사는 기묘한 인물이었다.

김민혁은 자신의 입장을 잘 알고 있었다.

본인 스스로가 몇몇 분야에선 삼광과 양대 산맥을 이룬다는 금일 그룹의 관계자였지만, 결국 직계가 아닌 한 올라설 수 있는 직책의 한도는 있기 마련이었다.

그리고 동시에 그는 자신의 장점을 알고 있었다.

'남들의 호감을 쉽게 사고, 또 그 관계를 곧잘 구축하지.'

훗날엔 젊은 시절에 쌓아 올린 인맥을 토대로 금일에서 독립, 제법 승승장구하게 된다.

'대단하다면 대단한 인물이긴 하지만, 아직 어려. 지금 역량이 어느 정도인지 살펴볼까.'

뒤이어 김민혁이 옆의 지인을 돌아보았다.

"형, 쟤가 삼광 그룹 개야."

김민혁은 지인에게 나를 짧게 소개했고, 그는 조금 놀랐다는 듯 나를 보았다.

나는 김민혁의 말에 내색하지 않고 그에겐 어린애답게 인사했다.

"안녕하세요, 이성진이라고 합니다."

김민혁에게 들었음에도 박형석은 내 신분에 구애하지 않는 표정이었다.

"안녕, 나는 민혁이랑 같은 동아리에 있는 박형석이야."

기억에 없는 이름이었다.

'모든 개발자를 다 아는 것도 아니고.'

하지만 얼핏 떠오르는 일화가 있었다.

이 시절 김민혁과 같은 대학교 동아리라고 하면 분명…….

'흠.'

나는 일단 모른 척하고 물어보았다.

"혹시 컴퓨터 동아리이신가요?"

"어? 어떻게 알았어?"

"같은 동아리의 두 사람이 컴퓨터 앞에 있는데, 게임이 아닌 이상한 프로그램을 다루고 있어서요."

"아, 그것도 그러네. 하하. 성진이 너도 컴퓨터에 관심 있니?"

"아, 예. 조금."

"조금이라니."

박형석이 웃었다.

"너는 게임 같은 거 안 해?"

"집에 게임기 없어요."

"……의외네. 컴퓨터도?"

"네. 제 건 없어요."

"흐음."

박형석은 완성형 컴퓨터와 수입 게임기를 취급하는 삼광그룹의 도련님이 정작 컴퓨터며 게임기도 없다는 게 신기한 모양이었다.

나는 박형석의 괜한 관심으로 주제가 바뀌기 전에 모니터로 가까이 다가갔다.

"지금 하고 계신 거, 조금 봐도 될까요?"

내가 이 정체 모를 프로그램에 흥미를 보였던 게 기뻤는지, 박형석은 가식 없는 미소를 지었다.

"아, 응. 그래. 사실 이건 우리 동아리에서 개발 중인 워드 프로세서인데, 원랜 맥 전용으로 만들던 걸 MS로 호환이 가능한지 여부를……."

"형, 형, 애들은 그런 거 말해도 잘 몰라."

"아, 그런가? 하하. 미안, 나도 그만 습관적으로."

김민혁의 말마따나 이 시기의 나는 컴맹이고, 그 뒤로도 기본적인 문서 작성이나 PPT 작성 외엔 잘 모르긴 했다.

특히나 컴퓨터를 허용하지 않는 가풍 탓에 당시에는 나나 이성진이나 컴퓨터에 관해선 일자무식.

지금도 검은 화면에 하얀 글자만 깜빡인다는 무시무시한 MS-DOS에 대해선 도시전설로만 알고 있었다.

그렇긴 해도.

나도 이 시기 애플과 IBM으로 나뉘는 PC 산업의 라이벌 구도 정돈 알고 있었다.

하지만 국내만 해도 이미 IBM이 대세였다.

결국 이 싸움은 MS를 필두로 한 IBM의 승리로 끝나고, 애플은 아이팟과 스마트폰 출시 전까지 국내에선 마니아층의 전유물로 남게 된다.

"알아요, 매킨토시. 애플사에서 만든 컴퓨터 말이죠?"

내 말에 김민혁이 눈을 껌뻑였다.

"어쭈? 제법 아네."

"조금만 알아요. 잘은 모르고."

김민혁은 그렇다 쳐도 박형석은 '요즘 애들은 좀 다른가' 하는 눈치였다.

'하긴, 이때만 해도 컴퓨터 하면 마이티 스테이션 같은 대기업 완성형 PC가 대명사였을 테니까.'

나는 일단 박형석 곁으로 가서 섰다.

공교롭게도 모처럼 닿은 인연이니 이를 이용해 보기로 했다.

"이 프로그램은 형이 만든 건가요?"

"나만 그런 게 아니고 동아리 전체가 매달렸지."

사실, 이 방에 들어올 때부터 나는 줄곧 이 화면을 눈여겨보고 있었다.

"이름은 있나요?"

"프로그램 이름?"

"네."

"우리끼린 '아리랑 한글 0.7'이라 부르고 있어. 뭐, 아직 1.0도 아니고 해서 임시로 지은 이름이긴 한데."

나는 고개를 끄덕였다.

'역시!'

이 시기, 김민혁이 다니던 한국대학교 동아리방에서 만든 워드 프로그램.

나중에는 전 세계적 MS 워드의 아성에도 무너지지 않고 버티는 유일한 워드 프로그램으로 거듭나게 된다.

'김민혁을 노리고 오긴 했지만, 이 정도 인연을 만날 줄이야.'

더군다나 당시 소프트웨어 시장이며 그 수준이 어땠는지 모르는 문외한인 내 눈에도, 동아리가 자체 개발했다는 문서 프로그램은 그 만듦새가 제법 훌륭해 보였다.

'이 시대에 대학생이 이런 걸 만들었다라…….'

나는 흥분을 억누르고 물었다.

"그렇군요. 마침 컴퓨터로 글을 쓸 일이 있었거든요. 혹시 도와주실 수 있나요?"

이 자체가 돈이 되는 건 아니다.

하지만 이걸 바탕으로 할 수 있는 수많은 일은 돈이자 인맥으로, 내게는 삼광 외적인 인적 자원을 쌓을 수 있는 기반이 되리라.

내 말에 오히려 좋은 기회라고 생각했는지 박형석은 잠자리 안경 너머로 눈을 반짝 빛냈다.

"좋지, 형이 도와줄게."

박형석은 자연스럽게 의자를 당겨 컴퓨터 앞에 앉았다.

"학교에선 뭘 쓰니? 맥? MS?"

"아마 MS일 거예요. 게다가 완성형 컴퓨터일 거고요."

"하긴, 그렇겠지. 괜한 걸 물었네."

"혹시 파일이 교내 PC랑 문서 호환이 될까요?"

"나도 마침 그게 궁금해서. 아, 혹시 파일도 필요한 거야?"

"꼭 그렇지만은 않아요. 프린트는 되죠?"

"그럼, 물론. 확인했어."

박형석은 보란 듯 팝송 가사가 적힌 A4 용지를 팔랑팔랑 흔들었고, 옆에선 김민혁이 고개를 저었다.

"얼마 전 엽총 자살한 너바나의 커트 코베인을 기리며 썼지. Rest in peace."

그러고 보니 그게 이 무렵인가 싶었다.

박형석은 김민혁이 애들 앞에서 못 할 소릴 한 거라 생각했는지 쓴웃음을 지으며 나를 보았다.

"그나저나 요즘 국민학생은 컴퓨터로 과제를 하는가 봐? 나 때랑은 많이 다르네."

"그렇진 않아요."

아직은.

"지금 저희는 가정통신문을 쓸 생각이거든요."

"가정통신문? 학교가 애들한테 그런 걸 시켜?"

"아뇨. 이건 저희끼리 그냥 한번 만들어 보는 거예요."

내 말에 박형석은 별다른 의심 없이 고개를 끄덕였다.

"그렇구나. 그럼 혹시 참고할 만한 양식이 있을까? 아, 그러니까 너희 학교 가정통신문은 어떤 모양을 하고 있니?"

나는 가방에서 아무 가정통신문을 꺼내 박형석에게 건넸다.

"여기요."

"흠, 평범하네."

박형석은 짧게 평한 뒤 종이를 힐끗거리며 자판을 두드렸다.

타닥, 타닥.

박형석의 손가락을 따라 모니터에 글자가 박혀 들었다.

그가 단축키를 비롯해 몇 번 자판을 두들긴 것만으로 대략적인 가정통신문 양식이 완성됐다.

"내용은?"

"네. 미리 써 둔 게 있는데요."

나는 간밤에 초안을 끼적여 둔 공책을 꺼내 박형석에게 내밀었다.

"여기요."

"어디 보자……."

박형석은 내가 건넨 공책을 쓱 훑어보더니 고개를 들어 나를 보았다.

"이거, 네가 쓴 거니?"

"그럼요."

"뭐? 아니. 이건 국민학생 수준치곤……."

말끝을 흐린 박형석은 그만 피식 웃었다.

상식적으로 판단해서, 당연히 누군가 어른이 시킨 내용을 받아 적었을 뿐이라고 생각해 버린 모양이었다.

"보아하니 설문 형식이네. 어디 보자, 내용은……."

박형석이 공책을 보며 문서를 작성해 갔다.

그러는 동안 모니터를 들여다보던 김민혁은 동생을 보며 물었다.

"방과 후 교실? 저게 뭐냐?"

"나도 몰라."

"넌 아는 게 뭐냐?"

오빠의 쫑코에 김민정이 입을 삐죽였다.

"이성진이 혼자 멋대로 가져온 건데, 뭘."

그 말에 나는 김민혁의 눈빛이 슬쩍 변하는 걸 보았다.

그 나름대로 돈 냄새를 맡은 모양이었다.

"그래?"

이어서 김민혁은 얼른 눈빛을 고쳐 나를 돌아보았다.

"성진아, 방과 후 교실이 뭐냐?"

김민혁은 주저 없이 내게 물었다.

비록 그 상대가 국민학생에 불과한 아이라 할지라도 배울 것이 있으면 거리낌 없이 묻는 모습에서, 나는 조금 감탄했다.

'인물은 인물인가.'

나는 김민혁에게 전교회의에서 말했던 바 있던 취지를 간단히 전달했다.

"흠."

설명을 들은 김민혁은 짧게 고개를 끄덕이곤 눈을 빛냈다.

"괜찮은데⋯⋯. 이야기는 어디까지 진행됐어?"

"아직 구상 단계예요. 할 수 있을지 없을지도 잘 모르고."

"그래? 그렇군."

그사이 문서를 작성한 박형석이 나를 돌아보았다.

"이성진?"

"아, 네."

"다 됐어. 한번 볼래?"

"네, 볼게요."

모니터엔 깔끔하게 정리된 설문지가 완성되어 있었다.

[방과 후 교실 개설에 관한 설문서(학부모용)]

나는 문서를 찬찬히 읽은 뒤 고개를 끄덕였다.

"잘 만들어졌네요."

"그러니? 내가 보기엔 조금 개선 사항이 있긴 하던데. 아, 내용 말고 프로그램 이야기야."

"그런가요?"

"응. 실제로 공문서를 작성해 보니까 그냥 글만 쓸 때랑은 느낌이 또 다르네."

박형석이 김민혁을 보았다.

"민혁아, 이거 프린트해도 될까?"

"응? 아, 그래. 물론이지, 형. 팍팍 뽑아도 돼."

위잉-.

프린터 기기가 돌아가는 사이, 김민혁은 고개를 돌려 동생인 김민정을 보았다.

"넌 뭐 하냐?"

그 말에 가만히 있던 김민정이 울컥했다.

"……난 키보드 안 보고 타자 칠 줄 알거든?"

그거 참, 굉장하구나.

박수를 쳐 주고 싶을 지경이다.

한성진이 나를 대신해 박수를 쳤다.

아니, 박수까지는 아니고.

"와, 대단하다. 부반장 너도 컴퓨터를 잘하는구나?"

한성진의 솔직한 감탄에 김민정은 딱히 싫진 않은 얼굴로 고개를 홱 돌렸다.

"뭐, 이 정돈 별거 아니야."

그런 둘을 보며 김민혁이 히죽 웃었다.

"으응? 설마? 얼레리꼴레리?"

"놀리지 마!"

"그런 거 아닌데요…….."

김민정은 화를 냈고, 한성진은 당황했다.

저들이야 그렇다 치고, 나는 박형석을 보았다.

'쓸 만한데?'

비록 내 지시대로 작성된 문서이긴 했으나, 그 결과물이 제법 훌륭했다.

'나는 윈도우밖에 다룰 줄 모르니까.'

그 상황에 김민혁과 박형석을 만난 건 운이 좋았다.

김민정도 입으론 '컴퓨터 할 줄 안다' 수준이었지만, 실상은 어떨는지 모르고.

어차피 큰 기대는 하지 않고, 내가 하려던 일의 포석이나 깔아 두려고 이 집에 방문했던 터인데.

생각 이상의 수확이었다.

'박형석이라…….'

사실, 내가 살았던 미래엔 박형석을 몰랐다.

어쩌면 그 자체만 놓고 보면 크게 이상한 일은 아닐 것이다.

머릿속에서, 수많은 1세대 프로그래머들이 결국 전공과 무관한 길을 걷더라는 이야기가 막연히 떠올랐다.

또, 박형석이 했던 말과 행동거지에서 추정컨대 아마, 그는 장래 애플과 IBM의 갈림길에서 애플을 택했으리라.

하지만 그가 사회인이 될 시기에 애플의 국내 점유율은 처참할 지경이었고, 그 결과 그 이름은 기억되지 않게 되었을 것이다.

'인연.'

나는 의외의 장소에서 만난 이번 인연을 소중히 여기기로 했다.

"형석이 형."

"응?"

생각에 잠겨 있던 박형석이 나를 보았고, 나는 미소를 지어 보였다.

"저한테 연락처 좀 줄 수 있어요?"

"신기하다……."

돌아오는 길.

한성진은 연신 종이를 들여다보고 있었다.

낯선 문물로 여겨지던 컴퓨터를, 또 그 결과로 출력된 인쇄물을 보면서 그 감회가 남다른 듯했다.

김민정네 집에서는 따로 연락을 해 줄 테니 놀다가 저녁까지 먹고 가라 했지만, 그럴 순 없었다.

삼광 그룹의 협의는 저녁 식탁에서 이루어지는 법이므로.

이태석과 동석하는 식탁이야말로 지금의 내가 자연스럽게 사업 이야기를 끌어낼 수 있는 거의 유일한 협상 테이블이었다.

'언젠가는 자연스럽게 사업 이야기를 나눌 때도 오겠지.'

"성진아."

한성진이 나를 보며 눈을 반짝였다.

"어쩌면, 미래에는 컴퓨터로 모든 일을 처리하게 되지 않을까?"

나는 어린 나의 통찰력에 고개를 끄덕여 동의해 주었다.

"맞아, 그렇겠지."

"역시."

"아마 몇 년만 지나도 컴퓨터 없는 삶은 상상하기 어려워질 거야."

"그럴까?"

"미래에는 손바닥만 한 컴퓨터도 나올걸. 그걸로 전화도 하고 지도도 보고."

"TV도?"

"물론이지."

한성진은 내가 말한 예언의 무게를 실감하지 못한 채, 내 상상(예언)이 재밌다는 듯 구김 없이 웃는 얼굴을 했다.

"그런 미래가 오면 좋겠다."

"응."

"그땐 자동차도 날아다니겠지?"

"그건 아니고."

"엥. 그런가? 아, 그러고 보니 1999년이 되면 세계가 멸망한다던데."

"헛소리야."

나는 딱 잘라 말했다.

"내기를 해도 좋아."

"하하, 다 죽으면 내기가 무슨 소용이람."

"그건 그러네."

"그럼 나도 너처럼 멸망하지 않는다, 쪽에 걸어야지."

어린 나이에 벌써부터 파스칼의 논리적 사고 회로를 갖추고 있다니.

왠지 대견했다.

한성진은 인쇄된 종이를 앞으로 멘 가방 속에 쏙 집어넣었다.

그도 기념 삼아 컴퓨터 생산의 결과물을 챙겨 두었던 터였다.

굳이 그럴 것 없이 조만간 한성아를 통해 가정통신문을 받게 될 텐데.

한성진은 문득 생각났다는 듯 당돌한 질문을 던졌다.

"그런데 성진아, 너네 집엔 왜 컴퓨터가 없어?"

마치 '모든 걸 다 갖춘 것처럼 보이는' 내게 없는 것이 있다는 것이 신기하기라도 한 양.

나는 어깨를 으쓱였다.

"아까 형석이 형한테 말했잖아? 내 것이 없을 뿐 있긴 있어. 아버지 서재에 한 대."

"아, 있었구나? 그런데 왜 그걸 안 쓰고 굳이 김민정 집까지 간 거야?"

여러 이유가 있었지만, 한성진에게 둘러댈 이유는 한 가지였다.

"내가 서재에는 출입하면 안 된다고 했잖아?"

"아, 그랬지."

한성진은 새삼스러운 사실을 떠올리곤, 한편으론 나 또한 그 금기에 포함되었다는 사실이 한 번 더 새삼스러웠던 모양이었다.

나는 한성진을 보다가 픽 웃었다.

"뭐, 내 생각엔 조만간 한 대 생길 거 같은데."

"응?"

"우린 지금 확실한 결과물을 가지고 있잖아? 아버지도 우리가 컴퓨터를 통해 이룩한 결과물을 보고 나면 생각이 바뀌시겠지."

내 말에 한성진은 곰곰이 생각하더니 고개를 끄덕였다.

"하긴, 사장님은 네가 하는 이야기를 잘 들어주시니까."

그건 맞다.

이태석은 설령 그 상대가 어린이라 할지라도 그럴 만한 가치가 있다고 판단하면 경청하는 태도를 보였다.

그는 어쨌건 섬세한 구석이 있었으므로.

다만 그건 '화목한 가정의 저녁 식탁'에서 일어나는 것과는 어딘지 모르게 미묘한 간극을 가진 이야기였다.

그 기묘한 뒤틀림을 모르는 한성진은 내가 이태석과 마주할 때마다 속이 거북살스러워지는 걸 전혀 모르는 듯했다.

"그래도 그 덕에 형석이 형도 만났고, 일도 쉽게 했으니까 결과적으론 잘된 건가?"

한성진의 말에 나는 멈칫했다.

억측일 수도 있겠지만, 왠지 모르게 일이 술술 풀렸다.

마침 찾아간 김민정의 집에 마침 김민혁이 있었고, 마침 김민혁의 대학교 컴퓨터 동아리 선배인 박형석이 있었다.

그리고 마침 박형석은 문서 프로그램을 개발 중이었고, 마침 시험 삼아 김민정의 집에 있던 컴퓨터에 구동 실험 중이었다.

김민혁의 존재까지는 가능성의 염두에 두었지만, 박형석은 내 예상외의 존재였다.

'……우연인가? 아니면 필연?'

애당초 내가 이성진의 몸에 들어온 것부터가 이성이나 논리로 해명하기 힘든 일이었다.

'그리고 30년 뒤의 죽음까지.'

나는 이 상황을 떠올리면서 피가 싸늘하게 식어 가는 걸 느꼈다.

나는 현 상황에 대한 의구심을 품은 채, 나를 물끄러미 쳐다보고 있는 한성진을 돌아보았다.

"……아, 그래. 잘된 일이지."

결과적으로는 잘된 일이다.

그건 한성진에게 한 말이라기보단 마치 나 스스로에게 뇌까리듯 한 말이었다.

"오늘 민정이네 집에 다녀왔다면서?"

저녁을 한 술 뜨기도 전에 사모의 입에서 여자애 이름이 나오자, 이태석이 반응을 보였다.

"그게 누구지?"

그러면서 힐끗 나를 살피는 것이 '이제 이성에 눈을 뜰 나이인가' 하는 모양이어서, 나로선 다소 억울했다.

"아이 당신도. 김민정이라고 왜, 저쪽 천마아파트에 사는 금일 그룹 여자애 있잖아요. 당신은."

그제야 이태석은 그 존재를 떠올린 모양이었다.

"아, 그랬지. 마침 성진이 또래인 애가 있댔어."

"심지어 성진이랑 같은 반 부반장이에요."

"음."

"성진이가 반장인 건 알죠?"

"그 정도야 뭐."

떨떠름해하는 이태석을 뒤로하고 사모는 나를 보며 왠지 모를 의미심장한 미소를 지었다.

"너희 둘, 드디어 화해한 거니?"

화해.

그런 건 아니었지만, 사모의 얼굴에 어린 건 분명 '우리 아들도 남자가 됐네?' 하는 식의 반쯤은 놀리는 표정이었다.

심지어 이태석도 안 듣는 척 '어디 보자' 하는 얼굴이어서, 나는 그들의 오해에 당당히 선을 그었다.

"일 때문에 다녀온 것뿐이에요."

공부도, 숙제도 아닌 일이라니.

11살배기 어린이 입에서 나올 말이 아니었기에 사모는 의아해했고, 이태석은 내 말에 생각난 게 있는지 고개를 끄덕였다.

사모가 고개를 갸웃했다.

"일? 무슨 일인데 그러니?"

"네, 잠시만요."

나는 이야기가 나온 참에 준비해 온 문서 초안을 꺼냈다.

"아버지, 잠시 보여 드릴 게 있습니다."

"그래."

이태석은 늘 그렇듯 수저를 내려놓았고.

"오늘 그 집에 가서 작성한 서류 초안이에요. 마침 거기 컴퓨터가 있다는 이야기를 들어서…….”

나는 그에게 종이를 내밀었다.

이태석은 의외라는 듯 종이를 받아 들더니 짧게 읽었다.

"방과 후 교실에 대한 안내문…….”

"방과 후 교실 설립을 진행하기 전에 우선 학부모들을 대상으로 그럴 뜻이 있는지 설문조사를 실시하려고요.”

내 말을 들은 이태석이 종이 너머로 고개를 들어 나를 보았다.

"이걸 네가 만들었다고?”

이태석의 말에 그만큼 놀란 사모가 눈을 동그랗게 떴다.

"어머머, 우리 성진이, 컴퓨터도 할 줄 아는 거니? 학교에서 컴퓨터 배워?”

"아뇨. 마침 거기 갔더니 민혁이 형이랑 그 대학 동아리 선배가 있더라고요. 두 사람의 도움을 받았습니다.”

"아, 민혁 군. 한국대 다닌댔지?”

그사이 이태석이 중얼거렸다.

"컴퓨터라.”

이태석의 반응에서 온 기회를 놓칠 사모가 아니었다.

"여보, 제가 누차 말씀드렸잖아요. 우리 성진이한테도 컴퓨터를 사 줘야 한다니까요. 당신 회사에서 나온 거 있잖아요. 그거면 좋겠는데. 모임에 가서도 물어보니까, 컴퓨터가 없는 건 성진이뿐이래요, 글쎄."

사모님 파이팅.

"들으니 또, 민혁 군이 컴퓨터 도사래요. 나중에 성진이 컴퓨터도 민혁 군에게 가르치게 하면 서로 도움이 되지 않겠어요? 다들 아는 집안 사람이니 믿고 맡길 수도 있고, 성진이도 대학생 형들이랑 지내다 보면……."

그러나 이태석은 사모의 말을 끊는 듯이 나직한 목소리를 냈다.

"흠."

이태석은 종이를 탁자에 올려 두며 나를 보았다.

"나쁘지 않구나."

몇 번 마주하고 보니 요즘은 이태석의 말과 뉘앙스에 담긴 버릇을 조금 알 것 같다.

이럴 때, 이태석은 한 가지 더 시험을 내린다.

"그런데 어째서 저학년생만을 대상으로 했지?"

그 물음에 나는 '의회의 반대가 거세어서요.' 하고 대답하는 대신 다른 말을 둘러댔다.

"예. 일단은 저학년들에게 방과 후 교실이 가장 필요할 것 같아서요."

"저학년생에 주된 수요……. 그러니까 그들에게 가장 필요할 거라 생각한 건 네 억측, 그러니까 네 독단은 아니고?"

또 요즘 생각하는 건데.

몸이 바뀐 지 고작 며칠밖에 지나지 않았음에도, 나는 이성진을 향한 이태석의 기대치가 부쩍 올라간 걸 체감하고 있었다.

'그렇게 나오신다니, 조금 맞춰 드려야지.'

나는 준비한 대답을 내놓았다.

"말씀하신 대로 우선은 억측에서 출발했습니다만, 학원 등 별도로 과외 활동을 하는 고학년생에게는 꼭 필요한 일이 아닐 것이라 생각했습니다."

"그럴 수도 있겠지."

"사실 처음부터 어디까지나 방과 후 저학년생을 돌볼 필요가 있다고 생각해서 꺼낸 아이디어고요."

"음."

내 말을 들은 이태석은 희미한 미소를 지은 채 고개를 끄덕였다.

"정론이긴 하다. 잘 배웠구나."

칭찬인지 아닌지 모를 말이었다.

그는 내가 오롯이 혼자 이 문서를 작성했으리란 생각은 하지 않았고, 거기 있던 대학생들의 도움을 받았으리라 생각하는 모양이긴 했으나.

그것만 해도 이성진에 대한 평가를 상향 조정하긴 충분했다.

"다만."

이태석이 종이를 힐끔 쳐다본 뒤 말을 이었다.

"거기에 추가적인 견해, 논지를 추가하자면……. 방과 후 교실은 아직 시행착오를 겪어 가는 과정이지."

"예."

"그렇기에 시작부터 전 학년에 해당 제도를 실시하게 된다면 시간과 예산 측면에서 불필요한 낭비가 있을 수 있다. 다음부턴 그런 것도 한번 생각해 보거라."

"예, 알겠습니다."

"또한 방금 네 견해의 전제, 그러니까 생각의 씨앗이 된 토대는 어디까지나 정보 수집 없이 이루어진, 억측 위에 선 사상누각이다. 정작 이를 실행하려 해도 수요가 없다면 이루어지지 않을 일이지."

그리고 이태석이 종이를 내게 돌려주었다.

"그런 의미에서 먼저 가정통신문의 형태로 설문을 꾀한 건 제법 영리했다."

……칭찬이겠지?

이태석은 잠시 뜸을 들인 뒤 말을 이었다.

"너는 언제쯤 방과 후 교실을 열 수 있으리라 보느냐?"

학교운영위원회의 협의며 장학재단과 일정을 맞추면…….

"빠를수록 좋나요?"

내 질문에 이태석이 피식 웃었다.

"빠른 것만이 능사는 아니다. 무엇을 하건 거기엔 적절한 시기와 때가 있는 법이거든. 만일 모든 일이 잘 풀려서 내일 당장 방과 후 교실을 실행한다고 하더라도 이미 거기엔 다른 문제도 산적해 있을 거다."

"예."

"하나의 일이라는 건 결국 또 다른 것과 연계되어야 함을 잊지 말아야 한다."

"예."

"학부모들로 하여금 저학년 아이들이 방과 후까지 남게 하려면 그에 따른 다른 요소도 제공되어야 해. 어제 네가 말하기로 도시락을 싸는 건 번거로운 일이라고 했지?"

나는 고개를 끄덕였다.

"그렇습니다."

"그렇다면 생각해 보자. 어쨌거나 저학년 애들도 점심은 먹어야 할 테고. 방과 후 교실에 참석할 아이들을 위해 도시락을 싸야 한다면, 그건 주객이 전도된 이야기냐?"

나는 생각하는 척하다가 대답했다.

"우선은 방과 후 교실에 참여하는 학우들을 대상으로, 바깥에서 도시락을 사 오면 안 될까요?"

외부 위탁.

당장 설비가 갖춰지지 않았다면 하청에 아웃소싱을 주는 것도 방법이니까.

내 말을 들은 이태석이 싱긋 웃었다.

"그것도 한 가지 방법이지. 대량 발주……. 그러니까 한꺼번에 많은 양을 주문하게 되면 거래에서도 우위를 점할 수 있는 법이다. 다만 그렇기 때문에 가정통신문 형태로 의향을 파악하는 일이 필요한 거지. 그게 수요 조사라는 거란다."

"예."

"일단은 네가 말한 방향도 생각해 보자꾸나. 흠, 외부 업체라."

이태석은 그 뒤 잠시 생각에 잠겼다가 고개를 끄덕였다.

"알았다, 우선은 거기까지만 해 두자. 벌써부터 때를 예측하는 건 시기상조니까."

"예, 아버지."

기분 탓일까, 나를 대하는 이태석의 말씨가 제법 부드러웠다.

역시 내 생각대로, 며칠 사이 아들에 대한 평가가 상향 조정된 것 같다.

"성진이 너도 또래가 집에 들어오고부터 제법 생각이 깊어졌구나."

이태석의 말을 사모가 받았다.

"그러게요. 아버님이 보시면 깜짝 놀라시겠어요. 우리 성진이가 어른이 다 됐네, 하고요."

이휘철이 언급되자 이태석은 멈칫하더니 입을 일자로 꾹

다물었다.

"……그러시겠지."

그리고 교육을 마친 이태석은 다시 수저를 들었다.

다음 날, 학교를 다녀왔더니 내 방 책상엔 컴퓨터가 한 대 놓여 있었다.

4장

"양도."

"아부부?"

"따라 해 봐, 양, 도."

"아부부!"

"주식 양도. 계승권 포기."

"꺄르르륵!"

나는 친동생인 이희진에게 장래를 위한 교육을 시키는 중이었다.

'잘 안 되네.'

자고로 조기교육이 중요한 법이거늘.

"아부, 아부!"

하지만 어쩌면 너무 일찍 시도하고 있는 걸지도 모르겠다.

이희진이 보행기에 탄 채로 내게 양팔을 벌렸다.

"아부바! 아부바!"

나는 이희진을 안아 주었다.

"설마, 이 시대엔 나에 대한 애정이 샘솟기라도 하는 거니?"

"아부부! 아부부!"

"그래그래. 혹시라도 마음에 안 든다고 해서 암살자를 고용하면 못 쓴다. 알았지?"

"꺄르륵!"

그렇게 이희진을 교육시키고 있으려니 초인종이 울렸다.

"새로 오신 컴퓨터 선생님인가 보네. 제가 나가 볼게요, 도련님."

안동댁은 현관으로 나가서 얼마 지나지 않아 다소 쭈뼛거리는 기색의 여성을 대동하고 돌아왔다.

"들어오세요."

"그럼 실례하겠습니다."

나는 이희진을 도로 보행기에 태워 머리를 쓰다듬어 준 뒤 초면의 여성에게 갔다.

"안녕하세요."

그녀는 생전 처음 발을 들인 대저택에 얼이 빠져 있다가 허둥지둥 내 인사를 받았다.

"응? 아, 응, 그래. 네가 성진이니?"

"네, 이성진이라고 합니다."

"반가워. 나는 최소정이야."

최소정.

처음엔 내 컴퓨터 과외 선생으로 박형석에게 먼저 연락을 넣었지만, 그는 4학년이어서 바쁘다는 이유로 대신 후배를 소개해도 될지 조심스레 물었다.

나로선 그와 맺은 인연을 이어 가고 싶은 마음이 들었으나, 어쨌든 한 다리 건너서라도 괜찮을 거라 생각해 흔쾌히 수락했다.

내 말을 전해 들은 사모는 어쨌거나 '그래도 한국대네?' 하면서 별로 신경 쓰지 않았고.

'그런데, 미리 듣기는 했지만 여대생이 올 줄이야.'

스무 살이라더니, 풋풋했다.

청바지에 책가방을 멘 차림인 최소정은 아직 꾸미는 법을 몰랐는지 화장기 없이 수수했고, 눈에 띌 만큼 빼어난 미인은 아니었으나 남들에게도 쉽게 호감을 줄 법한 인상이었다.

한편 최소정은 내게 인사를 건넨 뒤 어깨 너머의 이희진을 보았다.

"거기 있는 건 동생이니?"

"네. 이희진이라고 해요."

"귀여워라. 아, 어머니께 인사를 먼저 드렸으면 하는데.

어머니를 좀 뵐 수 있을까?"

"잠깐 외출하셨어요. 어머니껜 나중에 소개드릴게요."

"그래."

최소정은 잔망스러운 내 첫인상이 나쁘지 않은 듯했다.

"으아아앙!"

그때 이희진이 울음을 터뜨렸고, 안동댁은 쓴웃음을 지으며 우는 아기를 달랬다.

"우쭈쭈, 그랬쩌요? 오빠가 다른 언니랑 놀아서 질투해쩌요?"

"으아앙!"

설마, 오늘 일에 원한을 품고 히트맨을 고용하는 건 아니겠지.

안동댁이 이희진을 안은 채 미소를 지었다.

"도련님, 방으로 들어가 계시면 간식이라도 가져다 드릴게요."

"응. 선생님, 제 방으로 가요."

내 말에 최소정도 고개를 끄덕였다.

"그래, 그러자."

"네. 2층인데, 따라오세요."

"아, 그리고 선생님 대신 누나라고 불러 줄래?"

선생님이라 불리는 게 쑥스러운 건지, 아니면 아직 정식으로 계약을 맺기 전이어서인지는 모르겠지만.

"네, 소정 누나."

시키는 대로 했다.

누군가를 누나라고 불러 보는 게 얼마 만인지, 참 나, 원, 허허허.

나는 최소정을 데리고 방으로 돌아왔다.

"어, 앗, 안녕하세요!"

방에서는 마침 한성진이 컴퓨터 설명서를 뒤적거리다가 의자에서 벌떡 일어섰다.

"누구니?"

"아, 넵! 저, 저는 이성진의 친구인 한성진이라고 합니다!"

생각해 보니.

이 시기의 나는 연상의 청초한 대학생 누나에 대한 환상이 있었던 것 같다.

"그래? 이성진 군이랑 이름이 같네. 그나저나 친구가 놀러 와 있을 줄은 몰랐는데……."

"아니, 저, 그게 아니라, 저는……."

나는 우물쭈물하는 한성진을 대신해 답해 주었다.

"한성진과는 한 지붕 아래 같이 살고 있어요."

"어머, 그랬니? 친척?"

"그건 아니고, 어른들의 비즈니스적 관계라고 해 두죠."

"……?"

의아해하는 최소정에게 한성진이 끼어들었다.

"저희 아버지가 이 집에 고용된 운전기사이시거든요."

"아⋯⋯."

나로선 한성진이 운전기사인 아버지를 부끄러워할까 봐 배려한 것이었는데, 괜한 짓을 했단 생각이 들었다.

나 때와는 다르게 한성진은 아버지가 어떻다는 것에 한 점 부끄럼이 없었고, 오히려 나야말로 그런 한성진의 처지를 멋대로 동정하며 의식하고 있었던 거다.

'⋯⋯이미 나는 바뀌고 있었구나.'

반성하자.

"그렇구나."

최소정은 슬쩍 엿본 재벌가의 단면에 조금 당황하더니 어색하게 주제를 고쳤다.

"미안. 그럼 슬슬 수업을 시작해 볼까 하는데⋯⋯."

"아, 죄송해요. 그럼 저는 나가 있을게요."

나는 한성진이 당황하며 나가려는 걸 붙들었다.

"소정 누나, 괜찮다면 같이 수업을 들어도 괜찮을까요?"

최소정은 나와 한성진을 번갈아 보았다.

그녀 스스로는 당시 무슨 생각으로 그랬는지 알 수 없으나, 아마도 단순한 호의였던 건 아닐까.

"너만 괜찮다면야. 어차피 오늘은 오리엔테이션 정도만 할 생각이거든."

나는 한성진의 얼굴에 화색이 도는 걸 보며 고개를 저었다.

'이루어질 수 없는 사랑이라.'

컴퓨터 앞에 앉은 최소정은 잠시 '마이티 스테이션'을 이리 저리 살피다가 고개를 돌렸다.

"컴퓨터는 언제 산 거니?"

"어제 학교에서 돌아오니 있었어요."

내 대답에 최소정이 쓴웃음을 지었다.

내가 어떤 고난과 역경 끝에 이 컴퓨터를 허락받았는지도 모른 채, 재벌가 도련님이니 그냥 떡 하고 도깨비 방망이 휘 두르듯 튀어나온 거라 생각한 모양이었다.

"그런데 성진아. 형석 선배한테 들으니까 컴퓨터를 잘 안 다던데, 어디까지 아니?"

"그냥 전혀 모른다고 생각하시면 돼요."

"그래?"

"형석이 형한테 말했던 건, 저도 어디서 주워들은 게 고작 이거든요. 형석이 형이 저를 누나에게 너무 좋게 소개한 모 양이에요."

빙그레 미소를 지은 최소정은 가만히 고개를 끄덕이더니 가방을 뒤적거려 스프링 노트와 볼펜을 꺼냈다.

"일단, 성진이가 컴퓨터를 배우려는 이유부터 알아볼까?"

그러더니 최소정이 노트에 '이성진 : 목표'라고 적었다.

"단순히 구동만 하고…… 게임이나 실행시킬 수준까지만

배우겠다면 그다지 깊이 파고들 필요가 없거든. 하지만 만일 네가 프로그램을 개발하겠다거나 코딩에 도전한다고 하면 앞으로 수업 내용과 방향도 바뀔 거야."

가르치려는 폼이 생각보다 제법 체계적이었다.

말이 나와서 말인데, 사실 게임이나 깔아 주고 설렁설렁 시간이나 때우며 과외비나 타려고 했다면 나도 거기까지라고 봤을 것이다.

하지만 최소정은 국민학생을 상대로 마치 진로 상담이라도 해 주는 양 진지하게 물어 오고 있었다.

첫 과외 선생 일이라서 그런 것이라기보단, 그녀의 천성이 그런 모양이었다.

"그래서, 성진이는 배움의 목적이 뭐니?"

두 갈래의 길이 있다.

과연 도스 운영체제를 깊이 배울 필요가 있을까?

내년에는 윈도우95가 출시될 것인데.

'음, 내 기억엔 하반기였던 거 같긴 하지만.'

다른 한편으론 도스 사용법을 철저하게 익혀 두는 것.

나도 도스가 얼마나 강력한 프로그램인지, 또 거기서 쓰이는 명령어가 내 시대에도 쓰였다느니 하는 건 들어서 알고 있다.

나는 생각해 온 바를 대답했다.

"저는 일단 도스에 대해 기초적인 내용부터 배웠으면 해요. 그 뒤는 차근차근 생각해 볼게요."

내 대답에 최소정이 생긋 웃었다.

"그래? 그럼 성진이가 생각하는 기초에 대해 정의해 볼까?"

"일단은 문서 프로그램을 다루고 서류를 작성할 정도면 충분해요. 아, 형석이 형이 보여 준 '아리랑 한글'이라는 프로그램 같은 거요."

최소정은 고개를 끄덕이곤 노트에 '문서 작성용 : 프로그램 구동'이라고 적었다.

"아리랑 한글은 동아리에서 만든 건데 성진이 마음에 쏙 들었나 보네. 응, 그러면 오래 배울 건 없겠다. 그치?"

"음, 네. 아마도요."

내 대답에 한성진이 실망하는 모습이 슬쩍 보였다.

'짜샤, 사랑은 너에게 아직 일러.'

그 뒤는 최소정이 어떤 유형인지, 또 어느 정도의 실력을 갖추고 있는지에 따라 달라진다.

최소정이 웃으며 말했다.

"그런 거라면 오늘 안에도 다 끝낼 수 있겠는데?"

"그런가요?"

"그럼, 도스의 기본적인 명령어는 누구라도 쉽게 금방 익힐 수 있으니까. 게다가 굳이 도스를 사용하지 않아도, 성진이가 바라는 문서 작성 정도는 윈도우를 통하면 쉽게 가능해."

어?

윈도우?

이 시대에도 윈도우가 있었나?

"윈도우요?"

"응. 윈도우3.1. 그럼 어디 컴퓨터를 켜 볼까?"

그렇게 말한 뒤 최소정은 컴퓨터에 전원을 넣어 부팅시켰다.

삼광 로고가 뜨고 시간이 지나자, 모니터에는 측면으로 기울어진, 제법 익숙한 사각형 로고가 떠올랐다.

컴퓨터는 곧장 윈도우로 진입했다.

94년 당시엔 컴맹이었던 나는 윈도우95가 하늘에서 뚝 떨어진 것인 양 생각해 왔는데.

이 시절에도 이미 그 프로토 타입이라고 할 만한 게 있었던 모양이었다.

"응, 역시. 완성형 컴퓨터의 장점이야. 기본적으로 설치되어 있어. 게다가 시작하자마자 윈도우로 들어가게끔 조정해 뒀네."

그 결과 내가 아는 윈도우 화면의 초기 버전 같은 투박한 화면이 나오고.

"우와."

내 감탄에 최소정이 고개를 갸웃했다.

"성진이 너 혹시, 부팅은 이번이 처음이니?"

"네. 잘못 눌렀다가 폭발하기라도 하면 큰일 나잖아요."

"……."

최소정은 노트에 '위험'이라고 적었다.

뭐가?

컴퓨터가?

최소정이 고개를 돌렸다.

"사실 초보자에겐 윈도우가 도스보단 쓰기 편하지. 직관적이니까. 다만…… 도스보단 속도도 느리고, 아무래도 도스와 호환되지 않는 게 많아."

이어서 최소정이 살짝 웃었다.

"뭐, 나도 윈도우가 도스보단 편하다고 생각은 해. 하지만 윈도우는 어디까지나 응용프로그램이지 운영체제는 아니야. 그래서 쓰다 보면 느려지기도 하고."

"그렇군요."

"하지만 사용자 편의성을 고려하면 나쁘진 않아. 컴퓨터는 아직까진 아무래도 진입 장벽이 높으니까……. 이 '마이티 스테이션'처럼 부팅하자마자 윈도우로 시작하도록 만들어 둔 것도 있고. 아마 도스는 윈도우 같은 걸로 대체되겠지. 언젠가는."

바로 내년입니다.

"그래도 생각해 볼 만하네. 성진이는 즉, 구태여 도스를 배울 필요는 없다고 생각하는 편이니?"

그 정도는 아니었다.

초창기 윈도우는 운영체제로서 불안정했고, 특히나 그 블루 스크린의 악명은 나도 익히 알고 있다.

"그래도 그게 언제 나올지 모르는 이상, 뒤처지지 않을 만큼은 해야겠죠. 게다가 기초는 탄탄히 해야 하는 법이니까요."

더욱이.

나는 최소정이 썩 마음에 들었다.

'젊은 친구가 제법이야. 잘 키우면 쓸 만하겠어.'

"음…… 그래. 그럼 일단 학습 방향은 그렇게 잡자."

최소정은 노트에 '1. DOS 기초 운용 학습'이라고 적었다.

"그리고 또 달리 배우고 싶은 게 있니?"

나는 고개를 끄덕였다.

"네. 저도 컴퓨터로 프로그램을 개발해 보고 싶어요."

내 말에 최소정이 멈칫하더니 노트를 들여다보았다.

왠지, 그 떨리는 시선이 '위험'이라 적어 둔 부분에 머물러 있는 것 같았다.

'뭐? 왜? 내가 그렇게 위험한 남자로 보이나?'

최소정이 미소 띤 얼굴로 나를 보았다.

"그럼, 성진아. 일단은 컴퓨터를 켜고 끄는 것부터 배워 볼까?"

어째서인지, 이번엔 노트에 무언가를 끼적이는 일도 없었다.

오늘 저녁은 모처럼 이태석이 부재한 상황이었다.

'급식 일이 잘 굴러가는 모양인가?'

비교적 가정적인 남자였지만, 그는 사실 눈코 뜰 새 없이 바쁘게 살아갔다.

'오죽하면 하루에 세 시간만 잔다는 소문이 돌까.'

그러다 보니 가족들과 저녁을 먹은 뒤 다시 출근하는 경우도 잦았고, 최근 연달아 저녁을 함께했던 것이야말로 예외에 가까웠다.

'그나마 어떻게든 짬짬이 시간을 내서 이성진에게 밥상머리 제왕학을 행하는 모양이지만.'

정작 이성진은 그런 집안 분위기에 숨통이 턱턱 막혔을 것이다.

그러니 여건이 갖춰지자마자, 이성진은 사치와 향락, 자유를 좇아 강남에 내려가 살았다.

'나도 좀 고프긴 해. 이태석만 해도 이 지경인데 이휘철까지 돌아오면……. 상상만 해도 끔찍하군.'

이렇듯 이휘철도 이태석도 없는 집안에선 사모가 왕이었다.

다만, 왕이긴 했으나 비교적 분방했다.

"소정 씨, 늦었는데 저녁 먹고 가요."

사모의 제안에 최소정은 다소 당혹해하는 눈치였다.

"예? 하지만 실례가 되지 않을지……."

"괜찮아요. 오늘은 바깥양반도 없고, 오늘 우리 성진이가 어땠는지도 궁금해서."

그래서 저녁 식탁에는 사모와 나, 한성진 남매와 최소정이 함께하게 되었다.

다른 고용인들은 어쨌든 그런 자리가 마냥 편하지만은 않아서, 그래도 평소처럼 뒤에서 기립하지 않고 저들끼리 별채로 밥을 먹으러 갔다.

사모의 취향은 양식에 가깝다.

이런 날에는 재벌가를 향한 세간의 편견대로 스테이크를 썰기 마련이었는데, 특히 최소정은 은촛대가 올라온 식탁을 보며 얼떨떨한 얼굴을 하고 있었다.

"차린 건 없지만 많이 들어요."

코스가 아니니 차린 게 없는 건가.

"저, 잘 먹겠습니다."

아직 양식 문화가 드문 시기여서 그런지, 나와 사모를 제외하곤 스테이크를 써는 폼이 영 어색했다.

"성아야, 포크는 왼손. 나이프는 오른손."

"사모님, 이렇게요?"

"응. 포크로 고기를 눌러서 고정을 시키고, 나이프로 미는 듯이 썰면 돼."

"네."

"그래, 그렇게. 우리 성아 잘하네."

"사모님, 고기에서 피 나요."

"먹어도 된단다. 흠, 웰던으로 구울 걸 그랬나?"

한성진과 최소정은 그런 사모의 간접적인 조언을 귀 기울여 들으며 드라이 에이징을 마친 블랙 앵거스 서로인 스테이크를 썰어 댔다.

"어떠셨어요?"

사모가 최소정을 향하자, 최소정은 당황하며 우물거리던 입을 가렸다.

"아, 예. 어머님, 요리 솜씨가 훌륭하시네요."

최소정의 대답에 사모는 눈웃음을 지었다.

"고마워요. 그런데 제가 물은 건 그게 아니라, 오늘 수업인데."

"아, 죄송합니다. 오늘 잠깐 살펴본 것뿐이지만, 이성진 군의 경우 나이를 깜빡 잊을 만큼 통찰력과 직관력이 참 우수했습니다."

아들 칭찬이 나오니, 팔불출인 사모가 관심을 보였다.

"그렇죠? 우리 성진이가 얼마나 똑똑한데요. 저번 학기 성적표도 전부 수(秀)를 받았답니다."

"아하하……. 네. 그런데 어머님, 드릴 말씀이 있는데요."

"말씀하세요."

"이야기를 나눠 보니 이성진 군이 프로그래밍을 배우고 싶어 하더라고요. 어머님께선 어떻게 생각하세요?"

최소정의 말이 함의하는 바는 '재벌가 도련님께서 왜 이런 험한 길에 발을 들이려는지 모르겠다'는 의미를 담아 '말려 달라'는 것도 은근히 함의하고 있었지만.

"어머, 그래요?"

최소정이 간과한 사실이라면, 사모는 컴맹이라는 점이었다.

지금까지 그래 왔고, 앞으로도 계속.

"그럼 우리 성진이, 컴퓨터 도사 되겠네?"

최소정은 잠시 할 말을 잊었고 나는 사모에게 맞장구를 쳤다.

"그럼요, 어머니."

"어휴, 우리 아들. 그러면 나중에 컴퓨터도 만드는 거야?"

그런 사모에게 하드웨어와 소프트웨어의 차이에 대해선 말할 필요도 없을 것 같아서, 그냥 고개만 끄덕였다.

"네."

어차피 내 계획으론 당연히 하드웨어도 취급할 거 같고.

"우리 성진이, 장하기도 하지."

"그런데 어머니, 성진이도 저랑 함께 컴퓨터를 배워도 될까요?"

"한군도?"

사모는 동명이인인 한성진과 비교를 위해 그를 '한군'이라 불렀다.

"네."

"흐음……."

사모는 한성진을 힐끗 살펴더니 최소정을 보았다.

"나야 소정 씨만 괜찮다면 상관없는데."

"아…… 저는 괜찮습니다."

최소정은 엉겁결에 대답했다.

그에 따라 당연히 수업료도 오르기 마련이겠지만, 사모는 그런 협상 자체를 천박하다고 여겼으므로 그저 고개만 끄덕였다.

"그럼 한군."

"네, 사모님."

"파이팅."

"네? 아, 넵!"

한성진은 동생과 달리 예나 지금이나 사모를 어려워하는 모양이었다.

'뭐, 조금 부담스럽긴 하지.'

어쨌거나 사모도 한성진을 싫어하는 눈치는 아니었다.

다들 이성진의 변화를 한성진 남매를 집 안에 들인 덕분이라 여기고 있었으므로.

한편 관심이 그쪽으로 향하자 한성아가 입을 삐죽였다.

"흥, 나도 내일부터 사모님께 바이올린 배울 거다, 뭐."

"바이올린?"

의아해하는 한성진에게 한성아가 에헴, 하고 가슴을 쭉 내밀었다.

"오늘 사모님이랑 같이 가게 가서 바이올린 사 왔어!"

한성아를 데리고 또 어딜 다녀왔나 했더니, 이번엔 악기점을 들른 모양이었다.

"으, 음. 그래."

한성진은 그런 상황에 다소 부담스러움과 송구함을 느끼며, 혹시나 한성아가 객식구로서 선을 넘지는 않을지 저어하는 얼굴이었다.

'그러고 보니 사모는 바이올린 전공이었지. 그걸로 외국 유학도 다녀왔고.'

삼광만큼은 아니지만 사모의 집안도 그 시절 음악을 가르치고 유학을 보낼 만큼 부유했고, 국내에서도 '바이올리니스트 서명선'이라는 이름하에 제법 주목도 받았다.

그리고 이태석과 결혼 후, 그녀는 음악계를 은퇴했다.

다만 그럼에도 음악에 대한 미련은 남은 모양인지 그녀는 간간이 저택의 음악실에서 홀로 연주를 해 보기도 했고, 사모가 있을 땐 이 집에 처음 발을 들였을 때처럼 언제나 희미한 클래식 선율이 집 안을 향기처럼 가득 채웠다.

"아, 그렇지. 한군도 배워 보지 않을래? 바이올린."

"예?"

그러면서 사모는 슬쩍 나를 보았다.

"그리고 친구랑 같이하면 성진이도 재밌을 건데."

사모는 일찍 바이올린을 때려치운 아들이 '이번에도' 한성진과 함께하면 꾸준하게 해 주지 않을까 기대하는 눈빛이었다.

이희진도 했으니 당연히, 이성진도 사모에게 바이올린을 배운 적이 있었다.

하지만 이성진의 인내심으론 반복 연습 숙달이 필요한 음악을 금세 지겨워했고, 그러는 사이 이성진의 바이올린 교육도 흐지부지되었단 내용이 기억났다.

'악기라.'

정작 나는 음악과 별 인연이 없었다.

아무래도 얹혀사는 입장이다 보니, MP3를 듣고 학교에서 배우는 리코더며 아코디언 정도나 삑삑 불어 댄 것이 고작.

반면 이성진은 그래도 음악가의 핏줄이 있어서인지 관련해선 제법 유식한 면모를 보이기도 했다.

'하긴. 이제부턴 이성진으로 살아가기로 했으니, 문화예술 분야에도 소홀해선 안 되겠지.'

관련해서 커넥션을 만들어 둔다면, 그쪽에도 돈이 될 만한 것들이 많이 있었다.

'돈벌이……보단 삼광의 영향력과 별개로 나만의 세력이 필요한 것이지만.'

나는 고개를 끄덕였다.

"네. 성진이가 배우겠다면, 그럴게요."

"정말?!"

사모는 눈에 띄게 기뻐했다.

그 기쁨 속에 한성진의 의사는 고려하지 않고 있었지만, 그건 대답이 필요 없는 일이었다.

새로운 배움의 기회에 한성진도 당혹스러운 가운데 조금 기뻐하고 있었으니까.

"그런데 저, 연습을 안 해서 다 잊어버렸어요."

"괜찮아, 괜찮아. 처음부터 다시 배운다고 생각하면 되지 뭘."

사모는 내가 바이올린을 배우겠다니 그저 기쁜지 생글생글 웃었다.

"우리 성진이, 요즘 예쁜 짓만 골라서 하네. 어휴, 예뻐라."

"……."

거, 아줌마. 애들 앞에선 좀.

"아, 그렇지."

사모가 아차하며 꿔다 논 보릿자루 같던 최소정을 보았다.

"소정 씨랑 스케줄을 조율해 봐야겠네. 시간은 어떻게, 가능할 거 같아요?"

"네. 매주 오늘, 목요일 이 시간에 맞추면 가능할 거 같아요."

"일주일에 한 번? 1학년이라고 들었는데."

"죄송하지만 저, 다른 아르바이트도 하고 있어서요."

"어떤 거? 과외?"

"맥도날드에서 아르바이트를……."

"흐음."

사모는 가만히 고개를 끄덕였다.

"알았어요. 나중에라도 생각이 바뀌면 다시 이야기해 보죠. 스케줄은 바꿀 수 있으니까."

"네, 어머님."

한성아가 눈을 반짝 빛냈다.

"언니, 그럼 언니는 햄버거 만들 줄 알아요?"

"응? 아니, 만드는 건 내가 아니야. 나는 캐셔 담당."

"캐셔?"

"응, 주문받는 사람."

"저 아직 햄버거 먹어 본 적 없어요. 그거 맛있어요?"

"음…… 사람에 따라 다르지 않을까?"

사모는 둘의 대화에 '나도 만들 줄 아는데……. 애들한텐 스테이크보단 함박이 나은가' 중얼거리며 칼질을 했다.

비교적 화기애애한 식사가 끝나고, 우리는 최소정을 배웅하러 갔다.

"소정 씨, 잠시만."

사모가 최소정에게 흰 봉투를 건넸다.

"자요. 오늘은 본의 아니게 늦었으니까 택시 타고 가라고 좀 넉넉히 넣었어요. 소정 씨 관악구에 산다죠?"

"아…… 감사합니다."

"괜찮으니까 확인해 봐요. 15만 원. 거기에 5만 원을 더 넣었어요."

사모의 말에 최소정은 살짝 쓴웃음을 지었다.

"감사합니다."

"나중에 기회 봐서, 컴퓨터 말고 다른 것도 가르칠 수 있으면 그것도 부탁할게요. 잘 알겠지만 이 나이엔 선행 학습이 중요해서."

"……네."

짜장면 한 그릇이 2,000원 남짓에 등록금이 200만 원대인 시대지만, 그래도 과외비로 15만 원인 건 다소 수지가 맞지 않는다 생각했을지 모르겠다.

"……."

최소정은 거절을 잘 못 하는 성격인 모양이었다.

어쨌든 저녁도 얻어먹은 처지에 인맥으로 들어온 과외이고 하니.

'조금 놀려 볼까?'

그래서 나는 일부러 끼어들었다.

"어머니, 일당 말고 월급으로 한꺼번에 드리는 건 어떨까요?"

내 말에 최소정이 눈을 동그랗게 떴고, 사모는 '얘도 참' 하며 나를 보았다.

"아직 어떻게 될지 모르잖니. 그런 건 나중에 차차 일정을 조율해 보고 정해야지."

"아, 그러네요."

한편 최소정은 이게 일당임을 알게 되자 목구멍 끝에서 '이렇게 많은 돈은 받을 수 없어요' 하고 말하고 싶은 모양이었지만.

어쩌랴, 이미 '감사합니다' 하며 받고 말았던 것을.

타닥, 타닥.

나는 텅 빈 방에 앉아 최소정이 설치해 주고 간 베타버전 '아리랑 한글' 위로 타이핑을 이어 갔다.

방과 후 교실 길라잡이. 비전과 목적.

공문서는 형식과 명분이 중요하기에, 나는 그럴듯한 말을 고르느라 고심 중이었다.

　'21세기를 선도하는 창의적인 인재 육성과 자기계발…….

음, 이 시대에도 이런 말이 먹힐까?'

　어찌 됐건 생각나는 대로 문서 창 위에 주르륵 적어 내리고 있으려니, 문이 벌컥 열렸다.

　"이성진 오빠, 이성진 오빠!"

　"성아야, 머리 잘 말려야지. 안 그럼 감기 걸려."

　뒤돌아보니 샤워를 마친 한성아가 바이올린 케이스를 꼭 쥔 채로 서 있었고, 한성진은 그런 한성아의 머리를 말려 주려고 수건을 든 채 쫓아온 상태였다.

　"노크하라니까."

　"아, 맞다. 그런데 이성진 오빠."

　내 말을 귓등으로도 안 들은 한성아가 바이올린 케이스를 내게 내밀었다.

　"바이올린 들려줘."

　"……응?"

　나는 살짝 당황했다.

　"내일이면 배울 텐데."

　"그래도, 그래도. 나, 용용이 소리 듣고 싶어."

　"용용이?"

　"이름 붙인 거야."

"바이올린에 이름을 붙였다고?"

"응. 왜?"

스트라디바리우스라고 안 붙인 것만 해도 다행이라고 여겨야 하나.

"미안한데, 배운 지 오래돼서 다 까먹었어."

"잉……."

그래도 생각해 보니, 사모 눈에 너무 이상하게 보이지 않게끔 예습하는 것도 좋을 것 같았다.

'이성진도 완전 초짜는 아니니까.'

나는 한성아에게 손을 내밀었다.

"뭐…… 일단 줘 봐."

"응!"

"그래도 큰 기대는 하지 말고."

나는 한성아의 바이올린 케이스에서 바이올린을 꺼내 들었다.

그 속에서 내 비강으로, 활에 칠하는 송진 내음이며 바이올린의 나뭇결 냄새가 훅 끼쳐 왔다.

'……왠지 모르게 익숙해.'

그리고 바이올린을 손에 쥐는 순간.

왠지 모르게, 나는 이것을 어떻게 해야 할지 알 것 같았다.

몸이 기억하는 건지, 어떤 것인지는 모르겠으나.

오른손으론 활을 엄지로 받친 뒤 네 손가락을 그 위에 살짝 얹고.

왼손으론 넥을 감싸듯 쥔 뒤 현 위에 올린 손가락을 누른 뒤.

활을 켰다.

기잉.

그 즉시 바이올린의 구슬픈 선율이 방 안에 가득 찼다.

그리고 나는 듣자마자 조율되지 않은 음인 것을 알았고.

기이이잉.

줄감개를 조여 음색을 맞춘 뒤.

기잉. 기잉.

활을 현 위에 살짝 올렸다.

그리고.

가느다란 선율의 흐름에 공기가 뒤엉킨다. 밝은 색채의 파동에 부드러운 공기가 휘감기고, 경쾌한 리듬에 의해 소리가 튀어 오른다.

자그마한 축제, 사소한 기쁨, 소소한 행복 등을 연상시키는 소리.

현 위를 오가는 가녀린 손가락이 무대에서 홀로 춤추며 공기의 흐름을 뒤섞고 튕긴다. 하지만 그것은 쓸쓸한 연회. 고독한 축제는 오로지 혼자만의 것. 배우도, 청중마저도.

깨닫고 보면 없다.

그렇게, 언제까고 계속될 것만 같던 윤무곡은 서서히 사
그라지며 애틋한 여운을 남긴 채 그 막을 내렸다.

"······와."

"헤······."

나는 바이올린을 내린 뒤 멍한 얼굴의 한성진 남매를 보았
다.

"······."

혹시, 나는 음악 천재였나?

아니 그런 건 아니었을 텐데.

5장

김민정의 등교는 빨랐다.

나는 그런 김민정의 등교 시간에 맞추려 한성진 남매를 닦
달했고, 우리는 결국 김민정만 있는 텅 빈 교실로 들어올 수
있었다.

"안녕."

한성진이 인사하자 김민정은 꽂고 있던 이어폰을 빼고 살
짝 웃으며 손을 흔들어 주었다.

"안녕. 일찍 왔네?"

"그러는 너도 일찍 왔으면서."

"나는 집이 가깝잖아."

"그래도 들으니까, 어째서인지 집이 가까울수록 지각이

잦대."

"나도 들었어. 근데 우리 집은 아침이 빠르거든."

아이들 사이에 오가는 분위기가 퍽 화기애애해서, 나도 시류에 편승해 인사를 건네 보았다.

"아침이 빠른 건 좋지. 하루가 길어지거든."

"……."

김민정은 대답도 하지 않고 이어폰을 도로 귀에 꽂았다.

아, 이 무슨 온도 차이.

그 격차에 한성진이 당황할 정도였다.

결국 한성진도 마지못해 내 옆자리에 앉으며 속닥였다.

"너희 둘, 대체 무슨 일이 있었던 거야?"

저번에 내가 둘러댄 '일반적인 또래 남녀 사이의 것'과는 다르다는 걸, 한성진도 언뜻 눈치채고 있었다.

이젠 김민정네와 우리 집 사이가 오래 전부터 교류를 이어 오고 있단 것도 알았고, 자연히 나와 김민정이 앙숙으로 지내는 일에는 모종의 원인이 있으리란 어림짐작도 가능하리라.

나는 김민정이 안 듣는 척, 워크맨의 볼륨을 슬쩍 낮추는 걸 눈치채곤 들으라는 듯 대답했다.

"남한테 말할 일은 아니지만, 내가 잘못한 일이야."

내 불찰, 실수.

일부러 그런 것을 언급하니, 한성진의 어깨 너머로 보이는 김민정의 표정이 움찔하는 것이 보였다.

"음…… 그래서 사과는 했어?"

"그러고 싶은데 기회가 안 오네."

사과. 하긴 했다.

하지만 내 기억 속의 이성진이 했음 직한 사과라는 것이 제대로 된 것일 리가 없으므로, 나는 그것을 하지 않은 셈 쳤다.

"……그래."

한성진은 이 이상은 자신이 관여할 수 없는 일이라고 판단 했는지 주섬주섬 교과서를 꺼내 책상 서랍에 넣었다.

'들었겠지?'

나는 어제 작성한 서류를 챙겨 김민정이 앉아 있는 창가 자리로 갔다.

김민정은 허둥지둥 창으로 고개를 돌렸고.

턱.

나는 김민정의 책상에 서류 뭉치를 내려놓았다.

"읽어 봐."

김민정이 귀에서 이어폰을 빼고 서류를 보았다.

"……이게 뭔데?"

효과가 있었는지, 목소리가 조금 부드럽다.

"방과 후 교실 운영 기획 초안."

"이걸 왜 나한테……"

김민정은 반사적으로 '이걸 왜 나한테 주는데?' 하고 받아치려다가, 자신의 입장을 떠올리곤 입을 꾹 다물었다.

어쨌건 그녀도 부반장의 감투를 쓰고 있었고, 관련 내용은 전교회의에서 그 내용이 나왔으니까.

더욱이 내가 적극적인 화해의 제스처를 취하고 있는 상황에 여전히 가시를 세우는 것도 구차한 일이리란 생각에 미쳤으리라.

김민정은 서류를 힐끗 보더니.

"이성진, 네가 쓴 거야?"

"왜?"

"너 요즘…… 아니, 아무것도 아니야."

말을 삼킨 김민정이 서류를 슥슥 살폈다.

"뭐, 나쁘지 않네."

아무래도, 내가 쓴 문서에서 어떻게든 개선점을 찾으려 노력하다가 실패한 모양이었다.

오히려 애들한테는 어렵지 않나, 싶을 정도니.

김민정은 입을 샐룩이며 문서를 내게 돌려주었다.

"자, 여기."

"아니야, 복사본 있으니까 그건 네가 가져."

"……그러지, 뭐. 이거 오늘 선생님께 보여 드릴 거야?"

"아직은. 좀 더 고칠 게 없을지도 알아볼 겸."

"음."

김민정은 고개를 끄덕였다가 '마침 생각난 듯이' 입을 열었다.

"아, 그런데 이성진."

"왜?"

"오빠가 너 따로 한 번 보재."

예상대로.

김민혁이 미끼를 물었다.

'김민혁이 이 기회를 놓칠 리 없지.'

그에겐 금일 그룹의 그늘에서 벗어나 자신만의 독립된 사업체를 꾸리려는 욕망이 있었다.

그러니 사람을 모으고 인맥을 만들기 적합한 '방과 후 교실'에 흥미를 보이지 않을 리 없다고 생각했는데, 예상대로였다.

그래도 김민정에겐 일단 모른 척하고 물었다.

"민혁이 형이? 무슨 일로?"

"나도 몰라. 나한테 꼭 부탁한다고 신신당부하던걸."

핸드폰이라도 제대로 보급된 시기면 모르겠지만, 이 시대엔 동생을 통해 그 말을 전하는 것이 개중 떠올릴 수 있는 가장 자연스러운 연락책이었을 터.

김민정이 새침하게 말을 이었다.

"그러니까, 오빠가 부탁한 거야. 오늘 한성진이랑 우리 집으로 와."

나는 잠시 생각하는 척하다가 대답했다.

"미안하지만, 나 바쁜데."

내 거절을 괜히 튕기는 거라 여겼는지, 김민정이 인상을 찡그렸다.

"국민학생이 바쁠 게 뭐 있어? 저번만 해도 우리 집에 다 짜고짜 찾아와 놓구선. 혹시 학원 다니니?"

"그건 아니지만, 오늘부터 어머니께 바이올린을 배우기로 했거든."

내 대답에 김민정이 '아' 하고 고개를 끄덕였다.

"너네 어머니, 바이올리니스트셨지."

"응."

그러더니 김민정이 힐끗, 내 뒤를 살폈다.

"혹시 한성진도 배워?"

"응. 성아랑 나, 성진이 셋이서."

"그렇구나."

나는 잠시 생각에 잠긴 김민정에게 먼저 제안했다.

"그러면 네가 우리 집에 올래?"

"……어?"

"민혁이 형이랑. 어쨌거나 중요한 일이라고 했으니까, 나는 선약이 있으니 따로 시간을 내기 힘들고. 어때?"

김민정은 잠시 나를 보더니 창밖으로 고개를 돌렸다.

"……생각해 볼게."

"그래. 그럼 집에서 보는 걸로 하자."

내 대답이 뭐가 마음에 안 들었는지, 김민정이 고개를 홱 돌려 나를 째려보았다.

"생각해 본댔지, 간다곤 안 했어."

"아, 그래?"

"오빠 혼자 갈 수도 있고."

"그런가?"

"그리고, 착각하지 마. 내가 가더라도 어디까지나 오빠 때문에 가는 거거든? 중요한 이야기래서."

"누가 뭐래?"

"……흥."

김민정은 다시 고개를 홱 돌렸다.

"이야기 끝. 이제 말 걸지 마."

그래도 다짜고짜 '말 걸지 마'로 시작했던 관계였으니, 이정도면 나쁘지 않은 수준까지 개선된 듯했다.

자리로 돌아가 앉으려는데, 앞쪽 문이 드르륵하고 열렸다.

"아, 있구나."

담임이었다.

"이성진, 잠깐만."

"예."

나는 담임에게로 갔다.

"성진이는 교장실로 가 봐라."

"예?"

"장학재단장님이 너를 뵙고 싶어 하신다더구나."

"……."

"오늘 조례는 민정이가 대신 해 줄 테니까 걱정하지 말고."

내 걱정은 그런 게 아닌데.

'그 이태준이 나를 찾아왔다고?'

인생은 이태준처럼.

이 바닥을 어떤 방식으로든 꿰고 있는 사람이라면 한 번쯤 들어 봤을 우스갯소리였다.

한량인 이태준은 격동의 세월을 편하게 잘 살았다.

이태준의 아버지이자 이휘철 회장의 형인 이휘수는 주색잡기에 여념이 없던 난봉꾼이었다.

원래 뼈대 있는 양반가랬다.

하지만 이휘수는 그 뼈대 따윈 어디 내팽개쳤는지 이성진 못지않은 망나니였고, 뼈대 있던 양반가이자 대지주였던 이 씨(氏) 가문은 일제강점기와 해방, 6·25전쟁을 거치며 폭삭 내려앉았다.

그런 이휘수와 나이 차가 많이 나는 동생 이휘철은 그 망해 버린 집안을 어렵사리 다시 일으켜 세웠다.

세간에서 이휘철 회장을 '자수성가'한 케이스로 평가하는 것도 그런 연유였다.

그리고 이휘철 회장의 조카인 이태준은 그 모습을 옆에서 쭉 지켜보았을 것이다.

또, 단명한 그의 아버지, 이휘수의 방탕한 생활도.

그래서인지 이태준은 그룹의 일에 관심을 보이지 않았고, 산에 움막을 지어 산다거나 여기저기 유랑을 다니는 등 무해한 기행만을 일삼았다.

세간에서는 무능한 인물로, 그룹에 별다른 영향을 끼치지 않은 인물로 이태준을 평가하고 있었으나.

이휘철 회장은 그런 이태준을 의외로 살갑게 챙겨 주더란 이야기도 돌았다.

삼광장학재단은 이 시기, 이성진의 당숙인 이태준이 관리하고 있었다.

그렇다곤 해도 당시엔 별 볼일 없는 당숙에게 감투라도 한 자리 씌워 주는 정도에 불과했고, 다들 이태준이 그의 작은아버지인 이휘철 회장이 내려 준 은혜에 감읍하며 굽실거릴 뿐이라고 생각했다.

그의 사후 삼광장학재단은 당숙 이태준의 아들이자 이성진의 육촌 형님인 이남진이 이어받게 되지만, 그 뒤 얼마 지나지 않아 '장학재단'의 가치를 알아본 이성진에게 양도된다.

그는 좋은 의미로도, 나쁜 의미로도 욕심이 없는 사내였다.

그래서일까, 나는 이 기인(奇人)의 존재를 간과하고 있었다.

달리 생각해 보면.

그 철혈 이휘철 회장이 아끼는 사람이었다.

가족이라도 싹수가 보이지 않는다고 판단하면 곧장 내쳐 버리는 이휘철이다.

그런 그가 그저 혈육이라는 이유만으로 이태준을 총애할 까닭이 없는데도.

그의 호인 봉효를 떼어 붙인 장학재단을 맡겨 둘 정도의 사람인데도.

'자존심도 배알도 없는 무능한 한량.'

나는 남들의 눈과 입을 빌린 그 판단을 보류해야 했다.

내 눈으로 직접 본 살아 있는 이태준은 오히려 그 속내를 알기 힘든 능구렁이였으니까.

똑똑.

나는 교장실 문을 노크했다.

"4학년 1반 이성진입니다. 들어가도 되겠습니까?"

문 너머로 교장의 목소리가 들리고.

"그래, 들어와."

나는 문을 열었다.

"안녕하세요."

의례적인 인사를 한 나는 거기서 당당하게 상석에 앉아 있는 노인을 보고 멈칫했다.

'……저게 이태준?'

이 시기, 갓 환갑을 넘어선 그는 이성진의 5촌 당숙이긴 했으나 아직 30대 중반에 불과한 사촌 이태석보단 일흔이 가까운 회장 이휘철의 연배에 조금 더 가까웠으며, 교장보다 더 나이가 많았다.

그는 어딘지 날카로운 구석이 있는 이씨 집안 혈통답지 않게 누구에게나 호감을 살 법한 서글서글한 인상의 소유자였다.

이태준은 싱글싱글 눈웃음을 지은 채 나를 보고 있었다.

전생의 나는 이태준과 엮일 일이 없었고, 그의 인물 됨됨이에 대해선 전해 들은 것이 고작이었으나.

왠지 모르게 듣던 것 이상으로 만만치 않을 것 같단 느낌을 받았다.

"성진이가 왔구나."

차석에 앉아 있던 교장은 다소 좌불안석인 채 그 한마디만을 뱉었고.

"오, 우리 성진이!"

노인은 기다렸다는 듯 벌떡 일어서더니 성큼성큼 걸어와 다짜고짜 나를 포옹했다.

"어이쿠, 성진이가 못 보던 사이 많이 컸구나. 잘 지냈니?"

그 태도가 어딘지 모르게 연극적이었다.

다만, 아주 잘 꾸민 연극.

"아, 예."

나는 그만 그 분위기에 휩쓸려 얼떨떨하게 대답해 버렸고.

그는 이어서 포옹을 풀고 등을 툭툭 두드리더니 내 손목을 이끌어 교장 맞은편에 앉히고 자신은 자연스럽게 상석에 자리를 잡았다.

나는 내색하지 않고 얼른 주위를 살폈다.

교장은 왼편에, 나를 오른편에.

정치적인 뉘앙스가 다분한 자리 배치였다.

이태준은 그 속내를 알기 힘든 미소로 나를 보더니 고개를 돌려 교장을 향했다.

"교장, 내 당질(堂姪)이 마실 차 좀 내오겠나?"

명백한 '명령'이었으나, 교장은 따랐다.

"예."

"천천히."

교장은 자리를 비켜 달라는 노인의 함의를 읽고 얼른 비켰다.

교장 없는 교장실에 우리는 단둘만 남았다.

그리고 이태준은 슬며시 미소를 거두며 나를 보았다.

"용이 놓친 여의주를 이무기가 물었구나."

그 말이 함의하는 바가 왠지 이성진의 몸을 빼앗은 한성진을 뜻하는 듯해서, 나는 가슴이 철렁했다.

"……."

"허허, 녀석두."

내 침묵을 어떻게 받아들였는지 이태준은 아직 김이 모락모락 피어오르는 녹차를 후루룩 마시곤 잔을 내려놓았다.

"방금 한 말에 큰 의미는 두지 말거라. 그저……."

이태준이 싱긋 웃었다.

누가 보아도 사람 좋고 인자한 할아버지처럼 보이는 표정이었다.

"이 늙은이가 관상을 좀 볼 줄 알아서 말이지."

관상?

분명 내 외모는 이성진과 변한 게 없을 텐데.

굳이 꼽자면 새로이 이마에 난 흉터가 추가된 정도일까.

하지만 그것이 이성진의 관상에 무언가 변화를 주기라도 한 양, 이태준은 분명 오래전부터 알았을 터인 나를 새삼스럽단 눈으로 보고 있었다.

"어디 보자."

이태준은 자연스럽게 내 손가락 끝을 쥐더니 손금을 들여다보듯 들어 올렸다가 슬며시 내려놓았다.

"어허, 괄목상대(刮目相對)라. 군자는 사흘을 보지 않으면 눈을 부비고 보아야 한다는 말이 있지. 성진이 네가 마침 그러하구나."

"……."

"사람과 기회가 모이는 운이다. 하지만…… 아니, 됐다. 어쨌건 재밌구나."

들으면 그저 뻔하고 속이 텅 빈 말이었지만, 정작 나는 이태준을 어떻게 대해야 할지 몰라 막연하고 막막한 상태에서 무난한 대답을 끄집어냈다.

"과찬이십니다."

그리고 이태준의 미소.

속내를 알기 어려운 그 미소로는 내 대답이 만족스러웠는지, 기대에 못 미쳤는지, 알기 힘들었다.

이태준이 입을 열었다.

"그렇게 어려워할 것 없다. 뭐 그야 최근엔 피차가 공사다 망하니 여간해선 마주치기 힘든 일이지만, 옛날엔 사돈의 팔촌도 가까이 했느니라. 하물며 오촌이면 아주 가까운 사이이니. 예로부터 당숙(堂叔)과 당질(堂姪)의 관계 또한 집 당(堂) 자를 앞에 붙여 한 지붕 아래 사는 것을 의미했단다."

내 침묵으로 인한 간극을 거리감으로 받아들인 걸까, 나는 그 장황한 말을 서둘러 받았다.

"아닙니다. 관상이라니, 조금 신기해서요."

"보잘것없는 재주다."

이태준은 피식 웃었다.

그 웃음은 왠지 환갑을 넘은 나이에는 어울리지 않는, 차라리 젊은이가 지을 법한 미소처럼 보였다.

"관상(觀相)은 골상(骨相)에 미치지 못하고, 골상은 심상(心相)을 이기지 않는다 하였단다. 그저 재미로만 알아 두려무나."

그러더니 이태준은 비밀을 공유하기라도 하듯 슬쩍 몸을 앞으로 기울였다.

"뭐, 사실 우리끼리 이야긴데. 네 아비인 태석이는 그런 것에 아주 질색을 하거든."

"아, 예."

말마따나 이태석은 어느 쪽이냐 하면, 철저한 무신론자였다.

필요에 의해 일반적인 신학 공부는 했지만 미신이라면 질색을 했고, 거기에는 점술뿐만 아니라 사주, 관상 등도 포함되어 있었다.

기억엔 이휘철 회장의 성향도 이태석과 크게 다르지 않았던 것 같은데.

기인인 이태준을 아끼는 걸로 보아 확신은 힘들었다.

"그나저나."

이태준이 자세를 바로 했다.

"들으니 뭔가 재미있는 일을 꾸미는 모양이던데. 내게도 들려줄 수 있겠니?"

구렁이가 담을 타고 넘어오려 하고 있었다.

어쩌면, 어제 저녁 이태석의 부재는 이와 관련해서였던 걸 지도 모르겠단 생각이 들었다.

'급식 사업을 추진하려면 어쨌건 삼광장학재단과 이야기를 해 둬야 할 테니까.'

그리고 오늘, 날이 밝자마자 이태준이 학교를 찾아와 나는 그를 독대하는 중이었다.

'추진 속도 한번 빠르네.'

이것도 가풍인가 싶었다.

"대단한 일은 아닙니다."

나는 그를 살피며 겸양을 표했다.

"그저 학생의 눈에서 보인 그대로의 개선점을 생각했을 뿐이에요."

"클클."

이태준이 웃으며 차를 한 모금 마셨다.

"이전엔 모르되 이제야 비로소 알게 된 것인가……."

왠지 말 속에 가시가 가득한 느낌.

나는 조금만 솔직하게 시인했다.

"예. 얼마 전부터 한 기사의 자제들과 학교를 다니게 됐는데……."

내 설명을 들은 이태준이 씩 웃었다.

"그래서 급식과 방과 후 교실을 떠올리게 된 게로구나."

"예, 그렇습니다."

"잘 들었다."

이어서 이태준은 내가 일부러 챙겨 온 서류 뭉치에 관심을 보였다.

"그건 무엇이냐?"

"예. 방과 후 교실의 운영 방안에 대해 초안을 작성해 보았습니다."

"호오, 내가 좀 봐도 괜찮겠니?"

"물론입니다."

어차피 그러려고 가져 온 것이니까.

이태준은 내가 건넨 서류를 받아 들더니 안주머니에서 돋보기안경을 꺼내 찬찬히 들여다보았다.

"허어."

나는 서류를 읽는 이태준의 눈이 서서히 예리하게 빛나기 시작하는 걸 놓치지 않았다.

이윽고 서류를 다 읽은 이태준은 빙긋 미소 띤 얼굴로 고개를 들어 나를 보았다.

"이건 성진이 네가 작성한 것이냐?"

"그렇지는 않습니다."

물론 전부 내가 기획하고 구상한 내용이었지만.

나는 이 사업에 관심을 보이는 이태준에게 딱 잘라 선을 그었다.

"지인 중에 대학생이 있어서 도움을 받았어요."

여기서 나는 기다렸다는 듯이 김민혁, 박형석, 최소정 셋 중 콕 짚어 누구랄 것 없는 존재의 이름을 팔았다.

이미 관련해서 '적임자'가 있다는 것을 알려 두면 이태준도 섣불리 이 일을 빼앗아 가지 못할 테니까.

"흐음."

이태준은 고개를 끄덕였다.

"그런 부분은 과연 태석이 아들이라 할 만하구나. 네 아버지도 너만 할 때 아주 빠릿빠릿했느니라. 하하."

"……감사합니다."

"그리고 아주 욕심쟁이이기도 했지."

그 말이 파이를 나눠 먹지 않겠다는 나를 향한 은근한 힐난처럼 들려, 나는 속으로 쓴웃음을 지었다.

'영감탱이, 아주 능구렁이야.'

이태준이 말을 이었다.

"하지만 어찌 됐건 이 일에는 다른 사람의 도움도 필요하긴 하겠구나. 그것도 학교 운영과 관련해 잘 알고, 또 그걸 실행에 옮길…… 그렇지, 행정적 수완이 필요한 사람."

"알고 있습니다."

어찌 됐건 이태준과 일거리를 나누긴 해야 했다.

이성진이 왕으로 군림했던 건 그 왕국을 떠받치는 기둥이 있었기 때문이니까.

더군다나 이태준은 그 기둥 중 하나인 천화국민학교의 장학재단 이사장이었다.

그러니 이쪽에서 먼저 선수를 치기로 했다.

"저도 처음에는 선생님들과 이야기를 나눠 볼 생각만 했거든요. 그런데 여러 사람의 조언을 구하고 도움을 받는 사이, 생각보다 일이 커질 것 같다는 생각이 들었습니다. 하지만 당숙께서 이런 저를 도와주신다면 큰 도움이 될 거 같아요."

"흐음."

이태준은 속내를 알기 어려운 미소로 나를 보았다.

"그런 부분은 태석이와 다르구나."

의도를 알기 힘든 말을 한 이태준이 채 말을 잇기도 전.

등교 시간을 마치는 종소리가 울렸다.

이태준은 스피커에서 흘러나오는 기계적인 멜로디를 감상하기라도 하는 양 가만히 그것을 들었다.

종소리가 끝나고 이태준은 나를 향해 미소를 지었다.

"Maiden's Prayer. 나 때는 땡땡거리는 소리가 전부였는데.

요즘은 퍽 좋아졌어."

짧은 감상을 뱉은 이태준이 자리에서 일어섰다.

"면학에 힘쓸 학생을 두고 몹쓸 짓을 했군. 늙은이는 이만 물러가마. 그럼, 만나서 반가웠다."

"아뇨, 아닙니다. 저야말로."

나도 얼른 그를 따라 일어섰고, 이태준은 그런 나를 보며 교장실 옷걸이에 걸어 둔 중절모를 썼다.

"괘념할 것 없다. 오늘은 이야기가 나온 김에 그냥 성진이 네 얼굴이나 보려고 들른 것이니. 크게 마음에 두지 말고."

"……."

언뜻 듣기론 정말로 그런 것처럼 보여서, 나도 하마터면 방심할 뻔했다.

그의 의미심장했던 태도와 '이휘철이 그를 제법 아낀다'는 걸 염두에 두지 않았더라면, 그리고 예전과 달라진 전생의 경험이 없었더라면, 남들처럼 이태준을 '마냥 제 하고 싶은 대로 하고 사는 그런 인물'로 여겼을지 모른다.

'기인은 기인이야.'

그리고 이태준이 정장 상의를 고쳐 입으며 말을 이었다.

"그나저나 조만간 네 일을 도와줄 사람을 하나 붙여 주마. 아무래도 '어린이 혼자 하기엔' 이런저런 문제가 많을 테니까."

"……예."

어쨌거나 숟가락은 얹겠다는 거군.

뭐, 그 정도는 운영 비용이라고 생각하자.

이태준은 내 모습을 살피더니 사람 좋은 미소를 지었다.

"클클, 그럼 늙은이는 이만 돌아가 보마. 차나 한 잔 마시고 가렴. 대신 수업에 너무 늦지 않도록 하려무나."

"안녕히 가세요."

이태준이 나간 교장실.

나는 덩그러니 서서 문틈으로 교장이 쭈뼛거리는 모습을 보았다.

'설마하니, 이제 와서 없던 야망이 꿈틀거리기라도 한단 건 아니겠지?'

무언가, 내가 알고 있던 것과 다른 변화의 조짐이 스멀스멀 느껴지기 시작했다.

바이올리니스트 서명선.

그러니까, 사모의 연주가 끝나자, 거실에 모여 있던 우리는 박수를 쳤다.

"사모님, 너무 예뻐요!"

"그래?"

사모는 한성아를 필두로 한 꼬맹이들의 반응이 딱히 싫지 않은 얼굴로 말을 이었다.

"방금 연주한 건 비발디라는 작곡가의 봄. 마침 봄이 한 창이라 짧게 1악장만 연주해 봤는데, 어떠니? 봄처럼 느껴졌어?"

"네!"

한성아는 힘차게 대답했지만, 나는 사모가 보여 준 의외의 바이올린 실력에 놀랐다.

'……놀랄 수 있다는 것도 뭐가 어떤지 알아야 하는 것이긴 하다만.'

비발디의 '사계' 중 봄은 통통 튀는 성격인 사모와 잘 어울리는 곡이었다.

그러면서도 악곡이 이어지는 부분에선 끊길 듯 희미하게 이어지다가, 클라이맥스 구간에 이르면 현에 힘을 주어 봄의 충만한 생명력을 노래했다.

정석이라면 정석이었고, 사모는 그 안에서 보여 줄 수 있는 감정과 기교를 아낌없이 보여 주었다.

문득 궁금해졌다.

'이런 실력을 갖고 있으면서도, 왜 은퇴를 한 거지?'

사모에게 자상한 이태석이 결혼을 이유로 그녀의 앞길을 가로막았을 리는 없었다.

'세계의 벽이 그만큼 높은 건가.'

한성아가 고개를 갸웃하며 물었다.

"그러면 사모님. 봄 말고 여름, 가을, 겨울도 있어요?"

"그럼. 비발디의 '사계'는 사계절을 모두 포함하거든."

문득 사모는 장난기 어린 미소를 지었다.

"그러면 얘들아, 이 곡은 무슨 계절을 표현하고 있는지 한 번 맞혀 볼까?"

그리고 사모는 바이올린 현 위에 활을 얹고.

'사계'의 겨울 1악장을 연주했다.

하지만 다소 흐느끼듯 구슬프게 시작되어 눈과 얼음의 매서움을 표현해야 할 부분이 어째 사모의 손가락을 타고 과장되리만치 밝고 경쾌한 흐름을 보였다.

'과연, 연주자마다 곡의 해석이 다르고 표현 방법도 달라지는구나.'

연주를 마친 사모는 우리를 돌아보았다.

"자, 방금은 어떤 계절일까?"

"여름요!"

"어, 음. 저도…… 여름?"

어디서 듣긴 들었겠지만, 한성진도 가물가물한 모양이었다.

'하긴, 더욱이 악곡의 분위기를 전혀 다르게 들리게끔 바꿔 버렸으니.'

한성아와 한성진의 대답을 들은 사모는 짓궂게 웃으며 나를 보았다.

"성진이는?"

"……겨울 1악장을 여름처럼 들리게 연주하셨네요."

사모는 '어쭈?' 하는 얼굴로 나를 보았고, 한성진 남매는 '역시' 하는 얼굴로 나를 보았다.

두 남매는 아무래도 어젯밤 잠깐 보여 준 바이올린 솜씨로 나를 숙련자 취급하는 눈치였다.

나는 어깨를 으쓱였다.

"그렇긴 해도, 연주자의 의향에 따라 원곡의 분위기가 바뀔 수 있다는 건 재밌네요."

"그래, 성진이가 잘 말했네."

사모가 웃었다.

"맞아, 이 곡에는 겨울이라는 이름이 붙어 있지. 다만 원래는 이런 분위기의 곡이 아니야. 하지만, 결국 악보를 보며 연주하는 것이어도 연주하는 사람이 어떤 생각과 감정으로 연주하는지에 따라 그 느낌도 달라지는 거란다."

사모가 나를 보았다.

"그래도 좀 배웠다고 정답을 맞혀 버리네? 일부러라도 틀려 주지."

"아하하……."

한성아가 나를 보았다.

"이성진 오빠, 원래는 어떤지 연주할 수 있어요?"

"글쎄. 못 할 거 같은데."

사모도 고개를 끄덕였다.

"사실 우리 성진이가 연습도 잘 안 하고 그래서, 아마 다 까먹었을 거야. 게다가 이 곡은 좀 어렵거든."

"아니에요, 사모님. 이성진 오빠 바이올린 잘해요!"

"⋯⋯응?"

"어젯밤에 용용이로 연주도 해 줬는데요, 되게 잘했어요."

한성아의 말에 사모는 눈을 동그랗게 뜨고 나를 보았다.

"⋯⋯."

아니, 저도 제가 바이올린을 켤 수 있을 줄은 몰랐는데요.

이어서, 사모는 무슨 생각에서인지 내 곁으로 와 악보를 펼쳤다.

"그럼⋯⋯ 성진아."

"예."

"어디 원곡의 분위기에 맞춰 연주를 해 볼까?"

갑자기?

나는 보면대(譜面臺) 위에 놓인 악보를 보았다.

그런데.

원래 나는 음악에 관해 교과서 외적인 건 문외한이고, 원래라면 콩나물 대가리로만 보일 것들이지만.

어째서인지 악보에 적힌 것들에 무슨 의미가 있는지 알 수 있었다.

그리고 사모가 연주하던 모습.

그때의 손가락과 강세.

그것을 떠올리니, 어제 무의식중에 연주했던 것과는 달랐다.

'……할 수 있어.'

머리보단 몸이 반응한단 느낌이었다.

나는 바이올린에 활을 얹은 뒤.

사그락.

'현 위로 활이 끊길 듯 말 듯 희미하게.'

겨울의 눈송이.

하지만 결코 포근하게 내려앉는 것이 아닌.

죽음과 불안, 불쾌함과 두려움을 예견하듯 하나둘 떨어지기 시작하는 눈송이.

'활에 힘을 주어 현을 짓누른다.'

격심한 돌풍!

나그네는 귀가 떨어질 것만 같은 까뀌바람을 맞고 몸을 움츠린다.

'활의 중간을 빠르게 왕복해서.'

바람이 휘몰아치고, 눈은 나그네의 모자를 날려 버린다.

'다시, 희미하게.'

한차례 돌풍이 지나고 난 뒤.

텅 빈 설원 위로 눈가루가 지나간다.

반짝거리는 얼음 조각.

곧 더욱 거센 바람이 불어닥칠 것임을 예견하는 불안감.

이어서, 클라이맥스.

겨울 1악장에서 가장 유명한 부분으로, 연주자의 기교와 곡 해석 능력이 돋보이는 영역이었다.

'활의 움직임이 현 위에서 끊어지지 않게. 그러면서도 왼손을 현란하게 움직여서……'

짐짓 장엄한 모양으로.

저 먼 산 위에서 불어닥치는 눈보라를, 나그네는 입장도 잊고 쳐다볼 뿐이다.

'이제 연주자의 기교가 이어질 파트인데…… 아.'

끼이익!

손가락이 미끄러지며 삐끗했다.

나로선 사모의 그 기교며 테크닉을 모방하려 했으나, 가늘고 곧게 뻗은 손가락의 사모와는 달리 내 손은 아직 채 성장하지 않아서, 가슴속에 있는 이미지를 미처 표현하지 못했다.

"흐으음."

나는 입맛을 다시며 바이올린을 내려놓았다.

'잘 안되네.'

그런데 고개를 들어 보니.

늘 웃는 얼굴이던 사모는 진지한 얼굴로 나를 보고 있었다.

'……음악에 관해선 진지해지는 건가.'

어쩌면 기대에 못 미친 걸지도 모르겠다.

나는 어깨를 움츠렸다.

"연습을 너무 오래 쉬었나 봐요."

그리고.

"와……."

짝짝짝.

박수 소리가 들려 뒤돌아보니, 언제 왔는지 김민혁과 김민정이 서 있었다.

"……."

김민혁은 둘째 치고, 나를 보는 김민정의 입을 헤 벌린 표정은 제법 볼만했다.

"민혁 군이랑 민정이가 왔구나."

부외자의 방문에 사모는 언제 그랬냐는 듯 진지한 얼굴을 거두고 다시 생글생글 웃는 얼굴이 되었다.

"아, 죄송합니다. 성진이의 연주를 듣느라 인사가 늦었어요."

본능인지 아닌지, 김민혁은 사모가 어떤 걸 바라는지 잘 알았다.

"인사드립니다, 성진이 어머님. 오랜만에 뵙는데도 그 아름다움은 여전하시네요."

김민혁의 과장된 인사에 사모는 웃었다.

"어머, 어머. 민혁 군도 참. 그래, 어머니는 잘 계시지?"

"너무 건강하셔서 탈이죠. 아주 들들 볶으셔요, 원. 그래, 민정아, 너도 인사드려야지."

"……아, 응."

멍하니 나를 쳐다보고 있던 김민정이 허둥지둥 사모에게 인사했다.

"안녕하세요, 아줌마."

아줌마.

'한성진 남매에겐 첫날 주의를 주었지만, 김민정까진 생각을 못 했네.'

사모는 김민정의 '아줌마'라는 말에 미소를 지었다.

"그래, 민정이도 오랜만이네."

하지만 사모의 미소가 평소랑 달리 보인 건 착각이 아니겠지.

눈치 빠른 한성진이 얼른 화제를 전환했다.

"아, 안녕! 민혁이 형도 안녕하세요! 성아야, 민정이 언니는 잘 알지? 여기는 민정이 언니네 오빠인 김민혁 형이야."

"안녕하세요!"

그리고 한성아의 인사가 끝나자마자 한성진이 화제 전환

의 연장선에서 목소리를 높였다.

"와! 사모님! 방금 성진이의 연주에서 원래 곡이 어떤 느낌인지 알 것 같았어요! 성아도 그랬지?"

"응! 멋있었어!"

하긴, 뭐 어쩌랴.

이 나이대 애들이 친구 엄마를 부르는 호칭은 다 아줌마인 것을.

사모는 쓴웃음을 지으며 한성아를 보았다.

"……그랬니?"

"네, 사모님!"

한성아가 눈을 반짝였다.

"이성진 오빠, 되게 멋있었어요! 저도 나중엔 이성진 오빠처럼 할 수 있을까요?"

"음……."

어째선지 사모는 곤혹스러운 얼굴을 했다가 다시 미소를 지었다.

"성진이는 네 살 때부터 바이올린을 배웠으니까, 당장은 힘들지 않을까?"

"와. 저는 여덟 살인데. 이성진 오빠는 되게 일찍 시작했네요."

"그래도 꾸준히 연습하면 성아도 가능할 거야."

"이성진 오빠는 연습도 별로 안 했다고 했는데요?"

"⋯⋯."

한성아에게 말 없는 미소를 지어 보인 사모는 이어서 김민혁을 보았다.

"들으니 오늘 성진이에게 볼일이 있다고 그랬다며?"

"예. 하지만 기다리겠습니다. 겸사겸사 가까이서 어머님의 연주를 듣는 영광도 누리고요."

"민혁 군, 금칠이 과해."

"어라, 들켰나요? 하하하."

말은 그렇게 했지만 사모도 김민혁의 아부를 싫어하는 눈치가 아니었다.

김민혁의 무기다. 그가 하는 말에는 사람의 마음을 호의적으로 파고드는 힘이 있다.

사모는 미소 띤 얼굴로 나를 보았다.

"모처럼 민혁 군이 왔으니까, 성진이는 방으로 올라가렴."

"예? 하지만⋯⋯."

"괜찮아. 오늘 가르치려고 했던 건 기초 중의 기초거든. 그러니까 올라가 있어. 민혁 군도 바쁜 와중 시간을 내서 온 거잖니?"

다만, 미소를 띠고 있긴 했으되 평소 같은 미소는 아니었다.

'눈은 여전히 진지해.'

어안이 벙벙하긴 했지만 내 생각에도 아마추어 수준치곤

괜찮았던 거 같다.

'수준별 학습을 고려하는 건가, 아니면…….'

사실 이왕이면 사모에게 기초부터 차근차근 배워 보고 싶었지만, 나는 마지못해 고개를 끄덕였다.

"알았어요."

그래도 말을 들으니 사모의 눈에 내 솜씨가 아주 몹쓸 정도로 보인 건 아니라고 생각하기로 했다.

"형, 내 방으로 올라가자."

"그래. 그럼 어머님, 나중에 뵙겠습니다. 민정이도 인사하고."

그러면서 김민혁이 김민정에게 무어라 귓속말을 했고, 김민정은 얼굴을 붉히며 고개를 꾸벅 숙였다.

"나중에 뵐게요, 어, 어머님."

김민혁이 뭐라 한마디 해 준 모양이었다.

나로선 수고를 덜었네.

방으로 들어오자마자, 김민혁은 고개를 저으며 침대 끝에 걸터앉았다.

"나 원. 그나저나 너, 제법이다?"

"예? 뭐가요?"

"바이올린. 흠, 이래서 조기교육이 중요한 건가."

문외한이 듣기에는 좋아 보였을지도 모르겠다만.

나는 어깨를 으쓱였다.

"실수투성이였는데요, 뭘. 클라이맥스 구간에서 삐끗한 것도 있지만, 실은 저도 오늘 악보 보고 처음 연주해 본 거라서 뭐가 뭔지도 잘 몰랐고."

"……."

"……왜요?"

"후우, 이제야 내가 아는 이성진 같네."

"예?"

"너 방금 좀 재수 없었다."

왜 시비냐.

어째선지 내 옆에 앉아 잠자코 있던 김민정도 동의하는 모양으로 고개를 끄덕이고 있었다.

……문외한이란.

"아무튼."

김민혁의 시선이 책상 위의 내 컴퓨터로 향했다.

"결국엔 한 대 장만했네?"

"예, 뭐."

"부팅 좀 해 볼래?"

"그러죠."

전원을 넣고 부팅을 기다리는 사이, 김민혁이 말을 이었다.

"소정이한테 들으니까, 너 프로그램을 배우고 싶어 한다며?"

"아, 들으셨어요?"

"뭐 그렇지. 그러잖아도 걔 교내 서점에서 C언어 책 사 가더라."

그걸 자비로?

그쪽 서적은 값이 만만치 않을 텐데.

아무래도 최소정은 사모가 건넨 과도한 과외비에 스스로 부담을 느끼는 모양이었다.

"하긴 똑 부러진 애니까 잘하겠지. 아, 그리고."

김민혁이 메고 온 가방에서 CD며 플로피디스켓을 몇 장 꺼냈다.

"게임 좀 줄까?"

"아뇨, 괜찮아요."

"엥, 필요 없어?"

"공부에 방해될 거 같아서요."

"……독하다, 독해."

나는 문제없지만.

혹여 한성진이 게임에 폭 빠질까 봐 안 된다.

아무렴, 애들은 공부를 해야지.

'……그러고 보니, 나도 꼰대가 다 됐네.'

김민혁이 홀리듯 말을 이었다.

"그나저나……."

"네."

"그건 어디까지 진행됐어? 저번에 우리 집에서 만들던 방과 후 학교인가 뭔가 하는 거."

그리고 이게 구태여 게임까지 가져온 김민혁의 본론이었다.

"방과 후 교실요?"

"아, 그래. 그거."

아무런 관심도 없는 듯 말하고 있었지만, 나는 김민혁의 표정에 살짝 묻어나는 초조함을 읽을 수 있었다.

'아직은 표정 관리가 잘 안 되는 거 같네.'

젊어서 그런가.

하지만 나로선 아직 머리가 굵지 않은 김민혁의 어리숙함이 달가웠다.

"그러잖아도 오늘 오전에 장학사님을 뵙고 왔어요."

내 대답에 아침 조례를 대신했던 김민정도 놀란 눈치였다.

"왜 말 안 했어?"

"말 걸지 말라며."

"……."

애 상대로 좀 유치했나.

한편 김민혁은 내 입에서 나온 장학사라는 명칭에서 슬그머니 경계하는 눈치를 보였다.

그 또한 천화국민학교가 삼광장학재단을 통해 운영되고 있다는 것을 알았기에, 내 배후에 있는 친척을 의식하는 모양이었다.

"그럼 혹시 이 문서도 그쪽에서?"

말하며 김민혁은 가방에서 내가 김민정에게 주었던 서류를 꺼내 보였다.

오롯이 나 혼자 쓴 것이었지만, 그걸 밝히는 건 하책이었기에 얼버무리듯 둘러댔다.

"아, 예. 뭐."

"……왠지 완성도가 높더라니."

그 와중 김민정은 내가 서류를 건네며 했던 말을 곰곰이 다시 떠올리는 모양이었지만, 나는 그녀에게 그런 여지를 안겨 줄 초보적인 실수는 하지 않았다.

"으음, 뭔가가……."

다만 논리적으로는 시간 배열이 맞지 않는 듯하단 생각을 떠올린 모양이어서 나는 일부러 덧붙였다.

"몰랐어? 천화국민학교 장학사님이 내 당숙이시거든."

"당숙?"

"그러니까 할아버지의 조카, 아버지의 사촌을 내 위치에선 당숙이라고 해."

"……나도 그 정도는 알아."

그런가?

하긴 금일 그룹의 가족관계는 삼광보다 훨씬 복잡하니까.

한편 멋대로 내 말을 오해한 김민혁은 초조한 기색을 감추며 말을 이었다.

"그나저나 생각보다 체계적이던걸. 그럼 결국, 어디까지 진행된 거야? 수순은 다 짰고?"

"아직 프로젝트 도입 단계예요. 이제 막 이야기가 오가는 중인걸요."

나는 덧붙였다.

"말씀드렸더니 아버지께서는 아직 고칠 부분이 많다고 하셨고요."

거기서 김민혁은 이태석을 떠올렸는지 고개를 끄덕였다.

"네 아버지 눈에는 그렇게 보일 거야. 또 내 생각만 해도 저학년생을 잡아 두려면 다른 요인이 필요할 거라 생각했으니까."

"네. 요컨대 급식 같은 거 말이죠?"

김민혁이 눈을 동그랗게 떴다.

"뭐야, 이미 하고 있잖아?"

"네. 뭐 당장은 기반 시설이 필요하니 외부 업체를 써서 도시락 배달 같은 것부터 생각 중이지만요."

"……흠. 나름대로 아이디어를 팔아먹으려 했는데, 안 되겠네."

김민혁은 내게 들릴 듯 말 듯 혼잣말을 중얼거리더니 고개를 저었다.

"그러면 혹시, 선생은 구했고?"

김민혁이 가져 온 협상 패이자, 조커.

나는 그 뻔한 수작을 보며 속으론 미소를 지으며, 표면상으론 난감하다는 양 고개를 저었다.

"마침 그게 걱정이에요. 외부에서 전문 강사를 영입하려니 돈이 많이 들고, 또 어차피 저학년생들을 대상으로 하는 것이니 그렇게 수준 높은 강사가 필요한 것도 아니니까요. 그러면서도 학부모들에게 신뢰를 주어야 하니까……."

"그거 참 큰일이겠네."

김민혁은 걱정스레 고개를 주억거리더니 좋은 생각이 났다는 양, 탁 하고 주먹으로 손바닥을 쳤다.

"아, 그렇다면 혹시 내가 도움을 줄 수 있지 않을까?"

연기가 뻔하군.

하지만 나는 모른 척 그 말을 받아 주었다.

'이 기회에 김민혁을 내 편으로 끌어들인다.'

나는 고개를 갸웃하며 순진한 척 물었다.

"어떻게요?"

"마침 이 형이 대학교엘 다니고 있잖냐."

"네, 그렇죠."

"방과 후 교실에서 애들한테 뭘 가르치게 될지는 모르겠지만…… 그래도 교과목 위주의 천편일률적인 학습은 아니겠지?"

"음······."

내가 저어하는 빛을 보이자, 김민혁은 얼른 그 틈으로 파고들겠다는 양 끼어들었다.

"성진아, 대학교는 말이다, 이것저것 다양한 것을 전문적으로 배우는 학과가 있거든. 개중엔 네가 배우고 있는 음악이나 컴퓨터도 있어. 그걸 좀 더 세분화해 볼까?"

김민혁이 싱글벙글 웃는 얼굴로 말을 이었다.

"자, 당장 댈 수 있는 음악만 해도 네가 하는 바이올린뿐만 아니라, 첼로, 비올라, 플롯, 피아노, 클라리넷, 심지어는 성악 등등이 있겠고."

말하며 김민혁이 손가락을 꼽았다.

"예체능 하니 체육도 빼놓을 수 없네. 축구, 농구, 야구, 태권도도 있고. 아니면 육상도 좋겠어. 물론 미술도 가능하고. 회화뿐만 아니라 조각, 디자인······ 아, 애들이니까 만화에도 흥미를 갖겠군."

이어서.

"그 외에도 대학생들이 취미로 하는 동아리도 도움이 될거야. 바둑, 댄스, 바란다면 주산도 가능하겠지."

김민혁은 내 얼굴을 살피며 싱긋 웃었다.

"뭐 그런 것뿐만 아니라 원한다면 학업에 직접적으로 도움을 줄 읽기, 쓰기뿐만 아니라 산수나 과학 실험······. 아, 외국어도 좋겠네. 이제는 바야흐로 글로벌 시대라고들 하잖아? 영어, 일어, 중국어, 스페인어, 불어, 독어. 휴, 당장 댈 수 있는 것만 해도 이 정도야."

그 장황함이 남들에겐 미리 준비해 온 것 같다는 인상을 심어 줄 수 있다는 것도 모른 채, 김민혁은 떠들어 댔다.

"그리고 자랑은 아니지만, 이 형이 대한민국 최고의 학벌을 자랑하는 대한국대학교생이 아니냐. 말인 즉, 학부모들도 명문대에 다니는 형, 누나들이 방과 후 교실 선생으로 나서 준다면 흥미를 느낄 거란 말이지. 어때?"

나는 잠시 생각하는 척했다.

"좋은 생각이네요."

"그렇지?"

"하지만……."

나는 살짝 뜸을 들였다.

"……하지만?"

김민혁은 어간의 미끼를 물었고, 나는 상황의 주도권을 다시 슬쩍 가져왔다.

"아직은 어디까지나 민혁이 형과 제 생각일 뿐이잖아요? 선생님들이나 다른 어른들이 어떻게 생각하실지 여쭤봐야 할 거 같아요."

내 대답에 김민혁은 고개를 끄덕였다.

"하긴, 뭐 그렇긴 하지."

"그래도 좋은 생각인데요?"

칭찬을 덧붙이니 김민혁은 싱긋 웃으며 고개를 끄덕였다.

끄덕이는 폼이 마치 '됐다' 하고 여기는 얼굴이었지만.

'오히려 내가 고맙지.'

처음부터 나는 김민혁이 이렇게 나오리라 예상하고 있었다.

'애당초 그가 추진하던 일이었지.'

몇 년 뒤, 정부는 '과도한 사교육비 절감 대책'을 위해 방과 후 학교 제도를 본격적으로 실시하게 된다.

김민혁은 기민하게 움직였고, 거기서 맺은 인맥과 지원 보조금 등을 이용해 후일 개인 사업체를 꾸리게 되는데, 지금은 그 시기가 앞당겨지고 주체가 바뀌었을 뿐이었다.

'결국 김민혁을 내 손 아래에 두는 일이야.'

지금 당장은 내게 아무런 자산이 없다.

삼광 그룹의 직계이긴 하되 미성년자였고, 혈연에서 오는 굵직한 인맥이 몇 가닥 있지만 그 길은 아직 개척되지 않은 미답지에 불과.

하지만 아무것도 없기 때문에 크게 얽매이지 않는 것도 있다.

나는 김민혁을 통해 우리가 하는 일과 장학재단 사이에서 줄타기를 할 생각이었다.

'재주는 곰이 부리고, 돈은 조련사가 받는 격이지.'

나는 미소 띤 얼굴로 김민혁을 보았다.

"그럼, 문서에 그 내용도 꼭 첨부하도록 할게요."

"하하하, 그래. 나중에 뭣하면 밥이나 한 끼 쏘든가. 아, 국민학생에게 밥 얻어먹는 건 좀 그런가? 하하."

뭐, 바라신다면야.

아무렴 부하에게 밥 한 끼 못 사 줄까.

"아뇨, 문제없습니다."

그리고 김민혁과 이런 저런 초안을 잡은 뒤.

삐삐를 살핀 김민혁은 슬쩍 나를 돌아보았다.

"성진아, 잠시 전화통화 좀 하고 와도 될까?"

당연한 이야기겠지만, 이 시대엔 핸드폰 보급률이 낮다.

"네, 다녀오세요."

그렇게 김민혁이 내 방에서 퇴장하고 나니.

방에는 나와 김민정 둘만 남았다.

그사이 김민정은 내 책장에 꽂힌 책을 읽거나 하며 얌전히 보내고 있었는데, 그럼에도 귀는 계속 열어 두고 있었던 모양인지.

"너 변했어."

김민정이 읽고 있던 책을 덮어 책장에 도로 집어넣으며 툭

하고 내뱉었다.

"내가?"

"그래."

애당초 김민정과 이성진은 소꿉친구로, 나중에 들으니 둘은 철이 들기 전부터 붙어 지냈다고 했다.

유치원도 함께 다녔고.

그러니 내가 한성진의 입장에서 이성진을 마주하고 있었던 것보다 예전의 이성진이 어떠했는지 더 정확히 꿰고 있단 의미이기도 했는데.

그건 이성진이 어른들 앞에서는 보여 준 적 없던 얼굴을 알고 있단 뜻이기도 했다.

나는 김민정을 바라보았다.

김민정은 어릴 적 어느 학급에나 있는, 누군가의 어린 가슴 속에는 이성으로 의식될 만한 그런 소녀였다.

김민정은 나이치곤 퍽 조숙한 용모에 학업 성적도 우수하고, 교우 관계 또한 원만했으며 부반장에 걸맞도록 리더십도 있었다.

한성진이던 때, 내가 김민정을 마냥 밀어내지 못하고 난처해하던 건 그런 연유일지도 몰랐다.

이성진과는 다른 의미에서 학급의 구심점이 되던 아이.

이렇게 그녀와 둘이서 가만히 한 방에 있으려니 그런 옛 시절의 향수가 스멀거리며 가슴 한구석을 간질였다.

김민정이 시선을 돌려 컴퓨터를 쳐다보았다.

"한성진 때문이야?"

"한성진 때문이냐니."

"너, 원래는 이런 성격 아니잖아. 말없이 조용하고 여간해선 남들 앞에 나서지 않고."

김민정의 입에서 나온 이성진의 또 다른 얼굴에 당황한 건 나였다.

'이성진이?'

하마터면 반문할 뻔한 걸, 입만 벙긋거리다가 꾹 다물어 버렸다.

"……."

내가 기억하는 이성진은 김민정이 기억하는 것과 전혀 다른 인간이었다.

말 그대로 망나니.

남을 앞에 나서길 좋아하고, 안하무인에 잔인하며…….

'아니. 아주 어릴 적엔 또 달랐을까.'

나는 이마를 긁적였다.

내가 모르는 이성진의 면모를 들었더니, 나 스스로도 그가 어떤 인간이었는지 모르게 되었다.

"철이 든 모양이지."

"그걸 자기 입으로 말하니? 아무튼."

김민정은 다시 고개를 돌려 나를 힐끗 쳐다보았다가 눈을 동그랗게 떴다.

"……어?"

"응?"

"너, 이마에 있는 흉터는 어떻게 된 거야?"

"계단에서 굴렀어."

"언제?"

"며칠 안 됐어. 저번 주말."

김민정은 별 생각 없이, 의외로 예리하게 핵심을 파고들었다.

"혹시 머리를 다쳐서 그런 거 아니야?"

"뭐가?"

"네 변화."

"그럴 수도 있겠지."

"……이상해."

김민정은 그렇게 툭 내뱉곤 구부린 무릎 위에 얼굴을 괴었다.

"갑자기 어른이 된 척하는 것도 그렇고."

"그렇게 보여?"

"흥."

김민정이 그 상태로 고개를 돌려 나를 보았다.

"아니면 그때 이후인가?"

"그때라니."

"그 왜, 우리 집에서."

김민정이 인상을 찡그렸다.

"네가 창밖으로 메리를 날려 보냈을 때."

"……."

나중에 들은 이야기지만, 김민정에겐 메리라고 하는 카나리아가 한 마리 있었다.

이성진은 무슨 생각에서인지 새장 속의 그 새를 다짜고짜 창밖으로 날려 보냈고, 카나리아는 그 뒤로 김민정의 집을 떠나 영영 돌아오지 않았다.

시간이 쌓아 올린 둘의 사이가, 김민정과 이성진이 앙숙으로 남게 된 건 그것이 계기였던 것 같다고.

언젠가 김민정 본인 입으로 들은 바 있었다.

나 역시.

이성진을 향한 김민정의 노골적인 적의가 거기에서 비롯한 앙금에서 비롯한 것이리란 생각은 하고 있었다.

'이성진이 제대로 된 사과를 했을 리도 없고.'

한 번 금이 가기 시작한 관계는 제대로 봉합하지 않은 상태에서 균열이 거세게 가해졌을 것이고.

그 상태에서 둘의 관계는 '자연스럽게' 앙숙이 된 채로 남아 내가 기억하는 미래의 데면데면한, 아군도 적도 아닌 불편한 사이로 굳어졌으리라.

'거기에 더해, 성인이 된 둘의 입장은 달랐지. 이성진은 가

차 없이 김민정을 공격했고, 김민정 또한…….'

지금의 김민정은 평범한 국민학교 4학년생이지만, 미래에는 경영 컨설턴트로서 대단한 수완을 발휘하는 인물이었다.

그러니 대기업의 자본력으로 블루 오션 시장의 지평을 늘려 가려던 이성진과 사사건건 부딪혀 온 것이기도 했는데.

'만일 둘의 사이가 나쁘지 않았다고 하면, 미래는 어떻게 되었을까.'

어쩌면 그녀는 이성진에게 유일한 '친구'라고 부를 수 있을 만한, 그런 대등한 관계였을 것이다.

'그녀완 굳이 원만한 관계가 아니더라도, 최소한 동기 동창이며 소꿉친구 수준의 우정은 유지해 두는 게 좋겠지.'

나는 김민정을 힐끗 쳐다보았다.

'30년 뒤라.'

마흔쯤의 그때와 달리 아직 어린애에 불과한 그녀는 인상을 찌푸린 채 나를 보고 있었다.

'지금은 가까이 가도 물리기밖에 더할까 싶지만.'

사춘기 무렵의 여자애랑 친해지는 방법이라니.

나로선 이성진의 미간에 총알을 박아 넣는 게 더 쉽게 느껴질 정도였다.

"……왜?"

내 시선을 의식해 퉁명스레 말한 김민정을, 나는 똑바로 바라보았다.

"그때는 미안했어."

엄밀히 따지면 내가 했던 일은 아니지만, 이 정도 사과는 이성진의 몸에 깃들어 살아가기로 한 소소한 리스크였다.

김민정은 눈을 동그랗게 뜨더니 고개를 돌렸다.

그녀의 얼굴에 드러난 표정은 무슨 생각을 하고 있는지, 아직 어린아이임에도 불구하고 알 수 없으리만치 복잡했다.

"……그런 말은 저번에도 들었는데?"

물론 이성진도 남의 재산에 손괴를 입혔으니 형식적인 사과는 했을 것이다.

그래서 나는 구태여 미래의 그녀가 짐작했던 것과 사유를 빌려와 말을 받았다.

"알아. 용서를 바라고 한 말은 아니야, 그럴 만한 자격이 없다는 것도."

"……잘 아네."

김민정이 인상을 찡그렸다.

"그런데, 왜 그랬어?"

이때, 이성진은 침묵으로 일관했다.

「내가 화가 났던 건 그 어영부영한 태도였어.」

성인이 된 김민정은 바에 앉아 칵테일을 한 모금 마시며 쓴웃음을 지었다.

「그렇다곤 해도, 이후의 이성진에게 매몰차게 대한 나도 어른스럽진 못했네. 뭐, 당시엔 나도 애였으니까, 하는 생각은 있지만.」

김민정은 이렇게도 덧붙였다.

「만약 그때 이성진이 좀 더 제대로 된 사과를 했다면, 나도 못 이기는 척 넘어가 줬을 거라고 생각해.」
「그럼 이성진에게 어떤 사과를 바랐던 거지? 메리의 값을 치르겠단 건 네가 거절했다면서.」

내 물음에 김민정이 웃었다.

「돈이 중요한 건 아니잖아. 돈이면 뭐든 된다고 생각하는 그 사고방식이 화가 났었지. 내가 바란 건 그저…….」

대체, 왜 그랬느냐는 것.

「머리가 굵어지고 생각해 보니, 어쩌면 이성진은 새장 속의 새를 자신에 이입해서 쳐다보고 있었던 건지도 몰라. 이성진이 만일, 그때 솔직한 심정으로 그런 이야기를 해 줬더라면 어땠을까.」

나는 김민정의 말을 받았다.

"나는 그때…… 새장 속에 갇힌 새가 마치 나 같단 생각을 했어."

"무슨 의미야? 그건."

"너도 알다시피 우리 집은 평범하지 않아. 아버지는 삼광그룹의 차기 오너가 유력한 분이고, 할아버지는 회장이시지."

"……."

"나도 어쩌면 그렇게 될 거야. 무엇을 목표로 하든 간에 내 앞날은 정해져 있으니까."

거기서 한 가지, 오늘 있었던 상황을 한 가지 더 끄집어냈다.

그저 말 뿐이고, 그녀를 속이는 것이지만.

"바이올린을 손에서 놓았던 것도 그런 이유였어."

"……왜?"

"내가 아무리 바이올린에 흥미를 갖고 재능이 있다 하더라도, 나는 바이올리니스트가 될 수 없어. 방금 말했다시피 내 앞날은 사실상 정해진 것이나 다름없잖아."

당시 이성진의 사유가 어떠했는지는 모르지만, 이 집에서 지내 보니 그의 막나가는 행동은 숨 막히는 가풍과 그런 정형성에 있으리란 생각을, 어렴풋이 하게 되었다.

"그래서 나는 새장 속의 새에 나 자신을 비추어 보고 있었어."

"……."

김민정이 주먹을 꾹 쥐었다.

"제멋대로네. 메리는 내 거야, 왜 네가 멋대로……."

"맞아. 그러니까 잃어버린 메리의 값을 물어 준다고 해서 네가 납득할 거란 건 생각하지 않아. 메리는 다른 카나리아와 달리 너만의 카나리아였으니까. 하지만."

나는 그런 김민정을 물끄러미 쳐다보았다.

"그렇게라도 내 잘못을 네게 사과하고 싶었어."

"……."

김민정은 나를 마주 노려보더니 고개를 휙 돌렸다.

"역시, 너. 이상해."

"……."

내 사과를 받아 주었는지 아닌지는 모른다.

미래의 김민정은 그런 식으로 말했지만 어릴 적의 자신을 객관적으로 평가할 수 없었을지도 모르고, 또 설령 그렇다 하더라도.

설령 내 말에 마음이 흔들렸다 한들 지금은 속에서 감정을 묵힐 시간이 필요할 터였다.

'어렵네, 어려워.'

그리고 우리 둘 사이에 침묵이 있고 얼마 지나지 않아 김민혁이 돌아왔다.

"미안, 바쁜 일이 있어서……. 엥, 너희 또 싸웠냐?"

김민혁의 물음에 김민정은 아무 말도 하지 않았고, 나는 쓴웃음을 지었다.

"둘 사이의 일이에요."

그러니, 지금은 심어 둔 씨앗이 어떤 식으로 발아할지 지켜보도록 하자.

김민혁 남매는 저녁이 되기 전 돌아갔다.

오늘은 이태석이 돌아와 있었고, 우리는 식탁에 앉았다.

"성진이는 어제 오늘 뭘 하고 지냈지?"

최근 이태석은 내게 부쩍 호의적이었다.

이태석의 물음에 나는 입에 든 것을 얼른 삼키고 대답했다.

"아, 네. 어제부터 컴퓨터를 배우기 시작했습니다."

"응. 그건 들었지. 이왕 시작한 거 열심히 배워 두어라."

"예."

사모가 끼어들었다.

"얘가 나중엔 컴퓨터를 만들고 싶대요."

앞뒤 다 자르고 건넨 그 말에 이태석은 눈썹을 씰룩였다.

"응?"

말만 들으면 어린아이가 할 법한 치기 어린 사고에 그쳤겠지만.

이태석은 놓치지 않았다.

"뭘 배울 예정이지?"

"일단은 도스 운영체제를 간단히 배운 뒤 프로그램 개발을 배워 보려고요."

이태석이 인상을 찌푸렸다.

"설마 프로그래밍을 할 생각이냐?"

이태석의 말은 최소정의 우려처럼 '네가 왜 굳이 그런 것까지?'라는 뜻을 함의하고 있었다.

"아뇨, 아주 깊이 배울 생각은 아니에요. 그래도 일단 기초적인 걸 익혀 두면 나중에 도움이 되지 않겠어요?"

내 표정을 살핀 이태석은 슬그머니 찌푸린 표정을 풀었다.

"흠……. 하긴 뭐 탁상 기획만 남발하는 것보단 아무래도 낫겠지."

중얼거리는 걸로 보아, 현시점의 나는 장래 낙하산 예정이었다.

'요 며칠 나를 보는 눈이 많이 바뀌었어. 기대도 커졌고.'

"어쨌건 너무 깊이 파고들진 마라. 네 본업은 어디까지나…… 학업이니까."

경영이라고 대놓고 말하지 않은 건 놀라웠다.

"네. 학업에는 지장이 없게끔 할게요."

"그래."

"아, 맞아. 오늘 오전에 이태준 당숙께서 학교에 다녀가셨어요."

"……태준 형님이?"

둘은 스무 살이 넘게 차이 나니 나이는 거의 아들뻘이지만, 항렬상으론 사촌지간이었다.

나는 이태석에게 이태준의 방문을 일러바쳤다.

"네. 오셔서 제가 기획 중인 방과 후 교실에 대해 지원해 주시겠다고 말씀하셨어요."

"……흠."

이태석의 눈이 가늘어졌다.

거기서 나는 이태석 또한 이태준을 남들처럼 '무능한 한량' 취급하지 않고 있단 걸 깨달았다.

'그렇다고 호의적인 것 같진 않지만.'

"일단 알았다. 다른 말은 안 하고?"

이태준은 내게 관상 이야기를 한참 늘어놓았지만, 그건 굳이 긁어 부스럼 만들 필요 없는 내용이었다.

"아뇨. 잠깐 얼굴만 보러 오셨다며 일찍 돌아가셨어요."

"……흥. 형님의 수작이야 뻔하지."

이태석은 코웃음을 쳤다.

"마침 잘됐다. 그러면 이쪽에서도 사람을 붙여 주마."

"예?"

"뭘 놀라고……. 어차피 처음부터 애들 수준에서 그칠 일은 아니었다는 건 알고 있지? 초안은 비록 성진이 너였지만, 설마하니 계속 그것만 붙잡고 있을 거냐?"

내가 놀란 건, 공교로운 타이밍 때문이었다.

'하루만 늦었더라면 다 차린 밥상을 빼앗길 뻔했네!'

이태석에게도 방과 후 교실은 어디까지나 덤이자 추가적 구실에 불과했지만, 아예 신경을 끊고 있던 것은 아니었다.

더욱이 이태준이 흥미를 보이기 시작한 이상, 그에게 명분을 주면 지금 추진 중인 급식 사업을 빼앗길지도 모른다는 생각일지도 모른다.

나는 종이를 꺼냈다.

"아뇨, 저기, 마침 민혁이 형이 도와주고 있었거든요. 좋은 아이디어도 갖고 있어서 많은 도움을 받았습니다."

"민혁 군이?"

이태석은 다소 흥미로워하는 기색이었다.

"어디 보자꾸나."

그는 종이를 슥 훑어보더니 고개를 끄덕였다.

"……흠. 제법."

그 뒤 잠시 생각에 잠겼던 이태석이 고개를 돌려 사모를 보았다.

"민혁 군의 아버지가 누구더라?"

"김선후 씨 말이죠? 금일물산에 있다던."

"아, 그래."

곽씨 일가인 금일 그룹의 직계가 아닌 방계.

그것을 새삼 재확인한 이태석은 파이를 나눌 걱정은 덜었다는 양 조금 풀어진 얼굴로 고개를 끄덕였다.

"괜찮은 생각이구나. 대학생을 이용한 강사진이라……. 다만 이대로 실현된다고 쳐도 스케줄 조율이 어렵겠군. 급여 문제며 제반 사항도 고려해야 하고."

이태석은 잠깐 생각하다가 말을 이었다.

"한국대라고 했지?"

"예."

"……흐음. 일단 알았다."

아무래도 한국대 동창인 인맥을 활용해 무언가를 하려는 모양이었다.

'김민혁의 발이 넓다곤 해도 아직 대학생이야. 작정하고 나서는 이태석에 비하면 아무것도 아니지.'

그래도 여기까지 도와주며 먼저 침 바른 명분이 있으니, 김민혁을 마냥 내치지는 않을 것이다.

'피차의 노림수였지.'

종이를 옆에 내려놓은 이태석이 고개를 돌렸다.

"그것 말고는?"

"아, 네. 학교에 다녀와서 어머니께 바이올린 강습을 받았어요."

"그래, 그건 나도 들었다. 한 기사네 애들과 같이 배우기로 했다지?"

이태석은 제법 흥미로워하며 농담조로 말을 이었다.

"하긴, 손을 놓은 지 오래되어서 초보자들과 다시 시작하긴 제격이었겠구나."

"네."

"그래도 악기를 다룰 줄 알게 되면 그건 삶을 풍요롭게 해준단다. 이번엔 열심히 배워 두어라."

"네."

그런데, 거기서 사모가 기다렸다는 듯 끼어들었다.

"여보, 드릴 말씀이 있는데요."

"음?"

"만일 성진이가 바이올린을 좀 더 본격적으로 하게 된다면…… 어디까지 시킬 수 있죠?"

사모는 내 앞이어서 그런지 신중하게 말을 골랐다.

김민정에게도 말한 것이지만 삼광 그룹의 장손인 이성진의 앞길은 어느 정도 정해져 있었다.

차라리 싹수가 누렇다면 모르되, 최근 보여 준 내 행보에서 이태석은 낙관적인 가능성을 점치고 있었다.

그런데 사모가 모처럼 욕심을 보이고 있었다.

'정말로, 내 바이올린 실력이 쓸 만하다고 생각한 건가?'

이태석은 미소를 지었다.

"당신 말을 들으니 성진이가 제법 잘했나 본데?"

"……."

사모는 대답하는 대신 진지한 눈으로 이태석을 보고 있었다.

평소라면 '우리 아들이 이렇게 잘하더라' 칭찬을 늘어놓기 일쑤인 사모였다.

설령 내가 사모의 기대에 못 미치는 수준이었다고 해도, 다른 구실을 들어─이를 테면 태도가 좋았다든가─칭찬했을 사모가 진지한 얼굴로 입을 다문 채라니.

'……그 정도야?'

나 스스로도 아마추어치곤 제법 잘한다, 자각은 했지만.

프로인 사모의 태도에서 드러난 의미의 무게감은 어딘지 남달랐다.

게다가 이번 사모의 침묵에 담긴 그 함의를 읽어 내지 못할 이태석이 아니었기에, 이태석은 슬며시 미소를 거두었다.

"일단은 알겠어."

이태석이 나를 보았다.

"이성진. 바이올린은 아예 손을 놓았다고 생각했는데 꾸준히 연습했던 거냐?"

묻는 의도는 두 가지였다.

하나는 의미 그대로인 것이고, 두 번째는 내게 '음악에 흥미가 있는지'를 캐 보는 물음이었다.

어차피 결과는 정해져 있기에 나는 솔직한 대답을 했다.

"아뇨, 정말로 손을 놓은 지 오래였는데……."

"흠."

이태석은 잠시 생각하다가 고개를 끄덕였다.

"하긴, 음악 실력이 느는 건 일차함수가 아닌 계단식이라고 들었으니. 좀 더 머리가 굵어지니 잠깐 가로막힌 벽의 이해도도 달라진 모양이지."

이어서.

"그렇다고 해서 없던 흥미가 갑자기 생길 리는 없을 테고. 안 그러냐?"

사모에겐 미안하지만, 나 역시 이태석의 의중에 동의하는 바였다.

음악가라니, 언감생심 생각해 본 적도 없는 일이었다.

"흥미는 있어요. 하지만."

나는 말을 이었다.

"취미가 직업이 되어 버리면 취미를 하나 잃는 일이라고 하잖아요?"

"하하, 그래. 그렇지."

흡족한 듯이 웃긴 했으나, 왠지 자조적인 웃음이었다.

"하지만 취미도 잘 살리면 하고자 하는 일에 도움이 되겠지. 그만큼 사고의 폭이 넓어지게 될 테니까. 미래에는 논리적 사고 외에 감수성의 영역 또한 중요해질 거야."

이태석은 거기까지 말한 뒤 사모를 보았다.

"많은 시간을 들일 수는 없겠지만, 성진이한테 그럴 의사가 있다면 몇 가지 유소년부 콩쿠르에 보내는 정도는 생각해 볼 수 있겠어."

타협.

사모는 이성진의 재능이 아까운 모양이었지만, 이태석이 그어 둔 선을 넘어서는 일은 할 수 없다는 듯이 쓴웃음을 지었다.

"네."

그리고 달그락거리는 소리가 잠시 이어지고, 이성진이 다시 입을 열었다.

"그리고 내일 오후에 아버지가 돌아오실 거야."

이태석의 말에 나는 멈칫했다.

'이휘철 회장.'

나는 한성진으로 살 적, 그때 당시를 떠올렸다.

'……왜 지금 오는 거지? 원래 귀국 날짜가 아닌데…….'

사모가 고개를 갸웃했다.

"원래는 다음 주 주중에 오시기로 하지 않았어요?"

"그러게. 예정이 바뀌었어."

"아버님 일이 잘 풀리셨나 보네요."

"속단할 수는 없지."

이태석은 그렇게 말하곤 나를 살폈다.

"그래도 당신의 부재중에 있었던 일에는 제법 놀라시겠군."

그건 명백히, 이성진의 변화를 의미하는 바였다.

'다들 자각은 하고 있어.'

계단에서 구른 뒤, 아니 한성진 남매가 한 지붕 아래로 들어온 뒤 부쩍 철이 들어 버린 장남.

지금까진 다들 그럴듯하게 넘어가 주었지만, 이휘철이 어떻게 나올지는 짐작하기 어려웠다.

그리고 한동안 말없이 밥을 먹고 있으려니, 이태석이 내게 말을 건넸다.

"성진아, 너 혹시 게임에 대해 좀 아느냐?"

"예?"

갑자기 무슨 이야긴가 싶었다.

"게임요?"

"그래."

혹시 내가 컴퓨터로 게임이나 하는 건 아닌지 묻는 듯하여, 나는 딱 잡아뗐다.

"아뇨, 잘 몰라요. 컴퓨터도 이제 막 생겼는걸요."

딱히 거짓말은 아니었다.

전생의 이 시기엔 게임에 문외한이었던 것도 사실이니까.

"아…… 그렇긴 하지. 친구들은?"

"잘 모르겠는데요. 왜 물어보셨어요?"

"아니, 별거 아니다."

그런데 어째, 이태석은 별거 아니라고 둘러댄 것치곤 입맛이 쓰다는 듯한 얼굴이었다.

사모는 그런 이태석을 보며 웃었다.

"당신은. 성진이가 게임 같은 걸 할 리가 없잖아요? 이렇게 성실한 애가."

거기엔 '게임은 나쁘다'고 하는 전형적인 이분법적 사고가 전제되어 있었지만, 사모님. 이성진은 한동안 게임 폐인이 됩니다.

내가 그렇게 되겠다는 건 아니지만.

사모가 말을 이었다.

"그나저나 게임이라면 그거죠? 갤러그랑 팩맨?"

대체 언제 적 사람인지.

'……아니, 옛날 사람이 맞긴 한데.'

게다가 전자오락실에는 발도 들여 본 적 없을 사람이니.

이태석은 그런 사모와 나를 물끄러미 쳐다보다가 고개를 저었다.

"내가 잘못했네."

사모와 나는 갑자기 대체 뭔 뚱딴지같은 소리인지 몰라 어리둥절했다.

방으로 돌아온 나는 침대에 벌렁 드러누웠다.

'오늘도 무사히.'

아예 표어를 써서 액자로 만들어 방에 걸어 두고 싶었다.

김민정과의 관계 개선에도 힘쓰는 한편 하루하루가 살얼음판 같던 나날도 조금씩 적응하고 있었는데.

난데없는 이태준의 등장에 이어 이휘철의 복귀도 내일이었다.

'그래도 지금까진 그럭저럭 잘 풀리고 있어. 다행히 방과 후 교실의 이야기를 꺼낸 타이밍도 맞아떨어졌고…….'

마침 이태석은 이태준을 별로 마음에 내켜 하지 않는 눈치였다.

'이태준을 상대하는 건 이태석에게 맡겨야겠어.'

나는 그사이 김민혁을 이용해 사람을 모으고 굿이나 보며 떡을 먹으면 될 일이다.

'……당분간은 장학재단의 눈치를 살펴야겠지만, 시범학교로 선정된 뒤 정부 시책이 되면 노하우를 이용해 위탁 업체로…… 아.'

불현 듯 이성진의 당숙인 이태준의 말이 떠올랐다.

「사람과 기회가 모이는 운이다. 하지만……. 아니, 됐다. 어쨌건 재밌구나.」

당시만 해도 그걸 진지하게 듣진 않았다.

재벌가 도련님에게 사람과 기회가 모이는 건 당연한 일이니, 기인이 발하는 전형적인 바넘 효과로 치부했던 터였다.

그런데 이쯤 되면 신경이 쓰이지 않을 수가 없었다.

'이건, 운인가? 아니면 이태준의 말대로 이루어지고 있는 건가?'

마침 이태준은 내가 하려는 일에 흥미를 보이고 있었다.

'……어쩌면.'

만일 바란다면, 그의 도움을 받아 내 힘을 키울 수도 있을 것이다.

불쑥 그 생각을 떠올렸다가 머리를 가로저었다.

'아니, 이태준을 신용하면 안 돼.'

이태준.

내 오랜 직감이 그를 마냥 신뢰해선 안 될 인물이라 경고하고 있었다.

내 눈에 비친 그는 대중에 알려진 것과 달리 마냥 사람 좋은 호인으로만 보이진 않았다.

'오히려 뱃속에 능구렁이가 들어찬 것 같았지. 하긴, 이 집안 밥을 먹다 보면 뱃속에 능구렁이를 키우는 것도 예삿일일 거야.'

나는 침대에서 몸을 일으켰다.

'정말로 내게 사람과 기회가 모이는 운이라면…….'

그리고 이성진의 방 책꽂이에 쌓인 각종 책의 표지를 훑었다.

'……그 운을 시험해 봐야지.'

나는 개중 이휘철이 쓴 경영 서적을 꺼내 펼쳐 들었다.

'미래를 아는 나라면 이휘철이 죽게끔 내버려 둘 수도 있고, 살릴 수도 있다.'

관건은 이휘철이 나를 어떻게 생각하고 대하느냐리라.

6장

주말 오후.

밖에 나가 있는 이태석을 제외하고, 사모와 나, 고용인들
은 이휘철 회장의 복귀를 영접하러 현관 앞에 모여 있었다.

개중엔 예쁘게 차려입은 한성아와 어색한 표정으로 서 있
는 한성진도 포함되어 있었던 것도 전생과 다른 점이었다.

"사모님, 사모님. 지금 누가 오시는 거예요?"

한성아의 말에 사모는 미소 띤 얼굴로 대답했다.

"이성진 오빠의 할아버지."

"그러면 할아버지도 식구예요?"

"어머머, 얘도 참."

사모가 소리 죽여 웃었다.

"그래. 그리고 오늘 오실 할아버지께는 회장님, 하고 부르면 된단다. 알았지?"

"네!"

사모가 한성아를 귀여워하는 모습은 마치 모녀처럼 보일 지경이었다.

어머니의 존재가 궁금할 한성아는 사모를 자신이 가져 본 적 없는 '엄마'처럼 생각하는 모양이었고, 사모는 자신을 잘 따르는 한창 귀여울 때인 여자애여서인지 마냥 좋아라했다.

나로선 두 사람의 관계가 이희진의 성장 이후에도 좋게 이어지길 바랄 뿐.

문이 열렸다.

"오셨어요, 아버님."

사모가 대표로 인사를 했고, 나를 비롯한 고용인 일동은 정중히 허리를 굽혔다.

"음."

우리는 고개를 들었다.

이휘철 회장.

맨손으로 대삼광 그룹을 일으켜 세운 남자이자, 그 삼광 그룹의 초대 회장.

마치 사진 속에서 걸어 나온 듯했다.

그는 은색으로 빛나는 새하얀 머리칼을 한 치의 흐트러짐도 없이 뒤로 빗어 넘겼고, 맞춤복을 입은 몸은 칠순을 내다

보는 나이임에도 자세가 올곧고 발랐다.

이목구비는 훗날의 이태석과 닮았으되, 전해지는 느낌은 사뭇 달랐다.

기운.

사진으로 보던 것과 직접 목도하며 전해지는 느낌의 차이였다.

전성기의 이태석이 한 자루 잘 벼려진 칼날 같았다면, 지금의 이휘철은 마치 그 스스로 이글거리며 타오르는 불꽃처럼 보였다.

그러면서도 어린아이마냥 기이하리만치 맑은 눈은 내면에서 치밀어 오르는 그 뜨거운 불꽃을 갈무리했고.

또 그 갈무리된 불길은 이휘철의 두 눈을 통해 마치 나를 집어삼키기라도 할 것처럼 쏘아지는 중이었다.

내가 그를 보는 것처럼 이휘철 회장도 나를 보고 있었다.

인간이 아닌, 맹수를 코앞에 둔 듯한 감각.

"이성진."

이휘철 회장이 입을 열었다.

"예."

"이마에 흉터가 생겼구나. 가까이 와 봐라."

왠지, 그의 입에서 나오는 평범한 말 한마디 한마디가 언령의 힘을 갖고 나를 옭아매는 듯 느껴졌다.

나는 감히 그 명령에 거역할 수 없었고, 발걸음을 옮겨 그

앞으로 갔다.

턱.

이휘철은 손바닥으로 내 얼굴을 쥐더니 종마의 품종을 살피듯 휘휘 돌렸다.

"흐음."

그 손길에 나는 손주를 대하는 따스함이 있는지도 가늠하기 어려웠다.

"멀쩡하군."

내 얼굴에서 손을 뗀 이휘철이 입매를 비틀었다.

"게다가 며칠 못 보던 새에 못 알아볼 만큼 변했구나."

평이한 어조였지만, 왠지 모르게 마치 내 본질을 꿰뚫어 보는 듯한 뉘앙스였다.

'마음의 준비는 하고 있었지만, 이 정도일 줄이야.'

하지만 이성진을 쏘아 죽일 때의 기묘한 냉정함이 나를 꾹 붙잡았다.

'어쨌건 그도 인간일 뿐이다. 그것도 곧 죽고 사라질.'

한성진일 때 나는 여간해선 이휘철 회장과 마주친 적이 없었다.

그는 일찍 집을 나가서 늦게 돌아왔고, 그마저도 저택에 발을 붙이고 있는 경우는 좀처럼 없었다.

더욱이 당시 나는 다락에 숨어 지내듯 숨죽인 채 살았고, 이휘철은 내가 이 저택에 들어온 지 얼마 지나지 않아 죽었다.

지금의 정정한 이휘철을 보고 있자면 짐작조차 하기 힘든 일이지만, 사실이 그랬다.

나는 현생과 전생을 통틀어 처음 마주하는 이휘철 회장의 기세에 짓눌리지 않으려 노력해야만 했다.

그런데 한성아가 당돌하게 일러바쳤다.

"계단에서 굴렀대요!"

얘는 겁도 없나?

그 철혈 이휘철 앞에서…….

그런데 정작 이휘철은 그 말에 미소를 지었다.

"나도 안다."

"어떻게요?"

"며느리가 전화로 알려 주더구나."

"며느리?"

"그래. 성진이의 어머니이자 내 아들의 부인."

"사모님요?"

"그래."

한성아는 자신의 뒤에 있는 사모를 올려보았다가 이휘철을 쳐다보았다.

"할아버지는……. 아니, 회장님은 사모님을 사모님이라고 안 부르네요?"

"당연하지. 내가 사모님이라고 불러야 할 사람은 이 세상에 존재하지 않는다."

"회장님, 말이 어려워요."

"허허, 그거 참."

이휘철은 웃음을 터뜨리고 말았다.

"그래, 너는 누구냐?"

"제 이름은 천화국민학교 1학년 6반 한성아입니다!"

나는 사자 우리 한가운데 들어온 기분이었는데, 한성아에 겐 이휘철 회장도 평범한 할아버지에 불과한 모양이었다.

'대체 뭐가 뭔지.'

아이들은 배부른 사자 등에 올라타 논다고 하더니, 마침 그 꼴이었다.

'내게 이휘철이 어렵게 느껴지는 건, 단순히 그에 대한 내 선입견 때문일까?'

한성아를 대하는 이휘철의 태도는 표면적으론 그 나이 어 린 여자애를 상대하는 것에 가까워 보였다.

'……이래 놓고 나중에 집에서 쫓아내란 말을 하는 건 아 니겠지.'

그 철혈이니 충분히 있을 수 있는 일이었다.

그런데 사모도 똑같았다.

"아버님, 애가 참 귀엽죠?"

이휘철은 대답 대신 한성진을 힐끗 시선 끝에 둔 채로 사 모에게 물었다.

"걔 혼자가 아니지?"

"네. 얘 위로 오빠가 있어요. 한군?"

한편, 한성진도 다소간 긴장은 했으되 주눅 들지는 않은 얼굴이었다.

"처음 뵙겠습니다. 한성진이라고 합니다."

"그래. 우리 손주랑 이름이 같구나."

"네! 같은 학교 같은 반에 다니고 있습니다!"

"음, 영리하게 생겼어."

이휘철은 짧게 고개를 끄덕이곤 그제야 발걸음을 옮겼다.

"방에 들어가마."

성큼성큼 발걸음을 옮기는 이휘철의 뒤를 수행비서가 따랐고, 그제야 대면은 끝이 났다.

'휴우, 뭔 인간의 기운이……'

안도하려는 것도 잠시.

이휘철이 발걸음을 멈췄다.

"옷을 갈아입고 갈 테니, 손주 성진이는 내 서재에서 기다려라."

"예? 예!"

그 명령을 남긴 이휘철은 다시 발걸음을 옮겼고, 고용인들은 이휘철의 자동차 트렁크에 그득 쌓인 물건을 가지러 갔다.

'대체 뭔데?'

황망해 있는 내게 한성진이 웃으며 말을 건넸다.

"회장님, 되게 좋은 분이시네?"

"……흠."

눈깔이 해태인가.

"한군아! 아줌마 좀 도와줄래?"

"네! 갈게요! 성진아, 나중에 보자."

한성진은 안동댁을 따라 쪼르르 짐을 나르러 떠났고, 나는 고개를 저었다.

'이휘철의 서재로 가자.'

이휘철의 서재로 향하는 사이 지금은 고용인들도 보이질 않는 넓은 집은 적막만이 가득해서 나로 하여금 어딘지 모르게 비현실적인 기분마저 느끼게 했다.

달칵.

나는 이휘철의 서재 문을 열었다.

그의 부재중에도 서재는 정갈함을 유지하고 있었다.

나는 창 아래 난초를 지나, 팔걸이가 있는 좌식 의자에 자리를 잡고 앉았다.

'이휘철이라…….'

내 기억에 이성진과 이휘철의 관계는 여느 조손지간처럼 돈독했다.

이휘철의 장례식 때 이성진은 엉엉 울었고, 나중엔 매체 인터뷰를 통해 '아직도 할아버지가 그립다'는 식의 말을 했다.

뭐, 그럴 수 있다.

전통적인 훈육 방식으론 엄격한 아버지와 자애로운 할아버지의 존재로 집안의 균형을 이루기 마련이라 들었고, 이는 그들의 아버지의 아버지, 할아버지의 할아버지도 그러했다고 했으니까.

다만, 나로서는 어떻게 그럴 수 있는지가 궁금했다.

'한눈에 보기에도 범상치 않은 기세가 흘러넘치는데⋯⋯.'

그게 아니라면 사고방식이 심플한 사모나 아직 어린 한성진 남매처럼, 이성진 역시 그런 걸 느끼지 못한 걸까.

'하지만 살아오면서 딱히 내 감각이 남들보다 예민하다고 느낀 적은 없었어.'

여기서 환생의 부작용이니 뭐니 하는 걸 떠올리는 건 과도한 억측일 수도 있다.

하지만 세간의 평가와 실제 확인한 모습이 달랐던 당숙 이태준마저 떠올렸더니, 의구심은 일었다.

'이성진이 이태석을 어려워했던 것도, 그 기세에 눌린 것이 아닌 그저 엄격한 아버지였기 때문이었나?'

기묘한 건 그뿐만이 아니었다.

'⋯⋯바이올린에 대한 내 재능도 언젠가 한번 찬찬히 알아볼 필요가 있어.'

이성진의 바이올린 솜씨가 어땠더라.

남들 앞에서 바이올린을 연주하는 모습은 보지 못했는데.

그래도 천재 소릴 들을 정도는 아니었던 것 같다.

'이성진에 의한 것도, 나에서 비롯한 것도 아닌, 다른 무언가가 있는 건가?'

달칵.

문이 열리는 소리에 나는 얼른 자세를 곧추세웠다.

"기다리게 했구나."

이휘철은 성큼성큼 걸어와 상석에 턱하고 앉았다.

혼자 온 것은 아니었고, 그 뒤에선 수행비서가 상자를 바리바리 들고 따라왔다.

이휘철의 비서는 탁자에 들고 온 상자를 내려놓은 뒤, 얌전히 이휘철 뒤로 가서 섰다.

그렇게 아무런 장식도 되지 않은 종이 상자 두 개가 내 앞에 놓였다.

"지인에게 받은 선물이란다."

그리고 이휘철이 상자를 보며 말을 이었다.

"11살짜리 손주가 있다고 하니 챙겨 주더구나. 네 선물이기도 하니 어디 열어 보거라."

"감사합니다."

나는 상자를 열었다.

상자의 크기로 미루어 짐작한 바였지만, 각 상자 안에 든 것은 제법 큼직한 전자 기기였다.

하지만 무언가 제대로 완성된 느낌은 아니었고, 오히려 목업(Mokup)의 느낌에 가까웠다.

'뭐지?'

의아해하는 내게 이휘철이 말을 건넸다.

"무엇인지 알아보겠느냐?"

단순한 말이었지만, 그 자체가 이미 하나의 시험인 양 느껴졌다.

'이놈의 집안은.'

하지만 괜히 떠보는 말은 아닐 터이고, 이휘철이 했던 말 속에 힌트가 있을 것이다.

'11살짜리 손주. 사 온 것이 아닌, 지인에게 받은 것. 또한 목업인 형태로 보아 시기상 아직 출시되지 않은…… 아.'

나는 대답했다.

"혹시 게임기인가요?"

이휘철은 내 대답에 미소를 지으며 고개를 끄덕였다.

"맞다."

정답을 맞히긴 했으나, 그것이 나에겐 어딘지 기묘했다.

내 기억에 이 시기 이성진의 집안—정확히는 이성진이 통제할 수 있는 범주—엔 컴퓨터는 물론이고 게임기도 존재하지 않았으니까.

그런데 이휘철이 아직 출시도 되지 않은 듯한 게임기를 선물로 가져왔다?

'무언가 내 인식 범위 바깥에서 나비효과가 이루어지고 있

는 건가.'

이를테면 한성진이 전학 온 직후 김민정의 짝꿍이 아닌 내 옆자리에 앉게 된 것처럼.

'무슨 차이인지…….'

그사이 이휘철은 슬며시 미소를 거두며 상자 두 개를 자신 앞으로 끌어당기더니 손을 내밀었다.

"펜."

뒤에 서 있던 비서가 마커를 내밀자, 이휘철은 상자 뚜껑 을 닫고 각각 'A'와 'B'를 표기했다.

"자, 성진아."

이휘철이 상자에 손을 얹은 채 나를 보았다.

"내가 적은 A와 B, 두 개 상자에 담긴 기기에는 비슷한 점 이 많이 있다. 둘 다 최신 기술인 CD드라이브를 사용하고 있으며, 모두 자신이 새로운 시장을 열어 갈 선두 주자라 자 부하고 있지."

이휘철은 칠순을 바라보는 노인이면서도 용어를 말하는 데 어색함이 없었다.

A상자 위에 손을 올린 이휘철이 말을 이었다.

"A를 만든 회사는 풍부한 노하우가 있다. 이 분야에 오래 몸을 담았고, 성공한 경험도 많지. 다들 A를 보며 그 만듦새 가 뛰어나다고 호평 일색이다. 말하자면 고급품이지. 반면."

이휘철이 B 상자 위에 손을 얹었다.

"B를 만든 회사는 이 분야에선 신출내기다. 사실 이걸 만들려고 할 때만 하더라도 C라는 회사의 주문을 받고 개발 중이던 것이 중도 파기되어, 어쩌다 보니 개발했을 뿐. 그래도 저렴한 가격과 잠재 능력이 있다."

말을 마친 이휘철이 두 상자에 각각 손을 얹었다.

"그런데 만일, 성진아. 이 두 개 중에서 단 하나만 가질 수 있다면 너는 무엇을 가지겠느냐?"

"……."

나는 그 질문이 손주를 향한 조부의 짓궂은 장난이라고 생각하지 않았다.

삼광 그룹도 한때 게임 산업에 손을 댄 적이 있었다.

자체 개발한 건 아니었지만, 라이센스를 따서 유통했고, 거차게 말아먹었다.

이후 삼광에서는 게임기뿐만 아니라 멀티미디어 산업에 대해 한동안 관심을 끊어 버리게 된다.

'설마 지금 나를 통해 삼광이 취급할 기기를 묻고 있는 건가?'

하지만.

'……너무 쉬운데?'

이 바닥에 대해 잘 모르는 나라도, 미래가 어떻게 돌아가는지 아는 마당이니 대박과 쪽박 사이의 선택을 내리기는 쉬웠다.

거치형 콘솔 게임기.

거기에 더해, 이 시기 무렵 출시를 기다리고 있을 제품.

이 중에 택할 것이라면 당연히.

나는 손가락으로 B 상자를 가리켰다.

"저는 이걸로 할게요."

세가 새턴과 플레이스테이션 중 고르라고 하면.

'물론, 플레이스테이션이지.'

게임과 무관한 유년기를 보냈기에 아주 자세히 아는 것은 아니었지만.

이 시기 게임업계의 닌텐도, 세가, 소니 삼자 구도는 경영 전략의 성공 실패 사례에도 소개될 만큼 유명했다.

CD-ROM.

Compact Disc의 약어로 흔히들 CD라 불리는 저장 매체.

'베토벤의 교향곡 9번을 한 번에 담을 수 있는 용량으로 설계되었다'는 낭만적인 소문이 무성한 이 저장 매체의 등장은 시장 판도를 뒤흔들게 된다.

'무려' 700MB가량의 용량을 담을 수 있는 CD의 등장은 그 사이즈와 편의성으로 LP 시장을 대체하면서 음반 시장을 성공리에 독점하였고, 음악계에서는 사실상 업계 표준으로 자리매김했다.

그리고 이 CD에 주목한 것은 비단 음반 시장뿐만이 아니었다.

컴퓨터 시장은 플로피디스크의 대체제로, 게임 시장은 기존 팩 형태의 대체제로 이 CD를 주목하기 시작했다.

기술의 대약진이 이루어지는 90년대니 조금만 뒤처져도 구식이 되기 일쑤였다.

하물며 기술 집약 종합예술로 불리는 게임은 어련할까.

당시 게임업계를 주도하던 세가와 닌텐도는 차세대 게임 기기를 구상하던 차였고, CD의 등장은 이들에게 무척 매혹적이었을 것이다.

대용량 저장 매체를 아낌없이 사용해 3D 그래픽으로 즐기는 고성능 게임기!

닌텐도도 또한 비슷한 시기, CD 라이센스를 가진 소니와 CD-ROM을 사용하는 차세대 게임 기기의 공동 개발에 착수했다.

그런데 닌텐도는 어느 순간, 소니의 경쟁 업체와 기기를 개발하겠다며 일방적인 계약 파기 통보를 날렸다.

닌텐도와 소니의 계약이 파기된 까닭에 대해선 소문이 무성했다.

소니 측이 요구한 라이센스 비용을 닌텐도 측이 마음에 들어 하지 않았다는 견해도 있었고, 닌텐도 측이 소니를 견제하기 위해 고사했다는 말도 있었으나.

결과적으로 그건 소니의 자존심에 상처를 입혔다.

트리니트론 TV와 워크맨이라는 전 세계적 베스트셀러 등,

각종 전자 기기로 글로벌 기업이 된 소니에게 이는 신경이 거슬리는 일이었을 것이다.

초창기엔 소니도 게임 산업에 발을 들이밀 생각이 없어 보였다.

하지만 당시 가정용 게임 기기 업계 선두 주자였던 닌텐도의 행보는 소니로 하여금 '까짓 거 진행시켜!'를 하게 만들었다.

그리고 그 결과, 소니라는 공룡이 게임업계에 발을 들였다.

나는 옛 기억을 더듬었다.

'당시에는 이태석 사장이 이 일을 추진했지. 그는 세가 새턴을 선택했어.'

결과는 실패로 끝났지만 이태석의 안목이 낮아서 그랬다고 보긴 힘든 게, 당시만 하더라도 플레이스테이션을 주목하는 사람은 거의 없었다.

더욱이 삼광에서는 세가 새턴의 전 세대 16비트 게임 기기인 메가드라이브를 수입하기도 했으니, 이미 쌓아 온 비즈니스적 관계도 있었을 터.

'나야 미래를 알고 있으니 플레이스테이션을 택했지만, 생각해 보면.'

시기를 고려해 볼 때 이는 선물 선택을 가장한 일종의 시험이었다.

한편 이휘철 회장의 노림수도 어처구니가 없었다.

'이 B상자, 즉 플레이스테이션을 설명하면서 교묘하게 정보를 누락시켰어.'

따지고 보면 이휘철의 말에 거짓은 없었다.

A, 즉 세가는 이 당시만 해도 메가드라이브를 성공시키며 닌텐도와 양자 구도를 이룩한 업계의 강자였고, 뿐만 아니라 아케이드용 게임기를 개발하며 쌓인 노하우는 단연 일류였다.

또, 그가 말한 '계약을 파기한 C'는 닌텐도였고, 그 와중 B, 즉 플레이스테이션이 발매되었다.

이휘철은 B를 소개하며 무명소졸의 약자인 양 이야기했지만, 실상은 B를 개발한 소니야말로 업계의 공룡이었다.

'그런 이유만으로 플레이스테이션이 성공한 건 아니지만.'

또 시험이라 함은 모름지기 그럴듯한 것이 오답인 경우가 많고, 말인 즉.

'그렇다는 건 이휘철 또한 B, 플레이스테이션을 마음에 들어 했다는 건데…….'

그러니 플레이스테이션을 더 마음에 들어 한, 그럼에도 세가 새턴 수입을 허락한 이휘철의 의중을 캐기는 힘든 일이었다.

'아니, 그건 이태석이 추진하던 일이었지. 그래서 구태여 내게 물은 건가?'

어쩌면, 지금 이휘철은 이태석과 나를 저울에 올려 두고 비교하고 있는 걸지도 모른다.

'······예정보다 일찍 귀국한 것도 무관하지 않은 일인가.'

이휘철은 속내를 알기 힘든 미소로 나를 보았다.

"우리 손주는 B상자가 마음에 들었나 보구나."

이휘철이 미소 띤 얼굴로 말을 이었다.

"그럼 성진아. 너는 왜 B상자를 선택했느냐?"

어린아이 눈높이에 맞춘 대답을 내뱉긴 쉬웠다.

그저 '그런 느낌이 왔다'거나 '예뻐 보였다'고 답해도 이휘철은 신경 쓰지 않을 것이나.

하지만 이건 시험이었다.

그러나 답하면서도 내가 알고 있는 미래 지식이며 A, B, C로 기호화된 익명의 그룹을 밝혀 설명할 수는 없었다.

다만 조금이라도 대답을 비틀어 볼 필요는 있었다.

나는 이휘철의 성향을 짐작한 대답을 내놓았다.

"왜냐하면 할아버지께선 B를 마음에 들어 하셨으니까요."

내 대답에 이휘철은 눈을 가늘게 떴다.

"호오, 왜 그렇게 생각했느냐?"

"말씀하신 내용은 유독 A상자에 호의적이셨거든요."

"······그래서?"

"네. 그리고 보통 두 개 중 하나만 가질 수 있다고 할 때, 내가 갖고 싶은 건 별로인 것처럼 말해서 다른 걸 선택하게

할 테니까요."

"……크크, 큭, 하하하하핫!"

이휘철이 웃음을 터뜨렸다.

"이거 참, 할애비가 손주에게 한 방 먹었구나. 크하하하
핫!"

이휘철은 호탕한 웃음을 터뜨린 뒤, 미소를 머금은 채 나
를 보았다.

"네게 너무 속이 빤히 보이는 말을 했나 보군. 그래, 이 할
애비는 성진이 말대로 B가 더 마음에 든다. 왠지 아느냐?"

"……잘 모르겠습니다."

어째서 이휘철이 당시 승자로 점쳐지던 세가 새턴 대신 플
레이스테이션을 마음에 들어 했는지는 나도 영문 모를 일이
어서 솔직히 답했다.

이휘철은 씩, 입매를 올렸다.

"성진아, 너는 기업을 움직이는 동력이 무엇이라고 생각
하느냐?"

그건 11살짜리한테 물을 내용인가.

이 집안은 영 글렀다.

하지만 나는 교과서적인 대답을 알고 있다.

"사람, 기술, 자본입니다."

"……크크크."

이휘철이 웃었다.

"그래, 맞다. 사람, 기술, 자본. 정론이고 교과서적인 답변이지. 내 책을 읽은 모양이구나. 하나 그런 건 부차적인 요소일 뿐이란다."

댁이 쓴 책에 나온 내용인데, 뭔 소린지.

이휘철은 의아해하는 나를 보며 주먹을 들어 보였다.

"내가 쥐고 있는 것이 무엇이냐?"

"할아버지의 손바닥 안에는 아무것도 없지 않나요?"

이휘철이 고개를 저었다.

"아니, 여기 있는 건 욕심이다."

그리고 이휘철이 텅 빈 손바닥을 펼쳤다.

자글자글한 손바닥 주름이 보였다.

"하지만 욕심은 꾹 쥐지 않으면 사라지고 만단다."

"……."

이휘철은 클클 웃으며 말을 이었다.

"성진아, 너는 사탕가게의 꼬마 이야기를 알고 있니?"

그렇게 앞뒤 다 자르고 이야기하면 뭔 소린지 모르기 마련이지만.

주먹, 욕심, 사탕가게, 꼬마.

이 키워드에서 나올 이야기는 하나였다.

"유리병에 손을 집어넣어 가져갈 수 있는 만큼 사탕을 주기로 했다는 동화 말씀인가요?"

"그래. 거기서 꼬마는 어땠지?"

여러 바리에이션이 있지만, 결국 동화는 남몰래 유리병 속의 사탕을 잔뜩 움켜쥔 꼬마의 손이 유리병에서 빠져나오지 못해 엉엉 우는 꼬마를 서사의 중심에 두고 있다.

"손에 쥔 사탕을 포기했어요."

그리고 동화에서는 '손에 잔뜩 쥔 것을 놓으렴.' 하는 어른의 말을 듣고 사탕을 놓았더니 손이 쏙 빠지더라는, '욕심은 화를 부른다'는 전형적인 교훈을 담고 있는 내용이었다.

내 대답에 이휘철이 비웃음을 흘렸다.

"그래. 동화에선 그러했지. 하지만 나라면 사탕을 쥔 채 유리병을 깨부쉈을 거란다."

대체 애 앞에서 무슨 소릴 하는 거야?

"기업도 이와 같다. 유리병이라는 이름의 제도, 규제, 한계, 사회적 인식과 그 안에 든 사탕이라는 이익. 우리는 그 유리병 속에 손을 집어넣어 한 움큼의 사탕을 꺼내야 하는 꼬마란다."

"……."

"기업이란 사람의 욕망을 대변하는 괴물이다. 그리고 무수한 욕망이 모여 기업을 움직이지. 기업의 동력이란 결국 욕망, 누가 얼마나 더 큰 욕심을 갖고 있느냐에 따라 그 심장에 피를 내보내는 것이니라."

말하는 이휘철의 눈빛에선 다시금 불길이 일렁였다.

"결국엔 누가 더 강렬한 욕망을 품느냐의 문제란다. 그것이야말로 기업에 있어 가장 중요한 것이지."

이휘철이 보란 듯 펼쳤던 주먹을 다시 꾹 쥐었다.

"그래서 우리는 항상 주먹을 쥐고 있어야 한다. 빼앗기지 않기 위해. 그리고…… 손에 쥔 것을 온전히 갖기 위해서."

"……."

"내가 B를 마음에 들어 한 이유."

이휘철은 펴지지 않을 것 같던 주먹에서 손가락을 하나, 펼쳤다.

"네가 택한 B. 거기엔 욕망이 잠들어 있단다."

'욕망.'

이휘철이 B를 택한 까닭.

아마도 분명 많은 이유가 있었을 것이지만, 이휘철은 그렇게 답했다.

"……그에 비하면 다른 것들은 어디까지나 흐름에 몸을 실었을 뿐이다. 시대가 이렇기 때문에, 또는 그런 추세라서. 하지만 이건 다르다."

이휘철이 주먹에서 꺼낸 손가락으로 상자를 툭툭 두드렸다.

"여기에는 사탕을 포기하거나 하나둘 정도만 가져오겠다는 생각이 없다. 유리병을 깨트려서라도 손에 쥔 것을 포기하지 않겠다는 의지와 욕망이 드글드글하지."

이휘철이 씩 웃었다.

"한데, 성진아."

"예, 할아버지."

"그런 의미에서 너는 욕심쟁이로구나."

이휘철이 그윽한 눈으로 나를 바라보았다.

"그러니 내가 마음에 들어 하는 것을 갖고 싶었던 거겠지?"

의도했던 결과대로, 이휘철 회장에겐 내 대답과 태도가 마음에 들었던 모양이었다.

그러나 그 눈은 손주를 보는 눈이 아닌, 기업의 계승자로서, 또는 경쟁 상대로서 기대가 묻어나는 눈이었다.

만일 내가 그의 친손주가 아니었더라면.

'꿀꺽.'

그는 불꽃같은 남자였다.

나는 이휘철 회장을 거스른 이가 어떤 말로를 맞이했는지 알고 있다.

'이휘철은 이성진을 어떻게 생각하고 있을까.'

여기서 어린아이의 가면을 뒤집어쓴 채 물러나는 것도 가능하다.

하지만.

나는 맞서기로 했다.

그러지 않으면, 내 운명은 바뀌지 않을 것이기에.

나는 대답했다.

"할아버지, 괜찮아요. 정 갖고 싶으시다면 가지세요. 저

안 주셔도 돼요."

"......응?"

이휘철의 눈에서 실망의 빛이 사라지기 전에.

"어차피 제가 가지고 있어도 아버지가 못 하게 하실 테고. 그래도 시간이 지나면 그건 조만간 제 것이 될 테니까요."

이어진 당돌한 대답을 들은 이휘철이.

"하하하하핫! 녀석도 참."

웃었다.

"걱정 말거라. 네 아버지한테는 내가 잘 말해 주마. 선물을 주기로 했으니 할애비도 거기까진 책임을 져야 하지 않겠니?"

그는 내 대답이 마음에 든 모양이어서.

'휴우.'

나는 속으로 안도했다.

'그나저나 플레이스테이션의 목업 버전이라.'

어차피 구동용 소프트웨어가 없으니 텅 빈 깡통이지만.

'전생과는 달리 이것저것 생기는군. 컴퓨터며 게임기까지.'

그리고 나는 이때까지만 하더라도 그저, 게임기가 하나 생긴 정도로만 생각하고 있었다.

나는 방으로 돌아오자마자 침대에 누웠다.

'기가 빨려 들어가는 것 같아.'

이태석도 만만찮은 인물이었으나, 이휘철은 더했다.

'당최 무슨 생각을 하고 있는 건지, 원. 그게 애한테 할 소린가?'

저런 아버지와 할아버지 아래서 자랐으니, 이성진도 괴상망측하게 자란 것이라고, 그렇게 생각했다가 이내 고개를 저었다.

'……아니지, 이성진은 저런 이야기를 듣고 자라지 않았을 거야.'

책상에 놓인 컴퓨터가 눈에 들어왔다.

작은 변화.

내 행동거지의 변화가 나비효과를 일으켜 이태석과 이휘철의 태도 변화를 불러온 것이다.

'키워 볼 만하다, 생각했을까?'

그럴지도.

나는 한성진 남매와 한 지붕 아래 살기 시작한 뒤부터 갑자기 철이 든 것처럼 보였으니까.

'이젠 이휘철도 신경 써야 하는 건가.'

이런저런 생각을 하는 사이 깜빡 잠이 든 모양이었다.

똑똑.

노크 소리에 나는 잠에서 깼다.

"예."

"도련님, 식사하러 내려오세요."

안동댁의 말에 나는 침대에서 몸을 일으켰다.

'오늘부턴 이휘철의 밥상머리 교육도 시작되는 건가? 아이고.'

계단을 내려오면서, 나는 멈칫하고 말았다.

이태석의 목소리가 들려왔던 탓이다.

"아버지, 성진이는 아직 고작 11살입니다. 이제 국민학교 4학년생이라고요."

그리고 대답하는 이휘철.

"안다."

"그런데 지금 대체……. 고작 게임기라고 해서 애들 장난처럼 보이십니까?"

"……너야말로 이게 장난처럼 보이냐?"

"……."

두 거인이 싸우고 있었다.

이거, 물러설 수도 없고.

"멀티미디어 사업부는 제가 밑바닥에서부터 키운 겁니다! 그런데 그걸 고작 11살짜리 애한테 맡기겠다뇨!"

이태석의 말엔 나도 어처구니가 없어졌다.

'……뭐?'

방금 전 언쟁 탓인지 이휘철이 합류한 첫 저녁 식사 자리엔 기묘한 정적이 맴돌았다.

"그렇다면 조건이 있습니다."

그 정적도 얼마 지나지 않아, 침묵으로 일관하고 있던 이 태석이 입을 열었다.

"아무리 그래도 사업부 전체를 맡길 수는 없습니다. 한다 하더라도 몇 개 팀 정도만. 그리고 그에 따른 전제……."

이태석이 목소리에 힘을 주었다.

"성진이가 전교 1등을 할 것."

이태석은 그렇게 말하며 나를 힐끗 살폈다가 이휘철을 보 았다.

"어쨌건 학생의 본분을 소홀히 해선 안 되는 것이니까요. 최대한 양보해 드렸습니다."

"클클."

이휘철은 젓가락을 내려놓으며 웃었다.

"들으니 너도 내심 해 볼만 하다고 생각한 모양이구나."

"……."

"그래, 쓸데없이 키운 덩치는 줄여 갈 필요가 있지. 나도 통째로 넘기란 말은 하지 않았다. 방법이야 네가 알아서 해 보려무나."

"……."

'쓸데없이 키운 덩치.'

이휘철은 이태석이 추진 중이던 멀티미디어 사업부를 고 깝게 보지 않는 듯했다.

이태석의 침묵 사이로 사모가 끼어들었다.

"무슨 이야기인가요, 아버님?"

"별거 아니다."

이휘철이 싱글싱글 웃으며 나를 보았다.

"우리 손주랑 장난감 사업이나 하나 해 볼까 해서."

더군다나 그걸 별거 아닌 듯 '장난감 사업' 정도로 이야기하다니.

"어머나."

사모가 나를 보았다가 그 시선을 고쳐 이휘철을 향했다.

"성진이를 데리고 사업을 하시게요? 그래도 얘는 아직 어린걸요, 아버님."

"나 역시 성진이 나이 때 장사를 시작했다."

"정말요? 공교롭네요."

"그렇구나."

"그런데 그 조건으로 전교 1등을요?"

"태석이가 그걸로 납득한다면야. 왜, 아가. 네 생각은 다르더냐?"

"아뇨, 저야 성진이가 하겠다면 괜찮은데……."

사모는 이태석을 보았다.

"여보, 성진이가 다른 사업 이야기를 꺼냈을 땐 조건 같은 거 없이 가만히 계셨잖아요?"

사모의 말에 이태석은 뜨악한 얼굴이었다.

사모는 은근히 사태의 핵심을 짚을 때가 왕왕 있었다.

"……아니."

이태석이 헛기침을 했다.

"흠, 흠. 기획과 실행은 엄연히 구분해야지. 급식과 방과 후 교실 건을 기획 단계에서 언급했을 뿐인 거랑 사업체를 굴리며 유지하는 일은 다르지 않겠어?"

"그런가요?"

"그럼."

"그런 것치곤 방과 후 교실에 관해선 거의 일임하지 않으셨어요?"

"끙…… 그건 어디까지나 민혁 군이 도와주고 있으니까 그랬던 거고."

사모님 파이팅.

부부의 대화를 듣고 있던 이휘철이 씩 웃었다.

"그래. 들으니 너, 뭔가 새로운 사업을 진행 중이라면서?"

"아, 예. 현재 장학재단과 연계해서 급식 사업을 추진하고 있습니다."

"그것도 성진이가 구상한 거라지?"

"처음엔 그랬습니다. 하지만 지금은 아니고요. 이미 설비 계약은 물론이고 유통 관련해서 손을 보고 있는 단계입니다."

"그래, 그건 성진이가 감당할 수 없는 일이겠구나."

"그렇습니다."

아뇨, 시켜만 주십쇼. 할 수 있습니다.

이휘철이 씩 웃었다.

"그러면 방과 후 교실이라는 건 성진이가 할 수 있는 일이고?"

"비약이 심하십니다. 말씀드렸다시피 그건 민혁 군을 비롯한 연장자들이 도와주고 있으니까 지켜보고 있었을 뿐이죠. 또, 일이 어느 정도 궤도에 오르고 나면 그 또한 대학생 수준을 벗어난 일감이 될 겁니다."

"그렇게 되겠지. 하지만 그건 성진이가 했던 일이냐, 아니냐?"

"……."

"기업의 일이란 것도 결국 혼자서 하는 일이 아닌데, 그것과 이것 사이에 무슨 차이가 있는지 모르겠구나."

이태석은 입을 꾹 다물었다.

사실, 그의 반발은 멀티미디어 사업부에서 손을 떼라는 이휘철의 독단을 향한 것이기도 했을 것이다.

그리고 이휘철이 '굳이' 내게 멀티미디어 사업부를 넘기려는 건.

'선택과 집중.'

삼광 그룹의 경영 모토이자 불문율이기도 한 이 말 때문일 것이다.

'이휘철은 이태석으로 하여금 반도체 사업에 주력하게끔

하고 싶은 거겠지. 반면 멀티미디어 사업은 그 무엇보다도 계속해서 시류의 흐름을 집중적으로 살펴야 해.'

이휘철은 이태석이 추진 중인 '멀티미디어 사업'이 별 성과를 거두지 못하리라 보고 있었고, 실제로도 멀티미디어 사업부는 추후 불경기 여파 와중에 구조 조정 및 여러 가지 제반 사항으로 해체된다.

어떻게 보면 '쓸데없이 키운 덩치' 운운했던 것도 영 틀린 말은 아니었지만, 결과론에 불과하다는 것이 내 생각이다.

'좀 더 면밀히 살피고 신경을 썼더라면, 삼광전자의 형태도 조금 달라졌겠지.'

또, 그리고 해서 이태석을 아끼지 않는 것이 아니다.

그저 경영자로서 더 넓게 봐야 할 이태석이 멀티미디어 사업에만 매달리는 것이 적합지 않을 것이라 여긴 것일 뿐.

'아무튼 이 집안은 애정 표현 방식이 서투르다니까.'

거, 그렇다고 아들 앞에서 꼽을 주고 그러시나.

"자, 그렇게 됐으니."

이휘철이 나를 보았다.

"성진아, 이 할애비랑 장사나 한번 해 보지 않겠니?"

"……."

"물론 학교 성적과는 관계없다. 세상사 공부가 전부는 아니니까. 원한다면 부서 전체를 컨트롤해 봐도 되고."

솔깃한 제안이긴 했다.

만일 삼광이 손을 대다가 철수하고 만 멀티미디어 사업부를 내 손으로 일궈내 키우게 된다면.

당연히 그룹 내에서 내 입지도 탄탄해질 것이므로.

하지만 나는 여기서 잠시 이태석의 편을 들기로 했다.

"아뇨, 아버지의 말씀을 따르겠습니다."

내 대답에 이휘철, 이태석, 사모의 눈이 나를 향했다.

특히 이태석의 얼굴이 제법 볼 만했는데, 여기서 자신의 편을 들어 줄 거라 생각하진 못했던 모양인지 눈을 크게 부릅뜬 상태였다.

나는 그 시선을 의식하지 않는 척 말을 이었다.

"그러잖아도 조만간 중간고사가 있으니, 그때 전교 1등을 해 보이겠어요."

까짓 거, 하면 될 거 아니오?

어차피 초등, 아니 국민학교 수준이다.

더욱이, 나는 수업이 쉽다 못해 오히려 지루함마저 느낄 지경이었으므로.

'전교1등? 올 100점을 받으면 되겠지 뭐.'

내 대답에 잠시 침묵이 내려앉은 사이, 이태석은 헛기침을 했다.

"흠, 흠. 네가 그러겠다면야. 아버지, 어떻습니까?"

이휘철은 나를 흥미롭다는 양 바라보다가 미소를 지었다.

"어떻게 하건 상관은 없다만, 자신 있는 모양이구나."

"예. 아버지 말씀대로 제 본분은 공부니까요. 세상사 공부가 전부는 아니라고 말씀하셨지만, 자기 앞가림도 못 하는 사람이 다른 것도 잘 해낼 수는 없지 않겠어요?"

이휘철의 참여로 자리 배치가 바뀐 사모는 나를 꼭 안아 주었다.

"아휴, 우리 성진이! 어쩜 말도 이렇게 예쁘게 하니?"

애 취급하는 엄마와 애 취급하지 않는 아빠, 애를 어떻게 생각하는지 모를 할아버지라.

이 밸런스를 어찌할꼬.

"그런데."

나는 사모의 포옹에서 슬쩍 벗어나면서 말을 이었다.

"제 임금은 어떻게 하시겠어요?"

이래 봬도 내면은 경력직인데.

설마, 가족이라는 이유에서 공짜로 부려 먹으려는 건 아니겠지?

대답을 들은 이태석은 픽, 웃었다가 얼른 표정을 고쳤고 이휘철은 만면에 미소를 머금었다.

"그래. 당연한 이야기를 빼놓고 말았구나. 그렇지, 고용에 따른 임금 지불은 당연하지."

잠시 생각하던 이휘철이 말을 이었다.

"좋다. 그럼 내 몫의 지분을 나눠 주마."

"지분요?"

"그래. 쉽게 말하자면 네가 회사의 가치 일부를 갖게 되는 거란다."

아니, 지분이 뭔지 궁금해서 물은 건 아니었는데.

'내게 지분을 나눠 준다고?'

애한테 주식을 준다니, 어떻게 되어먹은 금전 감각인가 잠시 어처구니가 없었지만.

'아니, 이것도 결국 제왕학의 연장선이야.'

깜빡 잊을 뻔했다.

내 앞에 있는 건 이성진의 가족이면서 동시에 삼광 그룹의 이휘철 회장과 이태석 사장이었다.

그것도 지금은 사업 이야기가 오가는 상황.

생각하는 사이 이휘철이 대략적인 설명을 마쳤다.

"……그러니 네 성과 여하에 따라 더 많은 돈이 네 수중에 들어오게 된다. 알겠니?"

"네."

"아, 참. 그렇지."

이휘철이 자상한 미소로 나를 보았다.

"단, 제대로 된 수익을 못 낸다면……."

미소 띤 이휘철이 미소를 더욱 짙게 머금었다.

"손해 본 만큼의 금액은 네 용돈에서 차감하도록 하마. 어떠냐?"

"……."

갑자기 무한책임사원이 되었다.

아무튼 가족 경영은 이래서 문제야.

"당분간은 학업에 열중하겠습니다."

내 선언에 최소정은 고개를 갸웃했다.

"아, 그러니?"

"네."

"음. 어머니 말씀으론 공부를 잘한다고 하던데. 평소에도 노력하는 모양이구나."

이어서 최소정이 한성진을 보았다.

"성진이가 그렇다고 하니까, 한군도 당분간은 시험공부를 할까?"

최소정도 다른 고용인들처럼 사모를 따라 한성진을 '한군' 이라 불렀다.

이러다가 별명으로 정착하는 건 아닐까.

"아, 옙! 저는 괜찮아요!"

"그래. 요즘 국민학생들은 뭘 배우니? 교과서 좀 보여 줄래?"

"방에 가서 가져올게요!"

한성진은 잽싸게 다락으로 향했고, 최소정은 저도 모르게 슬쩍 쓴웃음을 지었다.

아무래도 남자애가 일방적으로 품는 연상에 대한 호의를 어떻게 받아들여야 할지 몰라 난처한 모양이었다.

'풋풋하구만.'

그사이 나는 교과서를 주르륵 꺼내 책상에 펼쳐 놓은 뒤, 학생회장으로부터 얻어 온 지난 시험지를 옆에 그득 쌓아 올렸다.

"이건 뭐니?"

"6학년 선배에게 받은 재작년 4학년 1학기 시험지예요. 보시고 출제 경향을 분석해 문제집을 만들어 주세요."

"……아, 음."

"제가 보니까 몇 가지는 암기 위주인데 반해 수학은 제법 꼬아서 출제하는 경향이 있었어요. 여기 보시면 '보기에서 옳은 경우를 모두 구하라', 하고 적혀 있는데 객관식 문항 전체가 정답인 경우도 있었거든요. 보통 복수의 정답을 고르라고 하면 세 개 이상은 잘 내지 않는데, 이런 경우가 더러 있나 봐요. 그리고…….."

최소정이 아무 말도 없어서 쳐다보니, 그녀는 어처구니없다는 듯이 나를 바라보고 있었다.

"왜요?"

"아니, 그, 열심히 하는 건 좋은데…….."

최소정이 머리칼을 빙빙 꼬았다.

"그렇게까지?"

"전교 1등을 하게 되면 상을 받기로 했거든요."

"상?"

내 대답에 최소정이 웃었다.

"무슨 상을 받기로 한 거니?"

"음…… 장난감요. 신상 게임기라고 해야 되나?"

정확히는 그걸 주관하는 사업이지만.

"장난감? 후후후."

최소정이 웃으면서 내 머리를 마구 헝클어트렸다.

"역시 너도 아직 애는 애구나?"

최소정의 정신 건강을 위해 많은 걸 밝히진 않았다.

그러잖아도 그녀가 자비로 사 온 C언어 서적에는 수기로 쓴 첨삭이 그득했고, 그만큼 성실하기 짝이 없는 성격이니 '제 성적 여하에 따라 대한민국 게임 산업의 미래가 결정돼요' 하고 말하면 어떻게 될지 모른다.

'어쨌건 일면으론 기업의 사유화니 남들한테 자랑스레 밝힐 만한 일도 아니고.'

나는 어깨를 으쓱였다.

"뭐, 어른은 아니죠."

"……그렇게 말하는 걸 보면 영락없는 애늙은인데."

최소정은 그렇게 중얼거리며 내가 가져온 시험지를 꼼꼼히 살폈다.

그리고 며칠이 지났다.

어느 샌가 만개했던 벚꽃은 흐드러지게 피었다가 녹음에 빈자리를 내주었고, 연두색 새싹이 가지마다 방울방울 맺혔다.

4학년 전교 1등 이성진

내 이름이 교무실이며 학급 게시판 최상단에 붙어 있었다.

평균 100점에 빛나는 위대한 성과.

나는 이를 두고 당연한 결과……라고 말하고 싶지만.

'솔직히 조금 위험했어.'

나는 내 이름 바로 밑에 바투 붙어 있는 이름을 보며 가슴을 쓸어내렸다.

4학년 전교 2등 한성진

한 문제 차이였다.

예의 악명 높은 '모두 고르시오' 문제에서 한성진은 주저했고, 그 결과 오답률 97%의 문제에서 고배를 마셨다.

'애라고 얕봤으면 큰일 날 뻔했네.'

아니, 나랑 배운 게 똑같았으니까 어찌 보면 예견된 거긴 한데.

'……이게 바로 사랑의 힘인가?'

그럼에도 한성진의 성과가 나는 괜히 뿌듯하기도 했다.

'한성진도 제법 쓸 만한걸. 역시 나는 머리는 좋은데 공부를 안 하는 타입이었어.'

변별력이 부족한 국민학생 수준이긴 해도.

부촌에 자리 잡은 사립 천화국민학교는 학교 수준이 은근히 높은 편이었다.

그러잖아도 이 동네는 치맛바람이 제법 거셌고, 몇몇 학우들은 내게 은근슬쩍 다가와 그 부모가 시켰을 법한 '어느 학원 다녀?'를 묻기도 했다.

"끙, 역시는 역시네. 역시 이성진이야."

곁에 선 한성진은 입으론 투덜거리면서도 스스로의 성과가 흡족한 모양인지 얼굴엔 미소가 가득했다.

"그래도 우리가 나란히 1, 2등 했으니까 누나도 좋아하겠다, 그치?"

"음…… 그래그래."

나는 한성진의 어깨를 다독여 주었다.

힘내라, 인마.

거 살다 보면 사랑 앞에 좌절할 때도 올 거야.

그게 너에겐 조금 일찍 찾아올 뿐.

"……왜 위로받는 기분이지?"

"신경 쓰지 마."

"아, 그렇지. 오늘 우리 4교시만 하고 끝이라면서?"

한성진이 다니던 저번 학교와 달리, 천화국민학교의 경우는 중간, 기말고사 직후 '시험 휴일'이라는 학교 재량 휴일이 있었다.

'완전 휴일은 아니지만, 어차피 시험 직후니 다들 싱숭생숭하긴 할 테지.'

나는 고개를 끄덕였다.

"일찍 마치긴 하지. 왜?"

"우리…… 성아 데리고 햄버거 먹으러 갈래?"

햄버거?

나는 한성진의 의도를 금방 눈치챘다.

"흠."

"아니, 그게, 다른 뜻이 있는 건 아니고, 그, 성아가 아직 맥도날드 햄버거를 먹어 본 적이 없대서, 하하……."

"……흠."

"이왕이면, 아니, 음, 뭐 그래도 지인이 있는 곳에선 감자튀김이라도 더 챙겨 주지 않을까?"

"흐음……."

"내가 쏠게! 응? 성진아?"

넌 내 자산이 얼만지는 알고 그러냐?

하지만 한성진의 의도야 어쨌건, 나쁘지 않은 생각인 것도 사실.

'슬슬 아리랑 한글의 베타 테스트를 끝낼 때도 됐어.'

전교 1등으로 멀티미디어 사업부 지분을 넘겨받는 것이 확정된 이상, 남들보다 빠르게 저들을 집어삼킬 필요가 있었다.

'겸사겸사 인맥을 통해 쓸 만한 인재가 있는지도 알아봐야지.'

나는 고개를 끄덕였다.

"좋아, 그럼 성아 데리러 가자."

"만세!"

"……나 원, 만세까지 부를 일인가?"

"응? 아니, 그게, 햄버거! 햄버거 때문이거든!"

"누가 뭐래."

그리고 거기서 나는 속으로 만세를 부르게 된다.

생각해 보면, 94년도는 그런 시대였다.

사람과 기회가 모이는 시대.

우리와 함께 버스에 올라탄 최소정은 양손 가득 햄버거가 든 종이봉투를 든 채 쓴웃음을 지었다.

"너희도 참. 내 근무 시간이랑 맞아서 다행이지, 나 없었으면 어쩌려고 그랬니?"

그럴 리가.

내 과외를 하는 마당이니 최소정의 알바 시간표쯤은 이미 꿰고 있었지만, 거기까지 밝히면 나를 징그럽게 생각할까 봐 일부러 언급하지 않았을 뿐.

"헤헤, 그러게요. 아, 잘 먹을게요. 누나."

이번 일을 우연의 일치쯤으로 생각하는 한성진의 말에 최소정이 미소를 지었다.

"아니야. 너희 둘 다 이번 시험에서 정말 열심히 했고, 그 성과가 잘 나왔으니까. 이 정도야 뭘."

최소정은 나란히 전교 1, 2등을 차지한 우리가 대견했는지, 한사코 돈을 내겠다는 한성진을 꾸짖어 가며 자비로 햄버거를 사 주었다.

"언니, 나도 받아쓰기 100점 받았는데요?"

최소정은 한성아의 말에 고개를 끄덕였다.

"응, 그래. 잘했어. 그래서 성아한테도 선물."

"히히, 빨리 맥도날드 햄버거 먹어 보고 싶다."

"저번에 집에서 사모님이 해 주셨다면서? 아마 그게 훨씬 더 맛있을걸."

"그치만 이건 낭만이에요."

"어머, 그런 말도 할 줄 알아?"

"네! 이성진 오빠가 미제 자본주의의 맛을 보러 가자고 했어요."

"……."

최소정이 나를 힐끗 쳐다보더니 고개를 저었다.

"성진아, 애한테 그런 말 하면 못 써."

"저도 앤데요?"

"……그런 말을 하는 어린이는 너밖에 없을 거 같아."

나는 어깨를 으쓱인 김에 화제를 바꿨다.

"그런데 정말 저희가 가도 괜찮을까요?"

"괜찮아. 아까 통화했을 때 형석 선배도 성진이 너 보고 싶다고 말했고. 가면…… 아마 다들 잘해 주실 거야."

오후 수업을 겸해 학교로 돌아간다는 최소정에게 '견학해도 될까요?' 하고 물은 건 나였다.

잠시 생각하던 최소정은 어디론가 전화를 걸더니 흔쾌히 고개를 끄덕였고, 우리는 지금 한국대로 가는 중이었다.

한편 매장 내 공중전화기로 통화가 끝난 뒤, 그 결과 우리 손엔 바리바리 싸 든 여분의 햄버거 세트가 봉투로 들려 있었다.

한성진이 입을 열었다.

"근데, 누나. 이런 식이면 나중엔 햄버거 가게도 배달을 하게 되는 거 아닐까요?"

"풋. 패스트푸드 업체가 중국집도 아니고, 설마 그러겠니?"

반면 나는 한성진의 선견지명에 고개를 끄덕였다.

'전국적인 체인 배달 사업이라, 그것도 해 볼 만은 하지.'

버스를 탄 우리는 'ㅎ'가 적힌 관악구 한국대학교로 들어갔다.

"ㅎ?"

버스 창에 코를 바짝 붙이고 있던 한성아가 최소정을 돌아보았다.

"언니, 저게 무슨 뜻이에요?"

"국립한국대학. 한글 자음인 기역(ㄱ) 히읗(ㅎ) 디귿(ㄷ)을 하나씩 따서 붙인 거야."

"어라, 진짜네? 신기하다."

나는 회, 고기, 담배의 약어라는 농담을 던져 보고 싶었지만 애가 할 말도, 애가 들을 말도 아니라 관뒀다.

'그나저나 여기도 오랜만이군. 이 시대엔 올 일이 없었지만.'

버스는 아름다운 캠퍼스를 뒤로하고 관악산의 정기를 받아 산으로, 산으로, 최소정과 우리를 제외한 남자들을 실은 채 다른 학생들과 격리되는 공학부 건물로 올랐다.

관악산에 둘러싸인 참으로 고즈넉한 풍경이었지만.

그래서일까, 관련자 중엔 '이 면학 분위기 속에서 닥치고 연구나 하라는 학교의 뜻'이라며 투덜대던 이도 있었다.

「누군가 조국의 미래를 묻거든 고개를 들어 관악산을 보게 하라. 그러니까 먼 산만 보라고.」

지인의 자조 섞인 농담이었다.

버스에서 내려 등산을 조금 한 뒤, 최소정을 따라 어느 방으로 들어가니 박형석과 낯설고 익숙한 인물이 있었다.

'……어라?'

내가 그 인물 앞에서 멈칫하는 사이 최소정이 웃으며 인사했다.

"안녕하세요, 선배님. 햄버거 사 왔어요."

"아, 그래. 오랜만이네."

남자는 최소정의 인사를 받으며 그녀의 뒤에 있던 우리를 힐끗 살폈고, 개중 구면인 박형석이 먼저 앞으로 나섰다.

"왔어? 무거웠지?"

"아니에요, 선배. 아, 제가 할게요."

"아냐, 됐어."

박형석은 자연스럽게 햄버거 봉투를 빼앗아 중앙 탁자에 내려놓았다.

"그런데 '성진이들' 말고 처음 보는 꼬마도 있네?"

나는 한성아의 어깨에 손을 얹었다.

"한성진의 동생인 한성아예요. 성아야, 인사."

"안녕하세요! 천화국민학교 1학년 6반 한성아입니다!"

최소정이 탁자에 햄버거를 늘어놓으며 미소를 지었다.

"죄송해요. 애들이 학교를 구경하고 싶대서요."

"들었어. 그나저나 공과대학은 관악산 말곤 볼 게 없는 데……."

자조적으로 중얼거리던 박형석은 고개를 돌려 나를 소개했다.

"아, 정주 형. 여기는 제 소중한 베타테스터인 이성진과 한성진이에요. 소정이가 컴퓨터 과외를 하고 있는 학생들이 기도 하고요."

헤진 소파에 앉아 물끄러미 나를 지켜보고 있던 남자는 그제야 일어섰다.

"그랬군. 난 또 언제부터 보육원이 됐나 했네."

"아, 그리고 여기 영수증. 잘 먹을게요, 형."

남자는 영수증을 쓱 훑어보더니 주머니에 찔러 넣고 지갑을 꺼냈다.

"소정아, 쟤들 영수증도 줘. 내가 낼게."

"네? 아, 아니에요, 선배님. 얘들 건 제가 샀어요."

"투자야, 투자."

그러면서 남자는 나를 보며 씩 웃었다.

"이렇게라도 빚을 만들어 두면 나중에 우리 회사의 인재가 될지 누가 알아? 안 그래?"

그건 결국 최소정에게 있던 한성진의 심리적 채권을 받아

갔을 뿐이긴 하지만.

그 사고가 흥미로웠던 나는 그를 향해 싱긋 웃어 보였다.

"반갑습니다. 이성진입니다. 잘 먹을게요."

"반갑다. 나는 임정주라고, 이 학교 졸업생이야. 흠, 그나
저나 벌써부터 컴퓨터를 배운다니, 장래가 아주 촉망되는걸."

나는 내민 손을 꾹 맞잡았다.

'역시!'

임정주.

미래엔 시총 15조의 회사를 이끄는 거물도 이 시기엔 아직
20대 후반에 불과했다.

'……아무래도 영입 차 학교를 찾아 온 모양인데.'

실제로 대한민국의 쟁쟁한 1세대 인터넷 강자들은 대부분
한국대-나이스트 라인이었다.

'그 인맥을 기대하지 않은 건 아니었지만…….'

이렇게 공교로울 줄은.

나는 이태준이 말한 '사람과 기회가 모이는 운'을 의식하지
않으려 애썼다.

나와 악수를 나눈 임정주는 이어서 한성진 남매와도 인사
를 주고받았다.

"반갑습니다, 한성진입니다!"

"그래, 옆에 여자애 오빠랬지? 근데 이성진이랑 너, 둘이
이름이 같네."

"네. 그래서 다들 저더러 한군, 한군 하고 불러요."

자발적으로 밝히는 걸 보니 그 호칭이 마음에 들었나 보다.

"혹시 이성진이랑 가까이 사니?"

"네, 같이 살아요. 어떻게 아셨어요?"

"간단하지. 그런 게 아니라면 어른들이 구태여 그렇게 부를 까닭이 없을 테니까."

"와…… 그러네요."

한성아가 끼어들었다.

"우리 아빠가 이성진 오빠네 운전기사예요."

"……아, 그래?"

임정주가 나를 새삼스럽다는 듯이 쳐다보아서, 나는 어깨를 으쓱였다.

"어른들 사정이죠."

"음."

임정주는 다시 몸을 돌려 소파에 앉았다.

"그나저나 배고프다. 햄버거 개수를 보니, 너희들도 아직 안 먹었지? 같이 먹자."

우리도 임정주를 따라 소파에 앉았고, 최소정은 '수업이 있어서 다녀올게요' 하며 떠나갔다.

내 곁에 앉은 박형석이 햄버거 포장지를 뜯으며 입을 뗐다.

"그런데 너희들, 학교는?"

"오늘 시험 휴일이라서, 4교시까지만 하고 일찍 마쳤어요."

"그래서 햄버거 먹으러 갔어?"

"네. 성아가 아직 맥도날드 햄버거를 먹어 본 적이 없다고 했거든요."

최소정을 향한 한성진의 연정은 일부러 숨겨 주었다.

이게 남자의 의리가 아닐까.

"그랬구나. 시험은 잘 봤니?"

박형석의 질문에 한성진과 나는 손가락으로 브이를 그려 보였다.

"1등."

"2등이에요."

"저는 받아쓰기 백점."

한성아까지 햄버거를 먹다 말고 끼어들어서, 박형석이 웃었다.

"전교에서?"

"물론이죠."

"오."

뭐, 박형석도 명색이 한국대생이니 전교 1등은 밥 먹듯 했겠지만 일단 놀라기는 해 주었다.

"소정 누나 덕분이죠 뭐. 이제 시험도 끝났으니 다시 컴퓨터 공부를 시작할 거예요."

"그러고 보니 프로그래밍 배운다며? 쉽지 않을 텐데. 어디까지 배웠니?"

"지금은 알고리즘을 배우고 있어요."

"응. 알고리즘은 재밌는 편이지. 고등학생 때도 배우고."

박형석은 쓴웃음을 지었다가 슬쩍 화제를 바꿨다.

"그런데 여기까진 어쩐 일이야? 말이 나와서 하는 거지만, 별로 재미는 없을 건데."

"형 보러 왔어요."

"나를?"

박형석은 '내가 이렇게 애들한테 인기가 좋았나' 하는 얼굴로 으쓱였다.

"무슨 일인데?"

"아버지께 아리랑 한글을 보여 드렸더니, 아주 흥미로워하시더라고요."

"켁."

박형석은 얼른 콜라를 한 모금 마셔서 진정했다.

"그, 그걸 보여 드렸어?"

"네. 아주 마음에 들어 하시던데요? 어쩌면 다음 컴퓨터에 번들로 탑재할 수도 있을 거 같아요. 물론 형네 팀이 원한다고 하면요."

"……."

이태석과 거기까진 이야기하지 않았지만, 멀티미디어 사업부의 일부가 내 손에 들어오는 것이 기정사실이 된 시점에서 가볍게 딜을 걸어 보았다.

'뭐 한컴을 갖는 건 나쁜 일이 아니고. 사실, 이태석도 제법 마음에 들어 했지.'

이휘철과 이야기가 있고 난 뒤, 이태석은 내가 전교 1등을 차지할 거란 걸 확신한 것처럼 나를 서재로 불러 이런저런 이야기를 들려주었다.

머리를 식히고 나니 어디 한번 멀티미디어 사업부서의 몇 개 팀 정도는 내게 맡겨 보는 것도 나쁘진 않겠다는 생각이 들었던 모양이었다.

호감도를 착실히 쌓아 두길 잘했단 생각이 들었다.

'사실 멀티미디어 사업부는 벌여 놓은 것에 비해 별 돈이 안 되기도 했고.'

또 그렇다고 다른 친척에게 넘겨주는 것보단 차라리 내가 갖고 있는 편이 훨씬 낫겠다고 여겼던 모양이다.

'한 지붕 아래에서 살면 참견도 쉬우니.'

박형석은 생각에 깊이 잠겼다가 고개를 저었다.

"미안, 좀 갑작스러워서. 생각 좀 해 볼게."

"괜찮아요. 천천히 생각해 보세요."

한편 임정주는 불쑥 튀어나온 우리 대화에 어처구니없다는 듯, 동시에 나를 물끄러미 쳐다보며 입을 열었다.

"형석아, 얘 대체 누구냐?"

임정주는 내가 누구인지 배경까진 듣지 못한 듯했고, 나는 박형석 대신 대답했다.

"저희 아버지가 삼광 그룹에서 일하고 계시거든요."

임정주는 내 말에 잠시 멈칫했다가 조심스럽게 물었다.

"혹시…… 이태석 사장님?"

"네."

"할아버지는 이 휘 자 철 자 쓰시는 분이고?"

"네."

"흐음…… 이거 참."

임정주는 햄버거를 크게 한 입 베어 물곤 콜라를 쭉 빨아 삼켰다.

"눈 뜨고 코 베어 간다더니, 바로 눈앞에서 후배를 빼앗기고 말았네."

역시, 임정주는 박형석에게 그가 설립할 벤처에 영입 제의를 하러 온 모양이었다.

나는 모른 척하고 물었다.

"빼앗겨요? 형석이 형을요?"

"응. 사실 이 형이 회사를 하나 차리려고 하거든."

임정주는 대답하면서 박형석을 힐끗 살폈다.

"그래서 인재를 영입 중이었어. 그런데 성진이 네가 더 솔깃한 제안을 던져 왔으니 물 건너갔네."

박형석이 장래 그 밑으로 들어갔는지 여부는 알 수 없지만, 아마 그는 임정주의 제안을 거절했을 거다.

그걸 대변하듯 박형석이 쓴웃음을 지었다.

"미안, 성진아. 나 혼자 결정할 일은 아닌 거 같아."

그는 돈보단 하고 싶은 일을 따라 움직이는 사람이었으니까.

"괜찮아요. 천천히 생각해 보세요."

"그래. 신경 써 준 건 고마워."

박형석의 대답에 임정주가 피식 웃었다.

"왜? 형석아, 이거 되게 좋은 기회야. 국내 완성형 PC 시장의 삼광 점유율은 제법 높은데."

"형, 그래도."

박형석이 내 눈치를 힐끗 살폈다가 말을 이었다.

"나는 최대한 많은 사람들이 아리랑 한글을 써 줬으면 하는 거야. 그런 의미에서 독점은 사실 좀⋯⋯."

"하긴."

임정주가 어깨를 으쓱였다.

"내가 참견할 일은 아니지만, 그래도 이왕이면 여러 사람이 쓸 수 있는 계기라도 생기는 게 다홍치마 아니겠냐 싶어서."

"⋯⋯."

"게다가 혼자서 유통망 만들고 업체 알아보는 거, 생각보다 힘들다? 생산이며 수수료도 만만치 않아. 이상은 좋지만,

그래도 그것만 알아 두라고."

"……예. 감사합니다, 정주 형."

거기서 나는 슬쩍 끼어들었다.

"형석이 형, 저는 아리랑 한글을 독점하겠다는 생각은 하지 않았어요."

"응?"

박형석이 솔깃해하며 반응을 보였다.

"바라신다면 그야 일반 소비자에게도 판매가 가능해요. 대신, 삼광이 일정 부분을 투자한다면 유통 과정에 도움을 줄 수 있을 거란 생각이 들어서요."

나도 독점까진 바라지 않는다.

하지만 그걸 계기로 한컴의 지분을 어떻게든 얻어 낸다면, 그것도 괜찮았다.

'컴퓨터를 사니 편리한 문서 편집 프로그램이 깔려 있다, 이 정도만 해도 당분간은 쓸 만하니까.'

아직은 그런 시대였다.

대기업의 완성형 PC가 시장을 점유하는 시대.

"음……."

내 말을 들은 박형석은 생각에 잠겼고, 임정주가 눈을 반짝 빛냈다.

"이성진."

"예?"

"너 제법 잘 아는 거 같은데."

"아, 네. 뭐 저도 컴퓨터는 배우고 있으니까요."

"아니, 내 말은······."

임정주는 말끝을 흐렸다가 고개를 들었다.

"······너 혹시, 인트라넷이라고 아니?"

그 말에 한성진이 감자튀김을 집어 든 채 고개를 들었다.

"인터넷이 아니고요?"

한성진도 나와 함께 컴퓨터를 배우고 있으니, 인터넷 정도는 물론 알고 있었다.

"응. 인터넷이 아니라, 인트라넷. 기관 내에서만 사용하는 전용 사설망이라고 하면 될까."

그리고 나는 그 말에 미소를 지었다.

국내 최초의 그래픽 온라인 게임인 〈바람의 왕국〉으로 유명세를 떨치며, 게임 회사로 잘 알려진 넥스트.

하지만 사실 넥스트는 그보다 앞서 여러 소프트웨어 기술을 보유하고 있었다.

'이들을 통해 아시안항공이 온라인 예매 시스템을 도입하기도 했지.'

이러한 기술을 바탕으로 넥스트는 외부 투자 없이 회사를 운영할 수 있었고, 그 결과 외압이며 자금난의 압박 없이 바람의 왕국을 개발할 수 있었다고 훗날 술회하였다.

그중 인트라넷이 있다.

인트라넷은 회사뿐만 아니라 학교, 군대, 정부 공공 기관 등 각종 조직에서 사용하는 폐쇄 사설망으로, 주로 보안을 위해 쓰이곤 하나 효율적인 업무 정보 공유를 위한 기능이기도 하다.

'삼광도 추후 자체 개발한 인트라넷 사업으로 돈을 좀 만지긴 하지만, 그것도 21세기쯤 모바일 기기 경쟁력을 얻은 뒤의 이야기야.'

그리고 지금 임정주는 삼광 그룹 내부에 자사 인트라넷을 솔루션할 수 있으리란 생각으로 내게 딜을 걸어오는 중이었다.

'가끔씩, 몇몇 사람들은 내가 아직 애라는 걸 간과하는 거 같아. 사실이긴 하지만.'

임정주가 말을 이었다.

"그래서 말인데, 혹시 삼광에서 쓰고 있는 게 있니?"

다만, 애석하게도.

이태석도 호락호락한 인물은 아니었다.

"네, 있다고 들었어요."

"쿵, 역시나……. 대기업의 벽은 높네."

그리고 생각했다.

'……잘만 하면 넥스트에 개입할 여지를 끌어들일 수도 있겠어.'

나는 힘없이 햄버거를 우물거리는 임정주에게 제안을 던

졌다.

"그래도 아직 개선점은 필요할지도 모르죠. 아버지께 한 번 말씀드려 볼까요?"

"어, 정말?"

"네."

나는 당장 넥스트의 인트라넷 기술보다도 그 뒤에 따라올 이권을 꿈꾸고 있었다.

'그걸 이용해 철벽 경영권 방어로 유명한 넥스트의 지분을 따올 수 있다면야.'

아직 상장도 하지 않은 벤처기업이니, 그 싹이 자라기 전에 거름이라도 뿌려 두는 것이 나중에 개입하는 것보다 더 좋은 모양새가 나오리라.

임정주는 조용히 흥분을 억누르며 메모지를 꺼내 끼적이더니 내게 건넸다.

"미안, 명함을 두고 와서. 내 연락처야. 그러고 보니 아직 초면인데, 너무 과한 부탁을 하는 거 아닐까 모르겠네."

거기에 애를 상대로 말이지.

나는 미소 띤 얼굴로 임정주의 개인 연락처를 받았다.

"아뇨, 뭐든 기회가 닿으면 인연 아니겠어요?"

"……너 애 맞냐."

그걸 이제야?

나는 임정주의 전화번호가 적힌 연락처에 하이텔, 천리안

메일 주소가 적힌 것을 보았다.

"삐삐 번호도 넣었어."

"아, 예."

무심결에 대답한 나는 멈칫했다.

'어라, 생각해 보니…….'

그 순간 떠오른 가능성에 머리가 핑핑 돌았다.

'……이거 노다지네 노다지야. 금광이 따로 없어.'

90년대 후반과 2000년대 초반에 걸쳐 우후죽순 쏟아지던 벤처기업들의 가능성이 눈앞에 펼쳐졌다.

'그럼 움직여 볼까.'

나는 햄버거 포장지를 손안에 구겼다.

"잘 먹었습니다. 성아야, 맛있었어?"

감자튀김을 집어 들었던 한성아가 고개를 갸웃했다.

"……글쎄?"

"왜?"

"사모님이 만들어 주신 게 훨씬 맛있어."

"그래. 나중에 그렇게 말씀드리면 좋아하실 거야."

"응. 그런데 이건 야채가 적어서 좋은 점도 있어."

"골고루 먹어야지."

"이성진 오빠 또 잔소리야."

이어서 나는 멍하니 생각에 잠겨 있던 박형석을 보았다.

"형, 밥도 다 먹었는데 동아리 방 구경하러 가도 돼요?"

"……응? 아, 그래. 물론이지."

박형석은 허둥지둥 답하곤 미소를 지어 보였다.

"안 그래도 다들 성진이 너를 만나 보고 싶어 하더라고."

"그래요?"

"응. 네가 준 피드백이 많은 도움이 되었거든."

하긴 뭐, 미래의 눈으로 보고 전한 피드백이니 당장 UX 부분에서도 개선이 압도적이겠지.

"그럼 제 지분도 제법 되겠네요?"

"응? 지분? 하하하! 그래, 그렇겠네. 이 정도면 성진이한 테 한 30%는 떼어 줘도 되겠는데? 아, 지분이 뭔지는 알아?"

박형석은 웃으며 말했지만.

'……그 말, 농담이 아니게 해 드리지.'

나는 어린이의 천진한 미소를 보냈다.

"약속한 거예요?"

"……왠지 등골이 서늘한데."

아, 너무 들이댔나.

임정주도 다 먹은 포장지를 구기곤 박형석을 보았다.

"나도 따라가도 되지?"

"물론이지, 형. 근데 나 말고 다른 후배까지 노리는 거 야?"

"흥, 형석이 너는 성진이한테 이미 빼앗긴 모양이지만, 다른 후배들은 안 뺏길 거거든."

임정주의 말에도 나는 백만 불짜리 미소를 보냈다.

"네, 힘내세요."

"착각인지 모르겠지만, 왠지 위로처럼 들리네."

"에이, 설마요."

결과는 뻔했다.

'이 시기 창업의 기회와 벤처기업 입사, 둘 중 하나를 고르라면 당연히 전자지.'

나중엔 대기업 입사가 목표인 시대가 오지만, 지금은 무엇이든 할 수 있으리라 믿는 황금기였으니까.

"……성진이 쟤는 가끔 일부러 어린 척을 한단 말이야."

한성진의 중얼거림이 들렸지만, 무시했다.

어쨌거나 신체적 나이는 무기이기도 하거든.

게다가 인정하긴 싫지만, 이성진이 얼굴 하난 잘생겼으니까.

'크큭, 내 귀여움으로 다 포섭해 주지.'

그런데 한성아가 질색하며 나를 보았다.

"이성진 오빠, 징그러."

"……."

중대 발표가 있는 날인데도, 오늘 저녁은 이휘철이 부재중이었다.

상석에 앉은 이태석은 아무렇지 않은 척 내게 슬쩍 물었다.

"시험 결과가 나왔지?"

"네. 전교 1등입니다."

나는 성적이 찍힌 종이 쪼가리를 꺼내 이태석에게 내밀었다.

"흠."

이태석은 그걸 힐끗 보더니 당연한 결과라는 듯 고개를 끄덕였다.

"뭐, 국민학생 수준이니까 이 정도야."

그러면서도 입꼬리가 씰룩이는 모습이 제법.

사모는 그런 이태석을 보며 소리 죽여 웃더니 나를 향했다.

"들으니까 한군도 시험 잘 봤다면서?"

"네. 제가 전교 1등이고, 한성진이 2등이었어요."

"으음, 소정 씨 공부 잘 가르치네."

고개를 끄덕인 사모가 곤란하다는 듯 과장되게 말을 이었다.

"안 그래도 오늘 전화가 몇 통이나 걸려 왔는지 원. 다들 소정 씨 좀 소개시켜 달라고 성화지 뭐야."

"그래요?"

"응. 의대생보다 훨씬 낫다면서. 나 참 소정 씨는 우리 성진이 컴퓨터 선생인데."

사모는 이태석과 달리 기쁨을 감추지 않았다.

"이게 다 우리 아들이 잘나서 그런 건 줄도 모르고, 그치?"

"하하……. 성진이랑 저랑 한 문제 차이였는걸요."

"그래도 1등이랑 2등은 다르잖니. 뭐, 한군도 잘하긴 했지만."

괜히 투덜거린 사모는 이어서 눈을 반짝였다.

"오늘 그래서, 햄버거 먹고 왔다면서?"

"아, 네. 성아가 아직 햄버거를 못 먹어 봤다고 해서요. 일찍 마친 김에 겸사겸사."

"그래. 성아 걔가 '사모님이 만들어 주신 게 더 맛있어요.'라고 하더라? 아휴, 조그만 게 말도 참 예쁘게 하지."

역시 시키는 대로 잘하는군.

사모는 반찬을 뒤적거리며 말을 이었다.

"그나저나 소정 씨도 그런 돈 안 되는 알바보단 과외를 더 늘리는 게 나을 텐데. 엄마가 소개해 줄 수도 있고."

하긴, 이번 시험 결과로 최소정의 과외 몸값도 많이 올랐을 거다.

가르치는 학생 둘이 전교 1등과 2등을 나란히 차지했으니까.

"그래도 거기가 학교랑 가깝기도 하고, 일을 시작한 지도 얼마 안 되어서 당장은 힘들 거예요."

"얘는. 그래도 돈 준다는 거 마다하는 사람 없다잖니."

"사람마다 가치의 기준은 다른 법이니까요."

"어머머."

그러자 안 듣는 척 밥을 먹고 있던 이태석이 끼어들었다.

"성진이 말이 맞아. 젊어서부터 당장 돈 되는 일만 찾는 버릇 하면 못 써."

"그런가요?"

"그래. 저번에 보니까 제법 똑 부러진 애던데, 어련히 알아서 하겠지. 거기까진 오지랖이야. 게다가 업의 원칙이라는 게 있는 법이고."

이태석은 사모보단 나에게 들으라고 말하는 듯, 그 시선으로 나를 보며 말을 이었다.

"또, 나라면 돈만 보고 움직이는 사람은 신뢰하지 않을 것 같군."

나는 대답했다.

"당장의 이득보다는 멀리 보는 사람을 택하란 말씀이신가요?"

"그런 사람을 내 편으로 만든다면 그만큼 든든한 일도 좀처럼 없지. 돈보단 뜻을 함께할 수 있는 사람을 고용할 수 있다면 그게 곧 동료인 법이야."

나를 대하는 이태석의 어조나 분위기, 이 집 식사자리에
풍기는 기류는 처음에 비해서도 퍽 부드러워져 있었다.

"……드리고 싶은 말씀이 있습니다."

　　나는 타이밍이 온 김에 말을 꺼냈다.

"오늘 한성진 남매와 함께 햄버거를 사 들고 한국대학교엘
다녀왔어요."

　　내 말에 사모가 고개를 끄덕였다.

"맞아, 그랬댔지. 어땠니?"

"좋았어요. 여러 사람도 만날 수 있었고요."

　　이태석이 끼어들었다.

"그중 소개하고 싶은 사람이 있는 거냐?"

"네."

　　나는 임정주가 적어 준 연락처를 꺼냈다.

"임정주라고, 사업을 시작한단 형을 만났어요."

"흠. 무슨 사업?"

"인트라넷을 다룬다고 하더라고요."

　　그도 내게 '게임을 개발 중'이란 말은 하지 않았으니, 일단
은 그렇게만 전했다.

"음."

　　이태석이 흥미를 보였다.

"벌써 인터넷을 주목하고 있다니, 손이 빠르구나."

　　이태석은 종이 쪼가리를 들어 잠시 살피더니 피식 웃었다.

"그리고 너에겐 명함을 놓고 왔단 말을 했겠지?"

"……예."

"게다가 내 생각인데 학교엔 고용을 위해 갔을 것이고. 그러니 아직 법인 설립은 하지 않은 상황이겠지."

단서만 듣고서 거기까지 짐작해 내다니. 과연, 이태석도 인물은 인물이었다.

아주 족집게네. 용하다, 용해.

"성진아, 네가 보기엔 어떻더냐?"

"일단은…… 아버지가 말씀하신 대로 돈만 보고 움직이는 사람은 아니었어요. 햄버거값도 내 줬고, '이렇게라도 빚을 만들어 두면 나중에 우리 회사의 인재가 될지 누가 알아?' 하고 말했어요."

내 대답에 이태석이 미소를 지었다.

"햄버거에 팔린 건 아니고?"

나는 이태석의 시니컬한 농담을 미소로 받았다.

"어차피 한성진이 사겠다고 해서 간 건데요? 결국 소정 누나가 선물이라며 사 주긴 했지만요."

"하긴, 너에게 뇌물은 통하지 않겠구나."

피식, 웃은 이태석은 무릎에 올린 손가락을 톡톡 두드리더니 고개를 끄덕였다.

"흠. 뭐, 일단은 생각해 둔 바가 있으니 보류해 두마."

"……예."

이래서야 오케이인지 아닌지 잘 모르겠다.

나는 한 가지 패를 더 꺼냈다.

"그리고, 아버지."

"음?"

"오늘 컴퓨터 동아리 사람들을 만나서 아리랑 한글을 우리 회사 컴퓨터에 탑재하는 건 어떨지 물어봤어요."

이태석은 내 말에 눈을 가늘게 떴다.

"벌써부터 사업 준비를 하는 게냐?"

"그럼요, 약속한 대로 전교 1등을 했잖아요?"

"하하하, 녀석."

이태석이 웃음기 어린 얼굴로 말을 이었다.

"하긴, 만듦새가 제법 괜찮긴 했지. 그쪽의 대답은?"

"저희 회사의 마이티 스테이션에 번들로 탑재, 기본 제공하는 형태. 단 독점은 하지 않으며 유통 과정에서 도움을 줄 수 있다면 오케이라고 했어요."

"……그 친구들이 제법 머리를 굴렸구나."

제 아이디어지만요.

이태석이 나를 물끄러미 보다가 입을 열었다.

"성진아, 너는 그게 그룹의 이익으로 이어질 것이라 보느냐?"

나는 미리 준비해 둔 어린애 수준의 대답을 내놓았다.

"좋은 소프트웨어가 있다면 그건 곧 이익으로 이어지지 않을까요?"

"그건 이상론이긴 하다. 하지만······."

잠시 말끝을 흐렸던 이태석이 말을 이었다.

"그래. 아직은 완성형 PC에 탑재된 것이 소프트웨어의 전부라고 생각하는 사람들도 많으니까. 게다가 그룹이 시장 유통 과정에서 도움을 주면서 일정 부분 마진도 챙길 수 있겠지."

"예."

개떡같이 말해도 찰떡같이 알아듣는 걸 보니 역시 이태석이었다.

"그건 그렇고."

이태석이 나를 물끄러미 바라보았다.

"네가 경영에 뜻을 품고 이를 실행에 옮기려는 것은 잘 알았다."

과연 이태석이라고 할까.

그는 처음부터 내가 말한 내용의 함의를 파악한 성싶었다.

"네가 나이에 비해 영특하다는 건 안다. 하지만 아직 국민학생에 불과해. 아무리 네가 일정 이상의 지분을 손에 쥐고 경영에 개입할 권리가 있다 하더라도, 사람들은 너에게서 삼광의 그림자만 볼 뿐이다."

"······."

"조직 내의 사람들을 통솔하려면 네게 그럴 만한 자격이 있다는 것을 증명해야 할 테지. 이 아버지는 그걸 위해 부단히 노력해야만 했다."

순간, 나는 이휘철의 부재가 의도적이었음을 깨달았다.

'유리병 속의 사탕을 쥔 꼬마는 나뿐만이 아니야.'

이태석이 말을 이었다.

"하지만 네가 말한 전교 1등이 되겠다던 약속을 지켰으니, 나도 거기에 응해야만 하겠구나."

"……예."

나는 이태석의 입을 살폈다.

그리고 내 시선을 의식한 이태석이 싱긋 웃었다.

"그러니 이성진, 네게 회사를 하나 차려 주도록 하마."

……흠, 자회사 설립으로 가는 건가.

이래서야 이태석의 손아귀 안이다.

회사를 하나 차려 준다.

'말이야 쉽지.'

사실, 회사를 만드는 것 자체는 어려운 일이 아니다.

관건은.

어느 형태의 회사가 될 것인가.

그리고 무엇을 통해 이윤을 추구할 것인가.

그에 따른 인력, 기술, 자본의 출처와 방향은 무엇인가.

등등.

이 모든 조건을 고려해 통틀어서 '회사 창업이 쉽지 않다'

고 하는 것이다.

결국 관건은 회사를 만드는 것이 아닌, 경영이었다.

그 과정에서 이태석이 내게 권한 건 회사 설립이었다.

'뭐, 순순히 내놓을 거란 생각은 하지 않았지. 그러기도 쉽지 않을 것이고.'

시기가 앞당겨졌을 뿐. 결국 언젠간 회사를 설립해 내게 넘겨주는 때가 오리란 생각은 했다.

'일부러 가치가 낮은 신생 회사를 설립해 주가를 올리는 건 재계의 대표적인 증여 탈세 방법이기도 하고. 이태석에게 그럴 의사가 있는지는 모르겠지만.'

하지만 나는 깜짝 놀란 척을 했다.

"제게 회사를 차려 주신다고요?"

당연히 사모도 화들짝 놀랐다.

"여보, 무슨 말씀이세요?"

"말 그대로야. 성진이가 사장이 될 회사를 하나 차려 주겠단 거지."

이태석은 태연하게 말했다.

"물론 다른 창업자들에 비하면 훨씬 수월하겠지만, 조건은 있다."

"조건······."

"그래. 네 회사는 형태적으론 삼광전자의 자회사가 될 거야."

"자회사……?"

내가 모른 척 던진 물음에 이태석이 고개를 끄덕였다.

"그래. 자회사란 모회사의 출자를 받아 운영되는……. 아니, 쉽게 말하자면 삼광전자의 아들뻘이 되는 회사를 말하는 거란다. 뭐, 한자로도 아들 자(子) 자를 쓰니 딱히 틀린 말은 아니지."

이태석이 말을 이었다.

"즉, 네가 사장이긴 하되 그에 따른 기반이며 운영 자금, 인사 배치 등의 복잡하고 어려운 일처리는 원래 그러던 것처럼 내가 책임지고 담당하겠단 의미란다."

"……."

말이야 좋지만.

그 의미는 결국.

'그러니 네가 하는 모든 일은 이 아버지를 통해 성취되어야 할 거다.'

이러한, 이태석이 내게 맡기는 일은 결국 그의 사업이 될 거란 뜻이었다.

"애당초 삼광전자의 멀티미디어 사업부 내 팀 몇 개를 이관하는 조건이었으니, 그러는 편이 나아."

이태석은 고개를 저었다.

"곰곰이 생각해 봤는데 역시 아버지의 제안은 과도한 부분이 없지 않고."

그렇다고 자회사를 설립해 넘겨주려는 이태석도 만만치 않다만.

"아무래도 아버지는 구시대 사람이니까, 뭐든 밀어붙이기만 하면 그만인 줄 알지. 회장이라고 해서 왕인 줄 알아. 기업은 혼자서 하는 게 아니라시면서 의사결정은……."

투덜투덜, 아들 앞인 것도 모르는지 사모에게 하듯 불만을 늘어놓던 이태석의 옆구리를 사모가 콕하고 찔렀다.

"여보."

"아, 음, 흠, 뭐, 어느 날 갑자기 나타난 11살짜리 애가 회사 경영에 관여하는 건 부하 직원 사기에도 좋지 않으니까."

그렇다면 그 자회사의 11살짜리 사장은 남들 보기에 어떨는지요.

"어쨌거나 그 자체는 독립된 법인이라고 할 수 있으니, 네가 삼광전자에 직접 들어와 경영에 개입하는 것보단 모양새가 좋겠지."

말을 마친 이태석이 물었다.

"어떠냐?"

어떻고 말고.

보통의 11살짜리 애는 대체 뭔 소릴 하는 건지도 모를 텐데.

하지만.

나도 우리의 약속이 그런 식으로 이행될 가능성은 고려하고 있었다.

'……나쁘지 않아. 아니, 오히려 이걸 계기로 삼광의 그늘에서 벗어나 더 자유롭게 움직일 수 있어. 그 전에 몇 가지 제반 사항이 있긴 하지만.'

나는 이태석의 말에 대답했다.

"네. 저도 어른들이 제 말을 순순히 들어주실 거란 생각은 하지 않았어요. 할아버지가 회장님이고 아버지가 사장님이지만, 그건 어디까지나 제 가족 이야기지 그게 저 자신은 아니니까요."

아무리 낙하산이라도 정도가 있는 법이다.

이휘철도 그 정도까지 내다보지 않을 리는 없었다.

'어느 날 턱 하니 나타난 꼬맹이가 경영에 관여하는 건 주주들도 좋아하지 않겠지.'

이태석이 흡족한 미소를 지으며 고개를 끄덕였다.

"그럼 동의하는 거지?"

"저, 질문이 있는데요."

"말해 봐라."

마음 같아선 '모회사의 지분은 몇 퍼센트인가요? 주식회사인가요, 합명회사인가요?' 등등을 직설적으로 묻고 싶었지만.

지금 내 모습이 남들 보기엔 아무리 영특해 보여도, 실상은 아직 11살에 불과하다는 걸 잊어선 안 된다.

'어린이의 눈높이로. 하지만 의도는 정확하게.'

짧게 생각을 정리한 나는 다시 입을 열었다.

"아버지. 회사를 차리려면 돈이 많이 들지 않나요?"

"업에 따라 다르지."

"그래도 제가 사장님이 되면 사원들 월급도 챙겨 줘야 하는 거잖아요?"

이태석이 피식 웃었다.

"그렇기에 모회사가 있는 거다. 전출, 그러니까 네 회사로 지원을 떠난 직원들의 월급은 모두 삼광전자에서 부담하는 거지."

나는 고개를 끄덕였다.

'파견 근무의 형태로 일임하려는 건가. 즉, 자회사를 하나 설립하되 모회사인 삼광전자가 지분에 따른 권리 일체를 행사하겠단 거로군.'

이어서 나는 고개를 갸웃했다.

"그치만 저번에 할아버지께서는 저에게 '지분'을 주시기로 하셨는데요. 그러면 저에게 삼광전자의 가치 일부가 있는 거라고 하셨고요."

내 말에 이태석이 눈을 가늘게 떴다.

즉, 자회사 설립이라곤 하지만 거기엔 내 소유의 지분이 섞여 있다는 걸, 넌지시 암시한 덕이었다.

"제법 제대로 들었구나. 그래서?"

'뭐긴, 내 지분으로 경영하겠다 이 말이지. 나를 손바닥 안에 두려고 하지 마쇼.'

이런 말 대신 표현을 순화했다.

"지금 아버지께서 제게 차려 주시려는 회사는 삼광전자의 일부죠? 자회사니까요. 아, 제가 제대로 이해한 건가요?"

"그래, 계속해 봐라."

"그러면 그 가치 일부 속에 제 지분 일부도 포함되는 거구요."

"……그래서?"

"그러면 거기서 월급을 주면 안 되는 건가요?"

"…….."

이태석의 눈이 가늘어져서, 나는 얼른 말을 이었다.

"사장이란 자리는 책임을 지는 자리라고 들었어요."

"그렇지."

"그런데 전부 삼광전자에서 부담하겠다고 그러면 저는 아무 책임도 질 수 없게 되는 거잖아요?"

"…….."

"이왕 그 가치 일부를 떼어 내서 차리는 회사이고, 제가 그 회사의 사장이니, 그건 제가 책임져야 할 일이라고 생각했어요."

내 말을 들은 이태석이 피식 웃었다.

"너 스스로 지분 방어의 개념에 도달한 모양이구나."

"네?"

"아니, 아무것도 아니다. 어쨌건 너 나름대로 경영 방법을 생각한 모양이니, 어디 물어보마."

"네."

"만일 네가 삼광전자의 가치 일부를 인수해서 회사를 경영한다고 치자. 당분간은 수익을 거두기 힘들 텐데, 그사이에 있을 유지비…… 즉 직원들 월급이며 사무실 임대료 등은 어떻게 감당하려고 그러는 거냐?"

"제 지분으론 부족할까요?"

"전부를 감당할 수는 없지."

나는 잠시 생각하다가 되물었다.

"제 회사의 이익은 곧 삼광전자의 이익이기도 하겠죠?"

"그래."

결국엔 자회사니까.

"그러면 그동안은 저희 회사에 '투자'하신다고 생각해 주시면 어때요?"

"……."

이태석의 가늘게 뜬 눈이 이채를 발했다.

"방금은 네가 책임질 거라고 하지 않았니?"

"네, 결국엔 제가 책임질 거예요. 빌려주신 돈은 나중에라도 돈을 벌어서 갚으면 되는 거죠?"

"……."

"음, 그게 아니라면 직원들에게 제 회사의 가치 일부를 나눠 주면서 함께 힘내자고 하는 수밖에요."

스톡옵션.

주식 일부를 양도해 직원에게 지급하겠단 이야기였다.

이태석은 미소를 지었다.

"그건 힘들겠지. 네 회사가 얼마만큼의 가치가 있을지는 아무도 모를 테니까. 심지어 너 스스로조차도."

"……네."

그 말이 맞다.

아직 설립되지도 않은 회사에 얼마만 한 가치가 있는지도 모르는 마당이니, 스톡옵션을 미끼로 직원을 부리는 일엔 한계가 있기 마련이다.

'분명 떡상하긴 할 테지만, 나도 주식을 나눠 주긴 아깝긴 하지.'

그래도 굳이 스톡옵션 이야기를 꺼낸 건, 이태석의 투자를 끌어내는 미끼였을 뿐이다.

이태석이 말을 이었다.

"뭐, 좋다. 어쨌건 주식의 개념은 얼추 숙지하고 있는 거 같구나."

"주식요?"

"그래. TV나 신문에서 본 적 있을 거다. 회사는 자신이 가진 가치를 바탕으로 사람들에게 투자할 것을 권할 수 있지.

그때 투자자들에게 권리를 약속한 증서가 바로 주식이다."

초보 경제학을 이야기하던 이태석은 잠시 입을 다물었다가 고개를 저었다.

"깊이 파고들면 끝도 없으니 거기까지로 하자. 아무튼 회사는 주식회사의 형태로 설립하는 것이 좋겠군."

이태석이 말을 이었다.

"그렇다면 네가 바라는 '투자'의 형태로 당분간의 운영 유지비를 충당한다고 치자."

"네."

"그러면 내가 투자한 금액만큼 네 회사에 권리를 요구할 수 있게 되지. 하지만 너는 그건 바라지 않는 듯하고."

정답입니다.

그러니 회사채를 발행하시죠.

"좋다."

이태석이 고개를 끄덕였다.

"그러면 당분간은 삼광전자에서 운영 유지비를 투자하는 형식으로 가자."

"예."

나는 내심 미소를 지었는데.

"단, 이건 어디까지나 빚이다."

이태석도 미소를 지었다.

"네게 대 주는 돈은 엄밀히 말해 회사의 자산이 될 테니, 그에 따른 경영도 투명해야겠지. 그에 따른 이자도 받을 거다."

"이자요?"

"그래. 만일 네가 더 이상 경영을 이어 갈 역량이 되지 않는다고 판단될 경우, 그 투자금을 회수하는 것은 물론이고 네가 설립한 회사를 도로 삼광전자에서 가져가게 될 수도 있다. 그래도 괜찮겠느냐?"

이태석은 마치 사채업자 같은 미소를 띠고 있었다.

아니 뭐, 엄밀히 따지면 그게 그거긴 하지만.

"네, 괜찮아요."

나는 얼굴에 드러나는 미소를 지었다.

"어차피 할아버지도 손해 본 만큼의 금액은 제 용돈에서 차감한다고 하셨잖아요?"

대답을 들은 이태석이 픽 웃었다.

"너도 경영에 흥미를 보이는 모양이구나."

일견 건방져 보일 수 있는 발언이었지만 이태석은 경영에 의지를 보이는 자신의 핏줄이 마냥 자랑스러운 모양이었다.

"그런데 성진아. 나야 네 아버지이고 자회사에 확신이 있어서 투자할 수 있지만, 다른 사람들은 어떻게 생각할까?"

"뭐를요?"

"너라면 11살짜리 사장이 운영하는 회사에 가능성이 있다고 보고 투자할 생각이 들겠느냐?"

어떻게 해서든 멀티미디어 사업부의 지배권을 간직하고

싶어 하는군.

아무튼 욕심쟁이라니까.

이태석의 의도를 읽어 낸 나는 미소를 지었다.

"그러면 다들 제가 사장이라고 생각하지 못하게끔 하면 되지 않을까요?"

내 대답을 들은 이태석이 눈을 가늘게 떴다.

"뭔가 생각이 있는 모양이구나. 계속해 봐라."

"네, 그래서 저를 대신해 앞에 나서서 경영을 할 수 있는 어른이 있어 주면 어떨까, 생각했어요."

"흠."

이태석이 피식 웃었다.

"대리 경영자를 떠올린 거냐? 즉 너를 대신해 표면에 나서서 일을 처리해 줄 사람 말이지. 그러면 너를 대신할 '얼굴마담'을 우리 회사에서 파견하게끔 할 테냐?"

"아뇨."

나는 고개를 저었다.

"저는 어디까지나 남들 앞에 나서기 어려운 제 입장을 대변해 줄 어른이 필요할 뿐이에요. 그러니 제가 경영에 개입하되 다른 사람들은 잘 모르는 적당한 위치가 있지 않을까요?"

이휘철의 의도인지 이태석이 은근슬쩍 나를 견제하는 모습을 보이곤 있었지만, 그는 어쨌거나 이성진의 아버지이기도 했다.

비록 부친의 강압으로 밀어붙이게 된 일이긴 하나.

결국 장래가 촉망되는 아들의 일이기도 했다.

내가 나약한 모습을 보이고 도움을 요청하자 이태석도 스르르 날 선 부분이 녹아 가는 것이 느껴졌다.

그리고 이태석은 내가 의도한 방향대로 대화에 따라와 주었다.

"감투이긴 하나 형태적으론, 이를테면 대표이사 같은 걸 들 수 있겠지."

그렇게 말한 이태석은 잠시 생각하다가 말을 이었다.

"다만 그러자면 믿음직한 사람이어야 할 거다. 그런데 네 주위에 그런 사람이 있느냐?"

있다.

있고말고.

내가 대답하기 전 이태석이 먼저 말을 꺼냈다.

"혹시 민혁 군을?"

"아뇨, 다른 사람이에요."

비록 김민혁이 내 일을 도와주곤 있지만, 그와는 어디까지나 이해관계일 뿐.

진정으로 모든 걸 믿고 맡길 만한 사람은 아니었다.

'믿을 수 있는 사람이되 어른이면서 경영에 아무런 흥미도 관심도 보이질 않는 사람.'

나는 대답했다.

"어머니가 해 주시면 어때요?"

내 말에 가만히 우리 이야기를 듣고 있던 사모가 움찔했다.

"나 불렀니?"

"……흠."

이태석은 물끄러미 사모를 쳐다보다가 고개를 끄덕였다.

"어디까지나 표면에 나설 뿐인, 어른. 나쁘지 않겠지."

"예."

사모가 고개를 갸웃했다.

"무슨 이야기예요, 지금?"

뭐긴요, 얼굴마담이죠. 부인.

7장

삼광전자 멀티미디어 사업부엔 부장(업무에 따라 책임)급 이상이 지휘하는 여러 개의 하위 부속 팀이 있다.

또, 그 팀은 다시 차과장급이 지휘하는 여러 개의 파트(또는 과[科])로 나뉜다.

그리고 새로이 설립했다는 자회사로 전출 명령이 내려온 건 멀티미디어 사업부 내의 몇 개 파트.

그중 몇몇 인원을 대상으로 했다.

엘리베이터에서 내린 남경민 과장은 곧장 자신의 자리로 향하려 했으나, 그를 중간에 부르는 사람이 있었다.

"과장님, 전출이라면서요?"

옆 부서 이세라 대리의 말에 남경민은 고개를 짧게 끄덕였다.

30대 중반에 과장을 단 그는 동기에 비해 출세는 앞서는 편이었지만, 그렇기에 다들 이번 인사개편에 의문을 표하고 있었다.

애당초 남들보다 일찍 과장 직급을 달아 준 건, 이런 식으로 버릴 패로 쓰려는 심산은 아니었을까.

남경민은 그런 의혹에 대해 침묵했고, 이번에도 묵묵히 긍정하기만 했다.

"그렇게 됐습니다."

"이렇게 갑자기요?"

"……."

남경민은 그 말에 응하는 대신 탕비실에 비치된 믹스 커피를 두 잔 탔다.

그러는 사이 이세라가 말을 이었다.

"갑자기 이러는 법이 어딨어요."

이세라는 마치 자신이 부당한 일을 당한 것처럼 화를 냈다.

"아, 맞아. 마침 제 동기가 인사과에 있거든요. 필요하시면 점심때 부를게요. 상담이라도 해 보시는 건 어때요?"

남경민은 제 몫의 커피를 제외한 종이컵을 이세라에게 내밀었다.

"마침 관련해서 다녀오는 길입니다."

"……아, 커피. 고마워요. 그러셨군요."

이세라는 후룩, 커피를 한 모금 마셨고, 남경민은 담담한 얼굴로 말을 이었다.

"어쨌거나 제가 하던 업무니까요. 그러니까 끝까지 맡아서 해야지 않겠습니까."

그 말에 이세라는 커피를 마시다 말고 멈칫했다.

"……그럼, 업무 이관까지만 맡는 건가요?"

"글쎄요."

남경민은 애매한 대답을 놓으며 희미한 미소를 지어 보였다.

"그래도 일 자체는 변함이 없습니다. 근무 환경도 그대로고요. 어디까지나 인사상의 서류 위치만 조금 다를 뿐입니다."

"그치만……."

이세라는 종이컵을 잘근 씹었다가 말을 이었다.

"다들 떠들기로는 조직 해체란 말도 오가는데요."

그 말에 남경민은 내심 당황했다.

한때 TF으로 일하기도 했고, 업무 제휴 등을 몇 번인가 공유하며 이세라와는 인사를 주고받는 사이이긴 했으나, 그로선 그녀의 이런 간섭이 조금 불편했다.

이세라는 그 막간의 침묵을 어떻게 받아들였는지, 계속해서 떠들어 댔다.

"말이 나와서 하는 거지만, 남경민 과장님의 소프트웨어

관리팀은 이런저런 제약이 많았잖아요? 하드웨어 사업부는
아예 독자적인 노선을 타고 있는 데다가, 이런저런 라이센스
에 물려 우리 그룹 컴퓨터 사업 자체가 계륵……."

"이세라 대리님."

"네."

"업무 관련해서 추후 제휴가 필요하다면 나중에 따로 부탁
드리겠습니다."

이세라는 그제야 남경민이 관련 대화를 하고 싶어 하지 않
는다는 걸 뒤늦게 눈치채곤 고개를 숙였다.

"죄송해요, 주제넘은 말을 했네요."

"아뇨, 염려해 주신 바는 감사드립니다."

굳이 이세라의 참견처럼 가시화되는 일은 드물지라도.

갑작스러운 인사 개편 때문인지, 부서 내의 분위기는 뒤숭
숭했다.

남경민은 아까 전 이태석 사장을 만났던 일을 떠올리고 있
었다.

「남경민 과장, 바란다면 언제든 복직도 가능합니다.」

대기업에선 평사원이라면 마주치기도 힘든 사장 직급이지
만, 초면의 이태석 사장은 강압적인 분위기가 아니었다.

오히려 남경민은 이태석이 평사원에 불과한 자신의 고과

며 인사 내용을 꿰고 있단 사실에 조금 놀랐을 정도였다.

「저도 듣는 귀가 있으니 어떤 이야기가 오가는지 정돈 압
니다. 하지만 이제 본격적으로 커 가려는 조짐이 보이는 사
업입니다. 제가 그걸 내다 버릴 일은 없습니다.」

그룹 인사과 사원을 대동한 이태석의 말은 생각보다 직설
적이었다.

「오히려 업무 관련해선 일하기가 더 편해질 겁니다. 자회
사를 설립하는 목적은 거기에 있으니까요.」

그런 것치곤.
이태석이 건넨 약관 서류의 조직도엔 그가 알지 못하는 타
부서의 책임자들이 기재되어 있었다.
야망과 재능이 넘치는, 자신에 비해 조금 더 연상일 뿐인
젊은 사장이 직접 독대하며 제안한 일이었다.
남경민은 거기에 감읍한 건 아니었지만, 이태석의 말을 이
해하지 못한 바는 아니었다.
자리로 돌아온 남경민은 컴퓨터 앞에 앉아 생각했다.
'조직이 비대해지면 의사결정 과정에 제약이 따르기 마
련……'

표면적인 이유는 그러했으나, 그 말을 곧이곧대로 믿을 만큼 순진한 사람은 아니었다.

'계륵.'

멀티미디어 사업부를 향한 타 부서의 공공연한 평가였다.

족벌 경영이란 비판이 공공연하게 떠돌아다니는 삼광 그룹이었지만, 정작 그 수혜를 입은 이태석은 유능한 자였다.

그런 이태석이 관심을 기울이는 사업부.

제법 그럴듯한 꼬리표가 따라다니긴 했어도 실상은 달랐다.

영업이익은 간신히 적자를 면하는 정도였고, 그마저도 타 부서와 파이를 나눠 가지는 형국.

몇몇 고루한 상사들은 이를 두고 '돈 안 되는 사업'이라며 업신여기기 일쑤였다.

'장난감이나 판다고 했지.'

족벌 경영의 폐해라고도 했고.

하지만.

남경민은 이 사업이 장차 거대한 나무로 자라날 토양이 되리란 확신을 갖고 있었다.

'하긴, 밖에서 떠드는 것과 달리 사장님에게 내다 버리는 사업이란 느낌은 없었다만.'

남경민은 커피를 후룩, 한 모금 마셨다.

'오히려 본격적으로 키워 보려는 느낌이었어.'

그렇기에 오히려, 남경민은 이번 인사 조치의 결과가 기대될 지경이었다.

'어차피 고과는 신경 쓰지 않았으니까.'

그저, 책상을 옮기는 일이 조금 거추장스럽다 여겨졌을 뿐이었다.

'그나저나.'

남경민은 이태석이 보여 준 조직도를 떠올리며 생각에 잠겼다.

'이성진 사장은 대체 누구지?'

그렇게 해서, 나는 ㈜SJ컴퍼니의 사장이 되었다.

'뭐, 나야 이태석의 바지사장이고, 얼굴마담은 어머니인 서명선 씨가 대표이사로 있는 괴뢰 회사이긴 하지만.'

그래도 전생엔 누려 본 적 없던 직책의 무게감이 나를 기분 좋게 압박하고 있었다.

한성진이던 시절, 이성진의 지시로 탈세 목적인 유령회사의 감투를 쓴 적은 몇 번 있었지만, 지금처럼 직접 경영이 가능한 형태의 사장이 되어 본 적은 처음이었다.

'그래도 애쓴 덕분에 이태석의 개입은 최소화할 수 있었어.'

사명을 정할 때, 이태석은 '소프트웨어를 전문 취급하는 이름으로 하는 것이 좋다'고 충고했지만, 구태여 사명을 'SJ 컴퍼니'로 정한 까닭은 어느 한 곳에 얽매일 까닭이 없어서였다.

대표이사인 서명선이 컴맹이라는 사실은 차치하더라도.

나는 이태석이 건네준 조직도를 들여다보고 있었다.

'국내외 유통 설비, 소프트웨어, 기획 관리……. 이거 참, 여러 파트에서 긁어모았네.'

젊고 유능한 인재 위주로 선별해 달라는 말은 했지만.

'……제일 높은 게 과장 직급이라니.'

생각해 보면, 신생 기업의 사장인 내 입장에 고위직의 호봉을 감당할 수 있을 리가 없다.

'자회사이긴 하되 사실상 독립 법인.'

결국엔 이들, 내 밑으로 들어온 임직원들의 월급도 내가 감내해야 할 일이었다.

'일단 굴려 보고 아니다 싶은 친구들은 다시 모회사로 돌려보내야지.'

대기업이긴 해도, 정말로 유능한 사람들은 기업에 들어오지 않는다.

내가 살던 시절에야 불경기의 여파와 취업난으로 사원들의 스펙이 상향 평준화되었지만, 이 시점에선 어중이떠중이도 많으니 신중할 필요가 있었다.

'어?'

인사 조직도를 들여다보던 나는 멈칫했다.

'남경민? 설마 무선사업부의 그 남경민 상무인가?'

잠시 생각하다가 고개를 저었다.

'아니, 동명이인일지도 모르지. 흠, 하긴. 평사원에서 임원까지 오른 입지전적 인물이긴 한데. 정말로 그 사람이라면…… 무선사업부엔 몹쓸 짓을 하는 건가?'

어디, 지켜보기로 하자.

'어쨌건 한동안은 돈이 쏟아질 시기야. 물 들어올 때 노를 저어 둬야지.'

문제는.

'돈이 돈을 부르는 법인데, 아직은 총알이 부족해.'

그러니 한동안은 노가다를 할 필요가 있었다.

'어디 보자, 당장 인력을 갈아 넣어 할 만한 거라고 하면…….'

나는 침대에 누운 채 고개를 돌려 책장을 살폈다.

'저거지, 저거.'

단기간에 회사의 실적을 끌어올리는 방법.

그사이.

방과 후 교실은 겉으로 보기엔 무탈하게 진행되고 있었다.

가정통신문 형태의 수요 조사 결과 천화국민학교엔 상당수의 맞벌이 가정이 있었고, 설령 그렇지 않더라도 많은 학부모가 사교육비에 비해 훨씬 저렴한 방과 후 교실을 선호하고 있었다.

설령 사교육을 행하지 않는 가정이라 할지라도, '이 정도 가격이라면 과외 학습을 시켜 볼 수 있겠다'는 반응까지 더해졌고.

그 여파는 폭발적이었다.

가정통신문에서 방과 후 교실의 징후를 읽어 낸 학부모 측은 심지어 '저학년뿐만 아닌 고학년생에게도 적용할 수 없느냐'는 문의를 넣어 왔다.

이 상황에 가만히 앉아 있을 수 없는 학교운영위원회 측은 발 빠르게 움직였다.

그 바람에 원래라면 2학기부터 시작해 볼까 싶었던 방과 후 교실은 중간고사가 끝나고 반학기 시범 운영에 들어가게끔 조치가 취해졌다.

'이러면 2학기엔 저학년에 한정하는 게 아닌, 전교생에게도 적용할 수 있겠는걸.'

더군다나 2학기부턴 급식도 가능해질 것이다. 준비는 이미 마쳤고, 방학 중에 급식소 공사에 들어가려고 대기 중이라 했다.

'이태석의 일처리도 빨라.'

또, 들으니 정부에서도 천화국민학교를 주목하고 있는 모양이었다.

'천화국민학교가 방과 후 교실의 시범학교로 선정되면 국가 예산을 타낼 수도 있겠지.'

이렇듯 척척 풀려 가는 와중.

학교에서 내준 특설 사무실에는 냉랭한 기류가 맴돌고 있었다.

'이야, 시스템 에어컨도 구상해 뒀는데, 이래서야 별로 필요도 없겠어.'

관측 사상 최고의 폭염이 닥쳐올 94년이건만, 그 덕에 냉방비 걱정은 덜겠다.

"성진아?"

"아, 네."

나는 고개를 돌렸다.

거기엔 이 좌불안석인 분위기에 어쩔 줄 몰라 하는 채선아 전교회장이 내 앞에서 서류를 들고 서 있었다.

"저기, 목록 정리 다 했는데……."

"고마워요, 선배. 큰 도움이 됐어요."

"아냐, 뭘."

채선아는 힐끗 주위를 살폈다.

"그러면 나, 이만 돌아가 봐도 될까?"

"물론이죠."

내 말에 채선아는 눈에 띄게 안도하는 눈치였다.

"그럼 먼저 가 보겠습니다."

잽싸게 가방을 멘 채선아는 꾸벅, 고개를 숙인 뒤 드르륵, 문 여는 소리조차 내지 않으며 조심스레 사무실을 나갔다.

"이거 보세요."

채선아가 나가자마자 이남진이 입을 뗐다.

"그쪽 때문에 애가 눈치를 보다가 나갔잖습니까."

저기요, 나도 앤데요.

윤선희가 이남진의 말을 받아쳤다.

"그게 왜 저 때문이죠? 이야기가 이미 다 나온 마당에 초를 친 건 당신이잖아요."

"그렇다고 목소릴 높일 건 없잖아요."

"그건 인정할게요. 하지만 우리, 주제를 벗어나진 말자고요. 이거 보세요."

급기야 윤선희는 자리에서 일어서더니 맞은편 파티션을 돌아 이남진의 책상으로 갔다.

"여기 보세요. 분명 한국대학교 재학 중인 학생이 먼저 신청한 내용이 있잖아요. 날짜를 보세요."

"말씀드리지 않았습니까."

이남진이 자리에서 일어섰다.

"그 학생은 다음 학기에 강의를 맡을 수 없다고 했잖아요.

그래서 제가 장학재단 측의 사람을 알선해서 어렵사리 다른 학생을 메꿔 넣은 거고요."

"그런, 이미 면접도 끝낸 마당에 다음 학기를 맡을 수 없다는 이유로 배제해 버리면 제 입장이 뭐가 돼요?"

"아니, 한 과목을 책임감 있게 운영할 교사가 필요하다고 앞서 이야기가 나온 마당에, 그쪽 학생은 반쪽짜리 학기만 맡다가 관둘 사람이잖습니까. 당신도 무엇이 아이들을 위한 것인지 생각해 보시라고요."

이렇듯.

이태준이 붙여 준 장학재단 측의 내 재종(再從 : 육촌) 이남진과 이태석이 붙여 준 삼광 그룹 본사 측의 윤선희 대리는 어린이가 눈치를 보며 자리를 비켜 줄 만큼 사이가 좋았다.

"……좀 말려 봐."

마치 내 옆자리의 비서(임시)인 김민정과 나처럼.

"별수 없지."

원래라면 이때쯤 김민혁이 중재에 나서곤 했지만, 그가 부재중인 상황이니 별 도리가 없었다.

'뭐 어차피 이남진에게 볼일도 있고. 분위기는 풀어 줘야지.'

"자, 여러분."

나는 그들이 있는 곳까지 웃는 얼굴로 걸어갔다.

"싸우지들 마시고 우리, 차근차근 이야기를 나눠 볼까요?"

이남진과 윤선희가 고개를 홱 돌려 나를 보았다.

"싸운 거 아니거든? 난 냉정해. 이 사람이 문제지."

"뭐예요? 성진 군, 저도 그런 적 없어요. 이 사람이 문제죠."

"말 다 했습니까?"

"아뇨. 더 할까요?"

어린이의 미소는 분쟁을 멈추게 한다더니, 순 거짓말이었군.

"우리 잠시 가운데 탁자에서 천천히 이야기를 해 보죠."

내 제안에 둘은 서로를 째려보며, 나를 중심으로 한 둥근 탁자 양옆으로 앉았다.

"윤선희 대리님, 말씀하신 서류 좀 볼 수 있을까요?"

"……자요, 성진 군."

나는 윤선희가 내민 서류를 받았고, 뒤이어 이남진을 보았다.

"형도 주세요."

"자."

나는 윤선희의 서류와 이남진의 서류를 번갈아 보았다.

서류에는 각각 한국대에 재학 중인 클라리넷 전공 학생과 삼광재단이 후원하는 예술대 졸업생이 있었다.

"먼저, 윤선희 과장님. 서류의 학생은 채용 당시 2학기엔 수업할 수 없다는 것을 우리 측에 알렸나요?"

국민학생 수준에선 조금 말이 어렵지만, 이들은 이제 와선 '그러려니' 하고 있었다.

'꽤나 똑똑한 애 정도로 생각하겠지.'

내 말에 윤선희는 고개를 끄덕였다.

"네. 정확히는…… 등록 시점엔 내년 개설할 방과 후 교실 고학년생을 전담하기로 했어요. 개인 사정으로 2학기엔 휴학을 한다고 말했고요. 하지만 원칙적으론 그에게 우선권이 있다고 생각했어요. 비록 다음 학기는 휴학하게 되더라도 내년에는 다시 돌아와서 강사를 맡을 거고요. 하지만."

윤선희가 이남진을 째려보았다.

"이렇게 되면 원래 있던 강사 자리는 쭉 이남진 씨가 추천한 사람이 맡게 되겠죠? 강사 자리는 한정되어 있고, 결국 사전 계약한 내용은 백지화될 거예요. 이건 신용의 문제죠. 그래서 저는 잘못된 선례를 남기지 않기 위해서라도 계약 내용대로 이행했으면 하는 겁니다."

원리원칙.

들으니 윤선희의 말도 일리는 있었다.

다음은 이남진.

"성진아, 그렇다고 해서 2학기 수업을 갑자기 비워 둘 수는 없는 노릇이잖아? 말이 나와서 하는 거지만, 그건 결국 개인 사정이야. 그것 때문에 방과 후 교실의 취지를 무너뜨려선 안 되지. 먼저 계약이 되었다고 해서 1학기 절반만 수

업하고 반년을 공석으로 비워 두면, 결국 그 강의 자체가 무산되는 거라고."

이남진이 윤선희를 째려보았다.

"윤선희 과장님은 강사 자리가 한정되어 있다고 했지만, 학생도 강좌도 한정되어 있긴 마찬가지야. 오히려 장기적인 안목에선 계속 아이들과 수업을 진행해 줄 사람이 더 중요하지 않겠어? 학교와 학부모, 학생들과의 신뢰도 중요한 법이잖아."

네, 잘 들었습니다.

이남진의 말도 생각해 볼 여지는 충분했다.

나는 입을 열었다.

"두 분, 오늘 신문 보셨어요?"

두 사람은 내 말에 고개를 갸웃했다.

"갑자기 웬?"

"무슨 내용이기에 그래요?"

나는 손가락을 튕겼다.

"비서, 신문."

"……."

김민정은 나를 힐끔 째려보더니, 그래도 순순히 신문을 탁, 소리 나게 내려놓고 갔다.

비서, 내 손에 쥐여 줘야지. 내 머리가 아니라.

나는 두 사람 앞에 신문을 펼쳐 보였다.

"우리 학교 이야기가 신문에 실렸더라고요. 보세요."

내가 펼친 페이지에는 '학교의 變化(변화), 바뀌는 教育風土(교육풍토)'라는 제목의 칼럼이 실려 있었다.

"어떻게 생각하세요?"

머리를 맞대고 신문을 보던 두 사람이 고개를 들었다.

"괜찮네."

"갑자기 무슨 이야기죠?"

나는 신문을 덮으며 미소를 지었다.

"우선, 저는 남진이 형이 말한 대로 일을 처리했으면 좋겠어요."

내 말에 이남진은 얼굴 가득 미소를 머금었고, 윤선희의 얼굴은 상대적으로 딱딱해졌다.

"성진 군, 하지만……."

"대신, 서류에 등록된 한국대생은 내년이 되면 다른 학교에 보내는 것으로 하죠."

"예?"

나는 어깨를 으쓱였다.

"다들 아시겠지만, 지금 천화국민학교는 급식이랑 방과 후 교실로 주목을 받고 있어요. 그것도, 아직 실행하기 전인데도 벌써부터 신문에 실릴 정도로요."

"……."

짧고 빠르게 사고를 마친 윤선희가 입을 뗐다.

"성진 군은 그럼 이번 기획을 비단 천화국민학교뿐만이 아닌, 다른 학교까지 확장할 생각인가요?"

"네, 물론이죠."

지금은 삼광장학재단이 운영하는 학교뿐만 아니라 다른 공립, 사립학교에서도 우리를 주시하고 있을 터였다.

그렇게 되면 사업을 선행하고 있는 삼광장학재단 측에 노하우를 요청할 것이고.

그 결과 일감은 우리 손에 들어온다.

윤선희는 잠시 생각하다가 고개를 저었다.

"그렇게 되지 않을 수도 있죠. 자체적인 수단을 강구할 수도 있어요."

"하지만 그럴 만한 의지와 능력이 있는 강사는 저희에게 있잖아요? 말씀하신 대로 강사 자리는 한정되어 있으니까요."

"……그렇군요."

윤선희가 고개를 숙였다.

"미안해요. 생각이 짧았네요."

"아, 아뇨."

이남진이 당황하며 손사래를 쳤다.

"저도 미리 상의를 드렸어야 했다고 반성 중입니다. 들으니 윤선희 대리님의 입장도 타당했고요."

이남진은 이처럼, 다소간 고집이 있긴 했으되 어디까지나 젊음에서 오는 혈기에 가까웠다.

이태준의 늦둥이 자식인 이남진은 아직 20대 중후반에 불과했고, 방금처럼 지르고 보는 경향도 머리칼이 얇아지며 사그라질 요소였다.

그것을 제외하면 '대체로 무해'했다.

그래서일까, 전생의 그는 이태준의 사후 물려받아 운영하던 삼광장학재단을 이성진에게 별다른 잡음 없이 순순히 양도하기도 했다.

그런 이남진이니, 이태준이 '일을 도와줄 사람'으로 그를 소개해 줬을 때 나는 약간의 아이러니함마저 느꼈다.

이태석과 내가 이태준을 경계하는 것과 달리 그는 마치 적국에 왕자를 볼모로 넘기듯 유순한 태도를 보였고, 이태석이 붙인 사람인 윤선희 과장을 보고서도 별다른 반응을 보이지 않았다.

'백짓장도 맞들면 나은 법이지. 나도 좋다고 생각한단다.'

그 정도의 감상밖에는.

반면 윤선희의 입장은 알기 힘들었다.

내 생각에는 그저 '낙하산 인사'라는 생각으로 이남진에 대한 약간의 선입견이 있다는 느낌이었고, 젊은 나이임에도 이일을 맡길 만큼은 유능했다.

'어쨌건 본사 출신이니까.'

그러니까 중책을 맡길 정도는 아니되, 겉도는 일을 맡길 만큼은 유능하다고 해야 할까.

이는 이남진 또래로 퍽 젊은 그녀의 나이에 걸맞은 평가이기도, 아니기도 했다.

'평가가 어려워. 나중에 우리 회사로 들일지 말지는 고려해 보자.'

윤선희는 쓴웃음을 지으며 나를 보았다.

"성진 군에겐 또 배웠네요. 그럼 저는 제 자리로 돌아가 보겠습니다."

"아뇨, 뭘요."

나는 적당히 겸양을 표한 뒤, 윤선희를 따라 일어서려는 이남진을 붙잡았다.

"형."

"응? 왜?"

윤선희의 뒷모습을 쫓던 이남진이 허둥지둥 도로 자리에 앉았다.

"형, 혹시 일산출판사에 아는 사람 있어요?"

"응? 아, 뭐."

이남진은 내 말이 생뚱맞다는 듯 멍한 얼굴을 하긴 했지만, 잠시 생각하다가 고개를 끄덕였다.

"있어, 내 동기 중에. 왜?"

"음…… 그러면 혹시 연락처를 알 수 있을까요? 이왕이면 만나 뵙고 이야기를 나눴으면 하고요."

"엥? 네가?"

"아뇨, 제가 아니라."
나는 품에서 명함을 꺼냈다.

㈜SJ컴퍼니
CLO 유상훈

"이분을 통해서요."
내 회사의 법률 고문인 유상훈 변호사였다.
'슬슬, '백과사전'을 디지털화해 볼까.'

내가 '방과 후 교실'을 운영하고자 함은 대한민국 교육계의
미래며 과도한 사교육비 대책을 마련코자 하는 거창한 이유
가 아니었다.
'일종의 파견업체 사업이지.'
전도유망한 대학생들의 인적 사항을 미리 확보한 뒤, 나라
고 하는 중계망을 통해 이런저런 일을 알선해 주는 것.
다만 이 시대의 일반적인 아웃소싱과는 궤가 달랐다.
미래에도 딱히 달라지진 않았지만, 이때는 '특히나 그렇다
할 정도'로 대부분의 알선이 '인맥'을 통해서 이루어지고 있
었다.

설령 시스템이 있다 한들 그조차도 결국 인맥이라고 하는 불확실한 요소에 기대는 경우가 많았다.

'당장 내 과외 선생인 최소정만 하더라도 박형석의 소개를 통한 것이었으니까.'

나는 그것을 남들보다 빠르게 체계화하고자 했다.

그 와중 '방과 후 교실'을 언급한 시점에서 김민혁 또한 그 비슷한 냄새를 맡은 것이 틀림없었다.

'원래라면 김민혁이 했던 일이기도 하고.'

다만.

'선점을 위해 서두르긴 했지만…… 아직은 조금 먼 이야기야.'

어쨌거나 94년은 전례가 없는, 앞으로 오지 않을 호황기다.

기류.

지금은 사회 전반에 깔린 공기의 흐름부터가 달랐다.

선택의 기준이 삶과 천착하지 않고 그저 호오(好惡)인 시절.

취업에 관한 걱정은 할 필요가 없었고, 미래는 장밋빛.

대학생들은 졸업 후 먹고사는 문제를 걱정하기보단 '더' 잘 먹고 '더 잘' 사는 방법을 고민했다.

'하지만 모두가 그런 건 아니지.'

황금기라는 94년도에도 물론 빈부격차는 있었다.

사실 황금기의 돈 벌 기회란 역시나 돈 있는 자들의 것이었고, 돈이 되는 정보는 추운 겨울날의 더운 공기처럼 정수리 위에서 빙빙 유령처럼 맴돌았다.

지금은 하류에 모인 사금을 주워도 먹고사는 문제가 없는 시대지만, 금맥은 조만간 마른다.

그 전에 바닥을 굴러다니는 금덩이를 주워 둘 필요가 있었다.

공교롭게도 나는 금덩어리가 어디 있는지 알았고, 그런 정보는 내게 돈이 되는 일이었다.

하지만 11살에 불과한 지금의 나에겐 금덩어리를 주워 올 힘이 부족했다.

그러니 내 대신 금을 주워 올 사람이 필요했다.

결국 정보를 흩뿌려 기회의 균등을 부여하는 건, 누군가에겐 돈이 되는 일이었다.

'그리고, 그 누군가는 나야.'

그래서 나는 '방과 후 교실'을 통한 인력 수집에 들어갔다.

하지만.

그 당장의 기반은 어디까지나 '교육'에 초점이 맞춰져 있었고, 거기에는 장점과 단점이 공존했다.

장점이라고 하면 예산 일부를 삼광장학재단에서 부담할 수 있다는 것이고, 사업이 궤도에 오른 후엔 정부 지원금에서 충당하는 것도 가능해진다는 것이다.

단점이라면 거기서 오는 한계였다.

'결국엔 명분이지.'

한편으론 '교육'이라는 명분만 제공된다면, 손 안 대고 코 푸는 일도 가능했다.

'그렇기에 장점과 단점이 공존하고 있는 것이고.'

이남진이 고개를 끄덕였다.

"알았어. 그럼 미팅을 한번 잡아 볼게. 그나저나…… SJ컴퍼니? 무슨 회사야?"

이남진이 메모를 적다 말고 물어서, 나는 어깨를 으쓱였다.

"저도 잘 몰라요. 컴퓨터 관련해서 뭔갈 한다던데."

"컴퓨터?"

"네."

굳이 긴말을 할 필요는 없었다.

그야 자세한 조사에 들어가면 SJ컴퍼니가 삼광전자의 자회사이고 거기에 회사채가 얽힌 데다 대표이사인 서명선은 삼광전자 사장인 이태석과 법적 혼인 관계라는 내용을 알 수 있을지도 모르지만.

어차피 알선에 그칠 뿐인 이남진은 그럴 까닭도 없고, 그렇게까지 치밀한 성격도 아니다.

"컴퓨터 회사의…… CLO(Chief Legal Officer)? CLO라고 하면 법률 쪽 책임자 아니야? 그것도 컴퓨터 회사? 그런 사람이

출판사는 왜?"

왜긴, 인재가 없어서 그런다.

뭐, 이남진에겐 별 의미가 없는 질문이었겠지만.

캐묻는 모양이 마음에 내키진 않아서 준비한 대답을 내놓았다.

"글쎄요? 저도 그냥 아버지께 부탁받은 거예요."

내 나이는 무기이기도 하다.

"……흠, 그것도 그러네."

이남진이 고개를 끄덕였다.

내 입에서 아버지 이태석이 언급되자 그 일에 더 파고들 까닭도, 여지도 없다는 것까지 깨닫곤 그는 적당한 선에서 물러섰다.

"그나저나 이상하게 너를 볼 때마다 국민학생이라는 걸 깜빡깜빡하곤 한단 말이야. 키도 작은 게."

"작지 않아요. 평균은 되는걸요."

나중엔 180이 넘는다.

"아무튼 알겠어. 할 이야기는 그거뿐?"

"또 있어요. 장학재단에서 해 줄 일인데요."

나는 일부러 수첩을 꺼내 메모를 읽었다.

"음……. 삼광재단이 후원하는 학교 중엔 일신상업고등학교? 라는 곳이 있네요."

"응, 있지. 왜?"

"혹시 그쪽과 연계해서 교육 사업을 진행할 수 있을지 여쭤보셨어요."

"교육 사업……. 혹시 교육용 소프트웨어 같은 거라도 개발하려는 거야? 아무리 상고라도 소프트웨어 프로그래밍은……."

"형, 저도 잘 모른다니까요."

"아, 그랬지. 미안."

"그래도 좋은 뜻에서 하는 일이겠죠. 음, 왜냐면 장학재단을 통하는 일이니까요."

내 말에 이남진이 피식 웃었다.

"애는 애네."

그래, 애 취급이나 해라.

이남진은 수첩에 메모를 끼적이곤 자리에서 일어섰다.

"그럼 성진이 네가 준 명함으로 연락하면 될까?"

"네. 자세한 사항은 그분께 여쭤보심 될 거예요."

"알았어. 아, 그렇지."

이남진이 벽에 걸린 시계를 살피더니 고개를 도로 돌렸다.

"성진아, 너도 늦었는데 이만 집에 가 봐야지? 도와줘서 고맙다."

"아니에요, 저야말로. 그런데 잠시 확인할 게 있어서 그것만 마무리하고 갈게요."

"쉬엄쉬엄 해."

"하하, 네."

임무를 완수한 뒤, 나는 자리로 돌아와 모뎀을 이용, 통신
망에 접속했다.

[수신인, 유상훈 변호사.]

내가 보내고 있는 건, '이메일'이었다.

대한민국의 인터넷 역사에서 94년도만 떼어 놓고 본다면,
기념비적인 한 해였다고 볼 수 있다.

94년 6월, 한국통신이 코넷(KORNET)으로 첫 상용 서비스
를 시작했고, 9.6Kbps라는 '놀라운' 데이터 처리 속도를 선
보이게 된다.

하지만 지금은 아직 94년 5월 초입.

이때는 천리안이니 하이텔이니 하는 PC통신 정도가 '컴퓨
터를 좀 다룰 줄 아는' 사람 사이에서 쓰였고, 전생의 나는
PC방, 스타크래프트, 초고속 인터넷이 전국적인 현상이 되
었을 때나 컴퓨터를 접한 컴맹이었다.

그렇긴 해도, 이 당시의 '전화요금 폭탄' 괴담 정도는 주워
들어 알고 있었다.

게다가 앞으로 벌어질 포털 사이트의 대략적인 흐름도.

다만, 내가 알고 있던 지식은 어디까지나 수박 겉핥기에
불과했다.

그럼에도 나는 임정주의 '명함'을 받았을 때, 위화감을 느꼈던 터였다.

'왜 천리안 이메일과 하이텔 이메일을 따로 쓰는 걸까?'

고정관념처럼 굳어져 버린 통념상으론, 보통 명함에는 대표 이메일 하나만을 적어 놓기 마련이다.

그런데 임정주는 내게 두 개의 이메일 주소와 전화번호, 삐삐 번호가 적힌 명함을 건넸고, 거기서 착안했다.

'이 시대엔 어째서 제대로 된 이메일 서비스가 없는 거였지?'

그리고 나는 최소정에게 물어 통해 PC통신(BBS)과 인터넷(www)의 차이에 대해 알게 되었다.

이른바 천리안, 하이텔, 나우누리로 대변되는 PC통신은 저들만의 폐쇄적인 환경에서 운영되는 시스템이었고, 그렇기에 사용하는 PC통신이 다르면 상호 호환이 이루어지지 않았다.

'짚고 넘어가지 않았으면 간과할 뻔했어.'

그래서 나는 제대로 된 인터넷에 주목하게 되었다.

내가 사용 중인 이메일은 이제 곧 창업을 앞두고 있는 컴퓨터 동아리 학생들에게 던진 아이디어(정확히는 미래 지식)를 바탕으로 만들어진 포털 사이트의 베타버전.

이 '포털 사이트' 구축에는 임정주의 도움도 받았다.

「이야, 그야말로 벤처(Venture)네 벤처.」

「어떨 거 같아요?」

「나도 장담을 못 하겠는걸. 하긴 스위스 CERN에서 개발한 월드와이드웹(World Wide Web, WWW)을 인터넷의 미래 표준이라고 보는 사람도 있고……. 당장 미국에서도 모자이크(Mosaic)라는 걸출한 브라우저가 나왔으니.」

전생에 컴맹이었던 나는 초창기 인터넷 역사에 대해 거의 알아들을 수 없었고, 나중에야 최소정을 통해 '94년 업계 최신 시류'를 들을 수 있었다.

'미래가 어떻게 될지, 결과로 귀결되는 자체는 알지만……. 그 과정을 잘 모르니 조심스러워지는 것도 어쩔 수 없어.'

어차피 나도 당장 실효를 보일 거라곤 생각하지 않았다.

어떤 것이건, 그 제품이 날아오를 수 있는 시기가 있는 법이니까.

PDA가 실패하고 스마트폰이 대성공을 거둔 것도 그러한 시류의 한 가지 거친 예시일 것이다.

'그러니 일단, 한동안은 사내 업무용으로나 써야지 뭐.'

발신 버튼을 누르고.

나는 기다렸다.

"……."

기다렸다.

"······."

기다려······.

'······느려 터져서 못 해 먹겠네!'

변호사 유상훈.

그는 이태석이 내게 붙여 준 사내 변호사로, SJ컴퍼니의 설립이며 법인 등록 및 잡다한 절차를 도와준 만능 일꾼이다.

「그러니까 변호사법 26조 비밀유지의무 말씀이시죠? 핫하하!」

내가 예전 드라마에서 본 대로 돈을 건네며 한 말에 후덕한 웃음을 터뜨렸던 사내로, 동글동글한 얼굴에 동그란 안경까지 더한 동그라미 남자였다.

그러면서 물론, 내가 건넨 만 원짜리 지폐도 넉살좋게 안주머니 속에 챙겼다.

우리는 지금 호텔 중화요릿집에 있었다.

"사장님, 그럼 보고에 앞서 주문부터 하면 안 되겠습니까?"

"아, 예. 그러세요."

이 좋은 곳에 아저씨랑 단둘이 저녁을 함께해야 한다는 것이 서글펐고, 이왕이면 이태석이 미녀 변호사를 붙여 주길 바랐지만 현실은 녹록지 않았다.

"A코스로 시켜도 됩니까?"

"말씀하시는 걸 들으니 일이 잘 풀리셨나 봐요?"

"물론이죠. 그러니 양장피를 먹을 권리를 당당히 주장하는 것 아니겠습니까, 핫하하!"

"……주문하시죠."

"예. 웨이터! 주문!"

차이나드레스를 입은 종업원이 다가오기 전, 유상훈이 목소리를 낮춰 말을 이었다.

"그나저나, 사장님. 굳이 이메일로 업무 지시를 하실 필요가 있었습니까?"

"방해였어요?"

"하하, 21세기엔 이렇게들 일하겠구나, 하는 기분은 느꼈습니다. 다만 아직은 아날로그적인 방식이 더 효율적이겠더군요."

"인정합니다."

"뭐어, 사장님께서 장성하실 때가 오면 필히 그렇게 되겠지요. 저 역시, 그때가 되어도 사장님을 모실 수 있도록 절차탁마해 보겠습니다."

"좋군요. 요리 하나 더 시키세요."

"으하하하핫! 그럼 사양 않겠습니다!"

넉살하곤.

유상훈의 주문 후 종업원이 물러가자, 그는 준비해 온 서류를 꺼내 원형 탁자에 올리곤 판을 빙글 돌려 서류가 내 앞에 오도록 했다.

내가 서류를 꺼내 읽는 사이 유상훈이 후룩, 자스민차를 한 모금 마셨다가 내려놓았다.

"근데, 출판쟁이들이라 그런지 생각보다 고리타분하더군요."

뒤이어.

"컴퓨터로 백과사전을 본다고? 아예 나중엔 책을 컴퓨터로 읽는다고 하지!"

당최 누굴 흉내 낸 건지는 모르겠지만, 참 잘하긴 했다.

"뭐어, 약간 과장이 들어가긴 했습니다만."

유상훈이 싱글싱글 웃는 얼굴로 말을 이었다.

"대강 그런 뉘앙스의 꼰대들이 사열종대로 주르르륵…….어이쿠, 이런. 어린이 앞에선 바르고 고운 말을 써야 했는데. 죄송합니다."

"A코스로 주문한 거, C코스로 바꿉니까?"

"핫하하! 용서해 주십쇼, 사장님."

나는 그를 앞에 두고 미소를 지은 채 차를 한 모금 마셨다.

미소를 짓고 있었지만.

어디까지나 겉으로만 그럴 뿐이었다.

'설마하니 내게 유상훈을 붙여 줄 줄이야.'

전생의 한성진일 때 만났던 그는 참 유능한 변호사였다.

'많은 도움을 받았지.'

주로 이성진이 저지른 사고의 뒷수습을.

'⋯⋯또, 적이 되면 그만큼 까다로운 자도 잘 없지만.'

지금은 내 편이라고 생각하기로 했다.

한동안은.

나는 찻잔을 내려놓고 입을 열었다.

"그래서 양보는 충분히 해 드렸습니까?"

"그럼요."

유상훈이 미소를 지었다.

"호구도 이런 호구가 없겠다, 싶을 지경으로 퍼다 주었습니다."

역시, 유능한 자였다.

나는 애피타이저로 나온 게살수프를 떠먹으며 유상훈의 이야기를 들었다.

"일산백과사전의 디지털 전환 작업에 따른 개발, 유통을 일임하는 조건으로 라이센스 비용을 40%나 요구하더군요. 날강도도 이런 날강도가 없긴 합니다만."

유상훈은 바닥까지 싹싹 긁어먹은 수프 그릇을 치우며 말을 이었다.

"그래도 뭐, 일단 업무명령이니 따랐습니다. 말씀대로 제가 불합리하게 느꼈을 정도니, 괜찮은 거죠?"

"잘하셨습니다."

내 말에 유상훈은 픽 웃더니 입꼬리를 올렸다.

"사장님, 질문 하나 해도 됩니까?"

"뭔가요?"

"여간해선 상사의 명령에 군말 없이 따른다는 게 제 업무 신조이긴 합니다만……."

유상훈이 입맛을 쩝쩝 다셨다.

"왜 일산출판사입니까?"

그 질문은 많은 것을 압축하고 있었지만, 나는 태연하게 대답했다.

"마침 인맥이 있었으니까요."

그 외엔 경영 실적이 별로라는 등의 다른 이유도 있지만.

"하핫, 예. 삼광장학재단의 인맥……. 하지만 사장님, 한두 다리만 더 건너면 훨씬 좋은 조건으로 계약해 줄 출판사도 얼마든지 있을 텐데요?"

유상훈은 동그란 안경알 너머로 눈을 반짝 빛냈다.

"혹시라도 제가 알아야 할 일이 있다면, 기탄없이 상담해 주십쇼. 저야 사장님께 '개인적으로 고용된' 몸이지 않습니까? 하하하핫!"

그는 내가 건넨 만 원을 꺼내 팔랑팔랑 흔들며 웃어 보인 뒤, 미소를 머금은 채 말을 이었다.

"저는 물론 사장님 편입니다."

나는 유상훈을 보며 속으로 피식 웃었다.

유상훈은 내 회사가 3자 간 분식 회계를 통한 비자금 확보용 페이퍼 컴퍼니라고 생각하는 모양이었다.

더욱이 SJ컴퍼니는 삼광전자의 채권을 통해 설립되었고, 얼마 전엔 특정 회사와 누가 보더라도 불공정한 계약을 맺었다.

또 그 사이에 삼광장학재단이 다리를 놓았으니, 마음만 먹으면 언제든 '눈 먼 돈'을 만들어 낼 수 있는 장치가 마련되어 있는 셈이었다.

그리고 유상훈은 이를 내게 넌지시 눈치채고 있다는 양 알리며 콩고물 좀 주워 먹을 수 없겠느냐 청하고 있었다.

하지만.

나는 고개를 저었다.

"오해하지 마세요. SJ컴퍼니는 부정한 방법이 아닌, 법에 위배되지 않는 방향에서 지속적인 수익을 거두고 성장해 나갈 회사예요."

"……."

유성훈은 입을 다물었고, 마침 그 침묵을 변명하기 쉽게끔 요리가 나왔다.

그래서 나는 대신 입을 열었다.

"계약서에 보면."

나는 내 몫의 요리를 접시에 덜며 말을 이었다.

"디지털로 작성한 내용의 저작권은 SJ컴퍼니에 있다고 하지 않았습니까?"

"그랬죠. 하지만 사장님, 상위 조항에 'CD-ROM 저장 장치를 비롯한 디스크 판매 수익은 그에 우선한다'는 내용이 있습니다. 즉, 이는 어디까지나 아웃소싱 작업에 불필요한 중간 과정을 덜어 내기 위한 내용이지 않습니까?"

"유상훈 변호사님도 그렇게 보셨다니 다행이네요."

나는 빙긋 웃었다.

"어차피 그 자체는 별로 돈이 될 사업이 아닙니다. 거기에 따라올 다른 것이 중요하죠."

"……제 생각입니다만."

유상훈은 제 몫의 음식을 덜 생각도 잊은 채 말을 이었다.

"아시다시피 사장님의 회사…… 아니, 우리 회사군요. 우리 회사인 SJ컴퍼니는 삼광전자에 채권을 빚지고 있습니다."

나는 자회사 설립 시 이태석과의 협상에서, 그에게 지분을 나눠 주는 대신 채권을 내어주는 것으로 타협을 보았다.

"또, 당장은 이렇다 할 수익이 없는 상황이고요. 사장님께서 장기적인 계획을 염두에 두신 건 알겠으나, 저로선 채권에서 나가는 이자액과 상환 원금을 감당하느니 증자를 해서라도 일반 투자자를 끌어모으는 걸 추천드립니다."

유상훈의 얼굴은 웃고 있되 어조가 진지했다.

"정말로 경영을 하실 거라면 말이지만요."

나를 향한 유상훈의 평가는 과하지도 부족하지도 않았다.

'전생자가 아닌 재능을 숨긴 천재 정도로 보고 있긴 하지만.'

나는 유상훈 변호사를 만나자마자 비밀유지조항을 들먹였고, 내 머릿속에 있는 사업안 일부를 들려주었다.

당연히, 유상훈은 놀랐다.

하지만 나로선 유상훈의 배신을 걱정할 필요가 없었는데, 그는 경박해 보이는 인상이며 어조와 달리 그 입은 듬직한 체구만큼이나 무겁다.

충성심은 아닐 것이다.

조항 위반에 따른 법이 두려워서도 아니다.

그건 일종의 신념에 가까운 것이었는데, 나로선 사실 그가 법을 대하는 태도가 어떠한 것인지 속내를 짐작하기 어려웠다.

하지만 그 입이 무겁기가 어느 정도냐 하면 차라리 죽음을 택할 위인이었다.

'결국은 그래서 죽고 말았지만.'

의리가 있는 것도, 선량한 사람인 것도 아니지만, 유능하고 입이 무겁다.

내겐 그걸로 충분했다.

"좋습니다. 유상훈 변호사님은 저와 계속 함께해 주실 분이니 말씀드리죠."

내 말에 유상훈이 안경알 너머 눈을 빛냈다.

다음 권으로 이어집니다